古诗里的历史细节

Gao Yang
Talking about
Poems

高阳 ◎ 著

北京时代华文书局

增订本序

拙作《高阳说诗》，在一九八二年年底，由联经出版公司印行。我自己对这本小书颇为喜爱，但说实话，是因为印得很讲究，也很漂亮，上手赏心悦目，忍不住想翻一翻，触及我熟悉的诗句，回想当时的心得，每有犹可补充的感想。

《高阳说诗》再版过一次，这回是出增订本，顺便改正了一些错字。增加的稿子，一共三篇：《李商隐——“牛李党争”之误》《董小宛——名妓入宫与世祖逃禅》《“诗史”的明暗两面——揭开诗中隐藏的真相与秘密》。最后一文是为中山文艺奖委员会，以“文艺论著”颁予《高阳说诗》而作，表达我接受中山文艺奖委员会对我的鼓励与感谢。

我在诗上的一点浅薄功夫，无论是“作”还是“话”，都颇得周弃子先生的教益。遗憾的是，弃子先生竟不及见我因说诗获奖。

在我说诗的文字中，尚有一篇《吴梅村的七夕诗》，乃为余英时先生谈陈寅恪先生之诗而作。但以内容不脱《“江上之役”诗纪——“失败的英雄”郑成功》及《董小宛——名妓入宫与世祖逃禅》一稿的范围，故未收入。余英时谈陈寅恪先生诗中所藏的玄机，发人所未发，正见得诗史有明暗两面，而古人诗中暗的一面，尚待发掘者尚多。但愿这本小书能引起同好发掘的兴趣。是为序。

目录

杜甫——伤漂泊，悲失志

杜甫《咏怀古迹五首》，每首不单独立题。因为所怀古人五，所咏古迹不止于五。或问：何不径云“怀古”曰“咏怀古迹”？则缘此五首七律本以写景为主，触景生情，融情入景，别寓寄托，不欲明言。周弃子先生曾谓：凡大诗人必讲究“制题”，务期允当，一字不可更易。又：杜甫自谓“晚节渐于诗律细”，即于制题亦然。我今说此五首中的一首，但释《咏怀古迹五首》一题，就有许多话可说。正见得杜甫诗律之细。

先说杜甫所怀的古人五：庾信、宋玉、王昭君、刘先主、诸葛武侯。以此五古人的遗迹次序言，自荆州、归州至夔州，仿佛杜甫经三峡入蜀时所作。但杜甫入蜀，乃自同谷（今甘肃成县）经剑门至成都。出蜀方自成都南下，经渝州、忠州而至夔州，逗留两年有余，迄代宗大历三年正月始去夔出峡，三月至江陵，秋发荆南至公安。《咏怀古迹五首》，我断为是年居江陵数月时所作。由游庾信故宅，联想到此地亦即宋玉旧居，复又感怀频年足迹，循峡而西，想到归州的昭君村、夔州的永安宫，以及密迩永安宫的武侯庙。这就是何以五首诗的次序与其行踪相反的缘由。

庾信在荆州的遗迹有两处，其一为“庾台”；《大清一统志》载：

在枝江县东百里洲北。《舆地纪胜》：相传庾子山宅。

枝江在江陵以西。杜甫出峡后，有《宿青溪驿》《泊松滋江亭》等诗，松滋已过枝江；此后自暮春至秋移公安，不见复有西游之诗。事实上诗中已明明道出，所游庾信古迹，乃其作《哀江南赋》之处。此诗后半首：

羯胡事主终无赖，词客哀时且未还。
庾信平生最萧瑟，暮年诗赋动江关。

无疑地，是杜甫借以自况其心境。庾信仕北周，位望通显，而常有乡关之思，因作《哀江南赋》以寄其意，自伤欲归不得。其时杜甫归思正深，但田园寥落，生计短绌，不能不游食川楚，亦有欲归不得的苦闷。《哀江南赋》：“将军一去，大树飘零；壮士不还，寒风萧瑟。”用大树将军冯异及荆轲入秦的典故，冯卒于军中，荆死于咸阳，并皆不还。杜甫后两年道卒于耒阳，“庾信平生最萧瑟”竟成语谶。

庾信作赋之地，在江陵城西三里的宋玉故居。《哀江南赋》有“诛茅宋玉之宅，穿径临江之府”之句，“诛茅”典出楚辞《卜居》，为庾信开府荆州，葺宋玉故宅以居的确证。

此地既为宋玉旧居，则以杜甫的钦服宋玉，何得不深有所怀？

相信前两首是同时同地所作，因两处古迹实为一地。原作如下：

摇落深知宋玉悲，风流儒雅亦吾师。
怅望千秋一洒泪，萧条异代不同时。
江山故宅空文藻，云雨荒台岂梦思？
最是楚宫俱泯灭，舟人指点到今疑。

上半首自拟才思同于宋玉，复自悲境遇类似宋玉。下半首“江山故宅空文藻”是本地风光；此下三句中，有荒台、有楚宫，皆在夔州巫山，见《寰宇记》。是则此一首所咏怀的古迹就有三处了。征宋玉之典，自当首及云雨高唐，而兴感实在其江陵故居，欲别立题，应作一短序加以说明，否则即不免文题不符。故不如不别立题，可以兼怀宋玉旧宅、荒台、楚宫，无所拘束。此亦诗律之细又一证。

第三首咏怀昭君村，即我欲细说的一首。杜甫诗集今所传者，有钱谦益本、仇兆鳌本、杨伦本，三本于此首均无异文：

群山万壑赴荆门，生长明妃尚有村。
一去紫台连朔漠，独留青冢向黄昏。
画图省识春风面，环佩空归月夜魂。
千载琵琶作胡语，分明怨恨曲中论。

这首诗两处有问题，一是“月夜”，或以为应作“夜月”，与“春风”相对。而且倩魂伴夜月以俱来，意境上更得凄迷之美。我不以此说为然。理由详后，此不赘。

二是“明妃”之明与“分明”之明犯重。近体诗中固不乏犯重之字，但以两字用法不同，声韵各别为限，如造作与造就、冯妇与冯河、窒塞与边塞之类。明妃之明与分明之明，意同韵同，则犯重自为瑕疵。如“明妃”必不可改，则“分明”必当改去；既存“分明”，可知原作必非“明妃”，当是“昭君”！第二句为“生长昭君尚有村”。请试言其故。

按：“明妃”一词，诞妄之极！昭君在汉本无封号，遣嫁朔方，若必欲予以封号应为公主。岂有汉宫嫔妃而作胡人之妇之理？但“明妃”一词虽诞妄，却非不典。江淹《恨赋》：“若夫明妃去时，仰天太息。”据我所知，此为用“明妃”之始。但不知是江淹才气将尽，误用“妃”字，还是后来传抄的笔误。总之，在彼时当用“明君”，绝非“明妃”，则可断言。

稽诸史籍，王昭君的姓名，有不同的记载，王嫱以外，《汉书·元帝纪》作王樯，《匈奴传》则作王墙。不过字昭君，则无异词。入晋以“昭”字触太祖司马昭之讳，所以昭君改为“明君”。自晋至南北朝，大致皆以此称，如石崇有《王明君》词序；张正见、王褒有《明君词》；而陈后主则有《昭君》词名篇。因为陈叔宝也是一国之主，生在梁元帝承圣二年，并非晋室旧臣，无须避晋太祖之讳。同样的道理，到了唐朝，大致自贞观以后，皆称“昭君”。如卢照邻、李白以下十几家，或用“昭君曲”，或用“昭君叹”。以字字讲究的“诗圣”杜甫，岂得独违正则，而用诞妄可笑的“明妃”？故可断言：原作应为“生长昭君尚有村”。

然则，何以改“昭君”为“明妃”，何人所改？不得不从宋初说起。按《绿珠传》“归州有昭君滩、昭君村、昭君场”云云。《绿珠传》为殁于宋真宗景德四年的乐史所作，可知宋初尚沿用“昭君”之名。至欧阳修、王安石皆有“明妃曲”之作，则改“生长昭君尚有村”为“生长明妃尚有村”，当是大中祥符以后至神宗朝这七十多年间事。说得更具体些，当是仁宗大中祥符元年至宝元二年这三十年间之事。其说后详，这里先解决为何改“昭君”为“明妃”的问题。答案很简单：这句诗的音节上有毛病。因为“君”字十二文，“村”字虽在“该死十三元”之内，念起来却与“君”字相近。沈约的“八病”说，其三曰“蜂腰”，即第二字与第五字同声。“八病”虽指五言诗而言，但七言掏去首两字，作“昭君尚有村”，则第二字“君”与第五字“村”字即犯“蜂腰”之忌。

至于到底是何人所改，现已无法查考。所可断言者，宋仁宗宝元二年，王洙所辑的二十卷本必已改成“明妃”了。

王洙生平见《宋史》卷二百九十四，但其不朽的盛事乃是集杜诗的大成。杜甫的集子，在他身后即印行者六十卷，王洙所谓“今秘府旧藏，通人家所有”，即此本，而简略殊甚。故六十卷本印行不久，即有润州刺史采遗文二百九十篇，分为六卷，命名《杜工部小集》。此后各有所获，自炫其秘。自唐经五代至宋初，杜集的版本，极其复杂，王洙搜罗无遗，除其重复，得诗古体三百九十九、近体一千有六，总计一千四百有五篇，分辑为十八卷。另以赋笔杂著，辑成两卷，合之为二十卷。从此杜诗有了定本，后世各杜集，皆以王本为祖本。不过自兹以后，仍有佚诗发现，今传杜集较王本多出十九首，共一千四百二十四首。

我现用的杜集是钱注本。《咏怀古迹五首》列于卷十六，紧接《秋兴八首》之后。卷十六收近体诗九十七首，下注“居夔州作”。其《秋兴八首》在夔州所作，固无可疑。《咏怀古迹五首》如我在前面所做的分析，则绝非在夔州所作，因为夔州并无庾信的遗迹，何由而怀？因此《咏怀古迹五首》，应置于卷十七“起峡中至江陵及湖南作”。杜甫去夔，自有生计上不得不然的苦衷。至江陵亦无既定的计划，无非荆州为楚之大邦，想找机会弄到一笔钱，得以回乡。此一时期的诗，屡见“漂泊”的字样。但自春徂夏，游宴酬酢，兴致还不坏，《咏怀古迹五首》，以位置于卷十七《暮春》诸作之间为得当。

以上释题，已嫌词费，但仍有不能不就“五首”概括而言者。即“咏怀古迹”乃出于一种感触，寄托同样的情怀。诗虽五首，纳入“咏怀古迹”这个总题之下，浑如一首。借多样史实，从多种角度，去描写他的心境，此亦为不必另列分题，而益见诗律之细之又一端。

杜甫的感触是很明白的，如庾信当年，有家难归，所寄托的情怀则五首皆然：伤漂泊，悲失志！

首先，我要为读者指出杜甫所怀五古人，无不客死他乡。庾信以外，宋玉如《招魂》中所说：“路贯庐江兮，左长薄……与王趋梦兮，课后先。”似是出云梦泽至楚国的最后一个都城寿春。他是鄢（今湖北宜城）人，至寿春已在暮年，并无理由可以相信他生还故乡。此外，刘先主崩于白帝城，诸葛武侯殁于五丈原军中。皆非应死之地，亦皆非愿死之地。

庾信“萧瑟”，事胡原非本意；宋玉“摇落”，悲秋亦伤邦家；昭烈则“蜀主窥吴幸三峡，崩年亦在永安宫”，伐吴无功；武侯则“运移汉祚终难复，志决身歼军务劳”，鞠躬尽瘁。凡此无一而非失志。但失志之甚，漂泊之远，无过昭君。所以以“伤漂泊，悲失志”主题一以贯之的《咏怀古迹五首》，实以第三首为中心，亦以第三首为最得风人之旨。

杜甫自道：“晚节渐于诗律细。”此一“律”字，主要的是指声律。杜诗七律之所以超凡入圣，于声律之细，关系极大。此为古今诗话中的定评。细到如何？我要说的一首，即是很好的一个例子，开头第一个字就有讲究。

“群山万壑赴荆门”；或问，何以不用“千”字，回答是“千”字哑，“群”字响。诚然！但再问：为何“千”哑而“群”响？我有一点心得，或者说是发现，不知前人可曾道过？如果开头第一字用平声，应用上平。“群”字十二文，上平；“千”字一先，下平。谓予不信，请看《咏怀古迹五首》之前的《秋兴八首》，除第一首以外，其余七首起句第一字皆用平声：

夔府孤城落日斜。
千家山郭静朝晖。
闻道长安似弈棋。
蓬莱宫阙对南山。

瞿唐峡口曲江头。

昆明池水汉时功。

昆吾御宿自逶迤。

除“千”以外，“夔、闻、蓬、瞿、昆”都是上平。

《文心雕龙·声律篇》：“异音相从谓之和，同声相应谓之韵。”韵者押韵，和者调和。押韵不难，难在如何配置“异音”得抑扬顿挫之妙？所以刘勰又说：“韵气一定，故余声易遣，和体抑扬，故遗响难契。”所谓“遗响”，我认为有两解，一是与“余声”相对而言，一句终了如押平韵，自然就会拖长，此为余声；除这最后一字外，其余照四声去念，出口即逝，故谓之遗响。遗者招之即来，挥之即去，毫无停滞之意。另一解是指仄声而言。但不论哪一解，所要求的都是调和，亦即是契合之“契”。

何以“遗响难契”？这就要讲声律了。近体诗如果字只讲平仄，句则一三五不论，必不能臻于至善之境。或者说得质直些，一定哑而不响，甚至拗口得不可卒读。倘是这样的诗，再好亦流传不广。为易于上口，念出声来有一种音乐感，则念诗自然而然地就会变成吟诗。“新诗改罢自长吟”，在这长吟中，便获得了如同唱歌一样的趣味。我相信杜甫改诗，最后必是炼字，炼到能长吟方始罢手。

声律之律，最基本的自是“八病”说。其实“八病”皆可归纳为“异音相从谓之和”一语。错综复杂，变化多端，即是“异音相从”。但有个条件，一定要“和”。“和”与“从”语意相近，而有程度上的区别，“异音”能“相从”，至少应不犯冲突，这是消极的约束，不冲突且能调“和”悦耳，才是积极的效果。

打个譬喻，作诗如烹调，“从”是配搭，“和”是掌勺，而“异音”是材料。材料当然越多越好，所以仅分平仄两声是不够的。沈约作四声韵谱，以为“在昔词人，累千载而不悟，而独得胸衿，穷其妙旨”。自谓“入神之作”。其实宫（上平）、商（下平）、角（入声）、徵（上声）、羽（去声），自昔便有五声。所谓“引商刻羽”，一个“引”字，一个“刻”字，就将平声与入声的特性，形容得恰到好处，何尝“累千载而不悟”？但话要说回来，沈约将只是作为辨声的一种符号的宫商角徵羽，化作望文生义，自能省悟其念法的平上去入，毕竟是一大功德。不过“异音”应不止于四声，至少应有五声，黄九烟论曲诗：所谓“三仄更须分上去，两平还要辨阴阳”。这不但是作好诗应备的条件，也是读好诗应具的资格。否则，就无从了解杜诗声律之何以为妙。

杜诗声律之妙，就妙在“异音相从”而能“和”。如起句第一字平声应用上平，即为杜甫的独得之秘。他对声律的体会，不仅能避“八病”，且能从“八病”中悟出变化的道理，充分运用异音之异，以求其和。当然，这也是渊源于他的家学。杜审言的五言近体，两仄相连，不用同声，如“云霞出海曙，梅柳渡江春”。上句末三字为入、上、去，下句二、三两字为上、去，杜甫可能由此启发，创造成“三声换用”的法则。

这个法则在七律中，有两种用法，一是句中连用三仄字，需上、去、入互换，至少应该错开。“群山万壑赴荆门”的句法是“平平仄仄仄平平”，中间“万壑赴”三仄声是“去入去”，入声的“壑”，短促而哑，但前有“群山”，后有“荆门”，头尾皆平声，则杂以一“壑”，在强弱高低之间，由对立而强调，益觉气势不凡。总之，此句之响，端在“群”“壑”。试易上平之“群”为下平之“千”，入声之“壑”为上声之“水”，或去声之“涧”，上口即知全句皆哑。

第三句以下，音节都是好的。“一去紫”为入、去、上三声。最妙的是“紫”为抵齿音，一张口，顺理成章地就是“台”，所以格外容易念得响。“朔漠”两入声，但为叠韵；与末句“怨恨”两去声而为叠韵，皆不应为病。以下各句，凡平声几无不以上、去、入三声，掺杂互用。但亦并非全然求响亮，需与情感、意境相配合。如诗句“分明怨恨曲中论”，呈低调，而却有万种闲愁低回不尽之意。

以上是谈句法与声律的关系，犹须一读全篇的声律。杜甫的“三声换用”法则，对于律诗，尤其是七律，更关重要。因为七律首句即定韵，三、五、七句末字为仄声，恰好三声换用。同光年间，有个以军功起家的浙江嘉兴人杜文澜，精于声律，曾著有《声谱图说》，对此有很精细的分析。如三、五、七句末字用同一仄声，即为“八病”中最宜避忌的“上尾”。明朝为“后七子”所妒的谢榛，曾举例以明“上尾”何以无抑扬之妙。如杜牧《题宣州开元寺水阁》诗：“六朝文物草连空，天淡云闲今古同。鸟去鸟来山色里，人歌人哭水声中。深秋帘幕千家雨，落日楼台一笛风。惆怅无因见范蠡，参差烟树五湖东。”这首诗并不坏，但宜读不宜吟。即因“里、雨、蠡”三字皆上声，在声律上蹈了“篇哑”之失。

“上尾”之所以为诗中大病，而须切戒者，以我的想法，乃是因为这一来形成了自我束缚。声音的美感既来自错综变化、抑扬顿挫，则变化愈多，抑扬愈甚必愈妙。但漫无准绳，扬之上天，抑之入地，随心所欲，亦不成腔调。因此诗要押韵，这个韵就是基调，犹如一条地平线，不管楼高百尺，峰欲插云，总要有生根的地方，不然即是空中楼阁、海上仙山。根基既植，向上发展，高低参差，乃成峰峦林壑之美。此为画理，通于乐理即是“异音相从”。亦通于文理，而所谓“文如看山不喜平”。

“上尾”所生的问题，就是不应平而偏使之平。三、五、七句末字仄声，用同一声，等于另加一个基调。如上引一诗，用上平一东韵，基调即是“宫”。而“上尾”之仄声皆为上声，则是另加一基调为“徵”，等于另加一条线画之使平。这条线当然只有加在半空中，设一上限。要高高不上去，试问如何能响遏行云，声闻于天？

我这点心得，是将杜甫的这首诗与前引杜牧的一诗并读而体会到的。杜牧的那首，四个上下句是一个味道。读杜甫的那首，“漠、面、语”三字，分别为入、去、上，不设上限，才谈得到抑扬顿挫，音节上，一句有一句的妙处。小杜之远逊于老杜，即此可知。

以下要说这一首诗的章法。

所谓章法，大致而言，不外起承转合。诗有诗的章法，文有文的章法。诗的章法，往往不如文的章法来得严谨，因为有句法、声韵、对偶等等的限制，常不免迁就。难得有起承转合，段落分明的章法，而此诗即是“难得”者之一。

不过，“群山万壑赴荆门，生长昭君尚有村”，第一句就发生了考据上的问题：“荆门”不明，则“群山万壑”无着落。于是各逞臆说，不得正解，终于越说越糊涂。故非解决此问题，不能言归正传。

《读史方舆纪要》述湖广“重险”，有夏口、荆门山、西陵、荆江口。荆门山在夷陵（今宜昌）东南，宜都西北，长江南岸；与北岸虎牙山相对。荆门上合下开，其形如门；“江流出其间，水势湍急”。荆门之为重险，号称“楚之西塞”，乃地形使然；山并不高，更难当“群山万壑”的形容，只一翻地图便知。

再说“昭君村”。方志记载，在归州东北四十里。且归州在北岸，则昭君村绝非在宜都境内的荆门山，不言自明。

然则诗中的荆门何指？指荆山。黄帝方制九州岛，舜摄帝位，增为十二州，至夏有天下，复为九州：冀、兖、青、徐、扬、荆、豫、梁、雍。荆州即以荆山得名，此山亦为荆、豫二州的界山。唐初分天下为十道，至明皇分为十五道，其中山南东道、山南西道之山，皆指荆山。则此山之千岩万壑，可想而知。《读史方舆纪要》记：

县（湖北南漳）西北八十里……《唐六典》：山南道名山曰荆山，其山三面险绝，惟西南一隅通人径。顶有池，旁有石室，相传卞和宅，上有抱玉岩。《水经注》：荆山相邻有康狼山，夷水所出。又荆山以西，冈岭相接，皆谓之西山。

“其山三面险绝，惟西南一隅通人径”两语，最可注意。归州及相传昭君临流洗妆之处的香溪，都在荆山主峰的西南。

至于“荆门”之名，实为当时对荆山以南及以东地区的统称。杜甫在夔州至江陵时期，诗中数见荆门字样，如《奉送蜀州柏二别驾赴江陵》七律一首，第三联云：

楚宫腊送荆门水，白帝云偷碧海春。

“楚宫”遗迹在巫山县以西的阳台古城内，楚襄王会神女之处，再往西就是白帝城了。称巫峡一带的江水为“荆门水”，可知北岸自夔州以东至江陵一带，皆可称为荆门。又《奉汉中王手札》五古起首六句：

国有乾坤大，王今叔父尊。
部符来蜀道，归盖取荆门。
峡险通舟过，江长注海奔。

此言汉中王李瑀，入蜀由凤翔经栈道，自剑门南下，归朝则由水路出三峡。“归盖取荆门”下，写“峡险”“江长”，岂非三峡亦称荆门的确证？

至于荆门之门，乃荆楚门户之意，杜甫殁后不久，于荆山以东分长林县地置荆门县。至此，荆州正式以荆门命名者，即有荆门山、荆门县两处。两处皆为兵家必争之地，但前者之险在水，后者之固在山，故言荆门，须视其所写者是水、是山，或辨其方位，始知所指。张九龄诗：

东弥夏首阔，西拒荆门壮。

夏首即夏口，故知此荆门为荆门山。但温庭筠诗中的荆门就不同了：

马声特特荆门道，蛮水扬光色如草。

蛮水为蛮河的支流，在南漳县西南一里。按：荆州本有荆山县，开元十八年移置南漳故城，复名南漳，则南漳县本即荆山县。温庭筠晚于杜甫，当其出生，荆门已经设县。今策马于荆门县北百里的南漳县道上，既不称荆山道，复无视于荆门与县名重复，公然谓之曰“荆门道”，可知荆山得称荆门，由来已久，人人皆知；若与蛮水并用，此“荆门道”绝不致误会为荆门县道上，更不致误会到荆门山上。

“荆门既明”，章法易晓。杜甫用的烘云托月，步步逼近之法。“群山万壑”与“荆门”之间，下一“赴”字，便有趋跄朝拜之意，益见荆山之尊。进一步去想：荆山既为群山万壑所汇，应无平畴可成村落。而竟有一村，则此村之难能可贵，自不待言。或问：何以有此一村？则答案自在诗中：天留此村以“生长昭君”。

村为昭君而有，则昭君自高于村，村又高于荆山，荆山又高于群山万壑。步步逼近，层次井然。若谓下句为主，上句为宾，则“荆门”为宾中之主，而“群山万壑”为宾中之宾。下句“村”为主中之宾，“昭君”始为主中之主。但必着落于“村”者，因为毕竟是“咏怀古迹”，必须点题。此亦正是杜甫诗律之细处。

交代了“古迹”，就可以放手去写古人了。“生长昭君”下用一“尚”字绝妙。山川灵秀，日月精华所钟的昭君，既然将诞降于群山万壑所汇的荆山，则上天自必早已安排了一个宜于耕作的村落，以供昭君生长。“尚”者犹也，语气舒徐。若用“竟”字，便有惊讶意外之意，仿佛倘无此村，便无昭君，则是以村为主，本末倒置。

起句尊昭君的身份，承上的第一联，自须叙昭君的事迹。昭君被选入宫，误于画工，以致遣嫁塞外，为呼韩邪单于生子一。呼韩邪殁，子雕陶莫皋立，以昭君为妻，生女二。这些曲折的事实以及元帝与昭君的复杂情感，用一首长歌来描写，犹恐不尽。而要纳入律诗的一联之中，几乎是不可能的事。而且雕陶莫皋上烝昭君，为至丑之事，胡俗固不以为非，但昭君不应曲从。此或者有和亲之“和”的大关系在内，昭君乃忍辱为国。其事其情，两难着笔；而在杜甫举重若轻，以“一去紫台连朔漠，独留青冢向黄昏”十四字概括，大开大合，昭君生前死后的一切尽皆包容。句内无不尽之意，句外有不尽之情。这样的大手笔，在杜集中亦不多见。

紫台用江淹《恨赋》的典：“紫台稍远，关山无极。”紫台即紫宫，言昭君一入掖庭，旋即远嫁。着一“连”字，足征无封妃之事。以青冢对紫台，真是妙手偶得。由紫台而朔漠，由朔漠而青冢，由青冢而落日昏黄，以丰富的色彩触发读诗者丰富的想象，归结于“黄昏”，则更有领起下一联的作用。章法之妙，实叹观止。

第三联“画图省识春风面，环佩空归月夜魂”，或作“月下魂”者非。须知“画图省识春风面”，固指元帝从画图中去回忆昭君的容颜。“环佩空归月夜魂”，亦指元帝的单恋之情。上一联大开大合，已尽昭君的生前死后，则更何处可着笔去写昭君？于是笔锋一转，写到汉宫。前四句专写昭君，不及元帝。此一联则专写元帝，而实为以另一角度写昭君。“省识”者，遣嫁时匆匆一面，只是惊艳。到底为何艳绝人寰，毕竟未能充分领略，故须凭借画图，帮助记忆。

然则省识以后如何？自然有无穷的追悔，无限的相思。相思刻骨则神魂颠倒，汉宫千门万户，月夜宫眷往来倩影悄悄，处处环佩，在元帝只当是昭君翩然归来，细看方知不是，故言“空归”。若言“月下”，则空间局限于户外。而元帝亦必对月怀人，始有此想。言“月夜”则无论何处，但闻环佩，即可产生昭君归来的错觉，境界更宽亦更高。

结句“千载琵琶作胡语，分明怨恨曲中论”，有人以为松懈乏力。这是读诗的一个感觉问题。我的感觉是：前六句是“咏”，结句是“怀”。前六句无我，结句有我。从群山万壑谈到元帝为昭君神魂颠倒，杜甫都只是客观地叙述当时的故事。结句首用“千载”，一下子由说汉朝的故事，拉回到现实，是两种截然不同的境界。昭君的故事结束了，请问听完以后的感想如何？此即“咏怀”

的“怀”。昭君的故事，令人低回怅惘，无可奈何。则结局用低调，正合心境。倘或浏亮激昂，直如攘臂而起，欲为昭君颂冤，反而破坏了整首诗的意境与气氛。

昭君自然是有怨恨的。但直说昭君怨恨，伤之刻露，反觉意浅。今以琵琶的嘈嘈切切，如泣如诉，当作胡人在为昭君论怨恨，则必先有为昭君怨恨之意，方始有此感觉。犹如元帝心目中，有一昭君归来的朝思暮想，始会因环佩而产生错觉，皆是深刻的写法。

然则昭君的怨恨是什么？此则前面已经说过，乃是伤漂泊、悲失志。漂泊、失志，皆是到了塞外以后的事。未出塞以前，不知她终于未能如“解忧公主”之生还汉土；更不知她风华绝代，为元帝爱慕，本有宠冠后宫之望。是故昭君之伤漂泊、悲失志，唯有她自己及胡人方知。昭君生前既不能自陈委屈，则千载以来，唯有胡人为之代诉。明知琵琶所作非胡语，而偏强调“分明”二字，其言益痴，寄托益深。试想，有伤漂泊、悲失志的怨恨不能自陈，欲烦他人代诉，而烦他人代诉犹须有心人始能识别，其怨其恨之深为何如？

我在前面说过，《咏怀古迹五首》，乃杜甫“别寓寄托，不欲明言”。“千载琵琶作胡语，分明怨恨曲中论”如上诠释，则所寄托者乃埋没太甚之感。语淡意深，曲传心事。谓之松懈乏力，如强弩之末，殊觉不然。

李商隐——「牛李党争」之误

何处哀筝随急管，樱花永巷垂杨岸。
东家老女嫁不售，白日当天三月半。
溧阳公主年十四，清明暖后同墙看。
归来展转到五更，梁间燕子闻长叹。

——《无题》四首之一（按：首、二“来是空言”及“飒飒东风”七律；三“含情春晼晚”五律；四即本篇）。

玉溪诗不难解。后世误会李义山与牛李党争有何关系，以及过分强调李义山与令狐父子间的恩怨，心有所蔽，遂致穿凿，甚至以此为不求甚解的借口。本篇即为著例。

纪晓岚笺此篇云：“《无题》诸诗，大抵祖述香草美人之遗，以曲传不遇之感，故情真调苦。”曲传者，间接表达之谓，而必其言直接可解，乃可进而玩味间接的言外之意。昔读陈弢庵前后落花诗，句句咏落花，句句寓时事，这才真可谓之为有寄托。倘或字面在可解不可解之间，仿佛黄崖教派之故弄玄虚，如“五百天童齐得乳，香花供奉小夫人”之类，岂尚得谓为诗人之诗，更何得谓为大诗人之诗？

冯浩贤者，而笺此篇云：“首言何处告哀，固惟有此地耳？无盐自喻，溧阳公主比令狐，末二句重结归字，闻长叹者，只有梁燕；令狐之不省，言外托出矣。”除末两语可以成说外，前六句皆不通，哀筝非告哀之声，永巷非告哀之地。“东家之子”“臣里最美”，溧阳公主，境遇奇惨，是则自喻之无盐不存，比人为溧阳失敬。而况“白日当天”“清明暖后”，复又何说？

诗歌每有弦外之音，闻者因心境之不同，或省或不省，此为别解。至于正解则不因人而异，说鹿是鹿，说马是马。他人以别解为正解，我则先求正解，再及其他。特拈此篇为笺玉溪诗之始，以示唯理是师，不袭陈说。

解此篇入手之处在永巷，钱木庵云：“永，长也；非宫中之长巷。”此自欺之谈，不足辨。永巷自是掖庭长巷。樱花为关中春来习见之花，《山堂肆考》“秦中谓三月为樱笋时”可证。“樱花永巷”者，谓时当三月，永巷樱花正开。此在宫墙之内，宫墙之外则为“垂杨岸”。《三辅黄图》卷六杂录：“长安御沟，谓之杨沟，谓植高杨于其上。”此即“垂杨岸”的出典。

“何处哀筝随急管”者，只闻其声，不见其人，故曰“何处”，若在宫墙之外，则游目骋观，自得其处，何劳动问？于此可知，首、二句为倒装句法，乃永巷中有人诧问：“何处哀筝随急管？”则三句“东家老女嫁不售”，指永巷中人，不言自明。宫女幽闭，逾年不放，遂成老女。“东家”为曲笔，《好色赋》“臣里之美者，莫若臣东家之子”；则“东家老女”不过美人迟暮，非如《列女传》

所说，“齐无盐邑之女，极丑无双；行年四十，衒嫁不售”之比。因知“嫁不售”为隐笔。由于不便显斥宫中无端耽误了无数好女子的青春，乃特用曲笔、隐笔，是义山的一番苦心。

四句“白日当天三月半”。冯浩于句下评注：“言迟暮也，神来奇句！”神来之笔，信然。但此句非言迟暮，实是愤极哀极的绝望语！

何谓“三月半”，先引《唐两京城坊考》卷三西京晋昌坊大慈恩寺注，以明出典：

> 寺有牡丹，《唐语林》：慈恩浴室院有牡丹两丛，每开及五六百朵。《唐诗纪事》：长安三月十五日，两街看牡丹甚盛，慈恩寺元果院花最先开，太平院开最后。裴潾作白牡丹诗题壁间，又有凌霄花，见李端怀旧诗序。

原来三月十五是这样一个倾城来看牡丹的绮丽节日。不独“哀筝顺耳”（魏文帝《与吴质书》），且“催弦急管为君舞”（鲍照《代白纻曲》）。欲问“何处哀筝随急管？”恰在宫墙之外，垂杨岸边，便有嬉游仕女，载歌载舞，举杯饯春。如此繁华热闹，如此艳阳风日。岁岁闻声，年年隔面。幽闭永巷，恰如井蛙，举头唯见“当天”一方“白日”！而若非哀筝急管提醒，犹不知此日为三月十五。这“白日当天三月半”七字，真有雷霆万钧之力，句法酷似青莲。

以上为一解；五、六两句另一解。冯浩查过史书，说“年十四，史文未见”。此无非形容公主年未及笄，不典不足为病。“溧阳公主”为梁武帝孙女。我前面曾指出，她的“境遇奇惨”，如用来比令狐绹，直是诅咒。试从《资治通鉴》摘录溧阳公主的境遇：

梁武帝太清二年十一月，侯景围台城。

太清三年正月，台城破，侯景纵兵掠宫，自加“大都督中外诸军，录尚书事”。

太清三年五月，梁武帝以侯景裁节其饮食，忧愤成疾而殂。将死时，口苦，索蜜不得。

世传梁武帝饿死台城。

帝殂二十六日而发丧，太子即皇帝位，是为简文帝。

简文帝大宝元年二月，侯景纳上女溧阳公主。主有殊色，景甚爱之。

大宝二年七月，以溧阳公主于侯景心腹王伟有恶言；伟恐为所谗，说景废帝为晋安王，幽居。杀太子大器，及诸王大钧、大球、大昕等，皆溧阳公主同胞兄弟。

大宝二年八月，侯景弑简文帝。

元帝承圣元年四月，侯景兵败，被杀于京口；以盐实景腹中，送其尸于建康，暴于市，士兵争取食之，并骨皆尽；溧阳公主亦预食焉。

按：《资治通鉴》卷一百六十四，于“溧阳公主亦预食”句下注：“《考异》曰：《典略》云‘复烹溧阳公主’。今从《南史》。”可知溧阳公主以不善调护，以致其父被弑，诸兄弟被杀，因而不见谅于湘东王及勤王功臣。即令不致被烹，而食夫之肉，必为表明心迹，不得不尔。如溧阳公主者，真是古今大不祥人。义山引此女入诗，而意中以拟令狐绹，则竟是与令狐有不解之仇了！衡情度理，必无之事。

玩味诗意，特言溧阳公主，无非示警之意。下句“清明暖后”即指“三月半”，前解与此解为同一天所闻所见，“同墙看”中有人在。并上句而言，无非说是见一年未及笄的公主，与不知谁家郎君，并肩在墙头看热闹而已。

此两句为一解，写所见如此，不知他要说的是什么？但与前解并看，则在强烈的对照之下，自然而然产生了非常明确的意义，概括而言，是一个“失”字。老女不得嫁。未及笄者已有双飞的模样，是婚姻失时。宫女应放者不放，公主应教者不教，是宫闱失职。但主旨所在，是伤帝德之失，亦是宰辅为政之失。

白居易《七德舞》诗，“怨女三千放出宫，死囚四百来归狱”，自注：“太宗尝谓侍臣曰：‘妇人幽闭深宫，情实可愍。今将出之，任求伉俪。’于是……于掖庭宫西门，拣出数千人，尽放归。”自孔孟以来，皆以“内无怨女，外无旷夫”，为天下太平的具体表征。反之，帝德相业，两俱有失，出现《魏志·武帝纪》所谓“家室怨旷，百姓流离”的现象，止资嗟叹：因有最后一解。

最后一解，即七、八两句。第一解写所闻，第二解写所见，第三解写所思。归来辗转不寐，所感不绝于心者，即唐太宗所言：“妇人幽闭深宫，情实可愍。”而长叹之声，独谓“梁间燕子”得闻。乃因玳瑁梁上，双栖正稳，征此典暗示所叹者内有怨女，外有旷夫。

此当是义山悼亡后，宿西京晋昌坊令狐绹宅所作。

黑格尔辩证法，有正、反、合之说。不道竟可以此理说玉溪诗。大奇！

读李义山诗，只要不为成见所蔽，不为陈说所囿，如姚一苇先生所说的，“要连题目在内，逐字逐句，通体解得开来”。亦即每一个字都不放过，切切实实地找出根源，则亦并不难懂。难的反倒是辟那些陈陈相因、昧于事实的成见。如“牛李党争”这一句史学上习见的成语，本身就是一个有欠正确的说法。院士岑仲勉先生说“牛有党，李无党”，实在是很高明的见解。细细想去，彼时引进士类，牛僧孺、李宗闵重科举，李德裕重门第。重科举则师弟授受，同门相援，声应气求，休戚与共，自然党同伐异。重门第则各矜家世，不但无法有计划地结党，甚至互不相下，岂非“牛有党，李无党”？

岑仲勉先生还有两段话。一段是：

> 论者又谓商隐一生有关党局，夫德裕会昌秉政五年余，商隐居母丧已超其三分之一。德裕微论无党，就谓有之，然商隐二年书判拔萃，官止正九品下阶之秘书正字，无关政居，何党之可言？抑开成前王茂元四领方镇（邕、容、岭南及泾原），均非德裕当国时所除。……若曰德裕素厚遇，则白敏中与绹何尝不为德裕所厚？是不特商隐非党，茂元亦非党。善哉冯氏所云：“下此小臣文士，绝无与于轻重之数者也。”

又一段是：

> 楚既去世，绹复居丧，且官不过补阙，无如何提絜力。商隐孤贫，一家所托，自不能不凭其文墨，自谋生活。择婚王氏，就幕泾原，情也，亦势也。然论者必曰“心怀躁进，遽托泾原”，然则将令商隐全家坐而待毙，以俟乎渺无把握之令狐提挈？是责人出乎情理之外也。……笺诗之流，常自诩得玉溪三昧，详其实，则毁辱之、谩骂之而已。依其所言，乃为一患得患失辈，念念不忘子直（绹字），无丝毫自树力量，“一不得当，则烦冤莫诉，如醉如迷；偶假颜色，则又将喜将惧，急自剖白”，直如小孩哭笑，刻画得不成样子，商隐何取乎后世之“郑笺”？（见《玉溪生年谱会笺》）

此皆精当不易之论。我认为还可以补充的是，自李德裕于武宗接位后入相，始逐渐形成党争。在此以前，李既无党，牛党亦并无若何鲜明的色彩。而其时李义山已婚于王氏数年，则退一步言，李即有党，王茂元亦为李党，义山以外舅的关系，成为李党，亦是环境支配使然，无可厚非。必谓之“叛牛投李”“忘家恩”，持论毋乃过苛？

将李义山“刻画得不成样子”者，以撰《玉溪生年谱会笺》的张尔田为最。张有《李义山诗辨正》之作，向弗为诗家所重，因为臆说太多。臆说生于穿凿，穿凿起于误解，误解之最严重者，是以为同样题目的几首诗，为一个题目之下同时所作的几首诗。玉溪生诗最早的是“三卷本”，既非编年，亦非分类，只是随手辑录。遇题目相同，而又同时所搜集，即系于一题之下。以致张尔田误为不同体裁的几首诗，皆咏一事。

如《无题》四首，实为三个《无题》，即“来是空言”“飒飒东风”两七律为一题；“含情春畹晚”五律又一题；“何处哀筝”古风别是一题。三题皆为《无题》，而实不相关。乃张尔田于此无所“辨正”，由误解而穿凿，谓“首章（七律）记子直来谒，匆匆竟去之事。……次章（七律）盼其再来……三章（五律）记往谒令狐不见空回之恨……四章（古风）归来无聊之况……”自诩“四章各有线索，如此解之，诗味倍长矣”。为破其妄，因试笺“何处哀筝”古风一首，如读者以为不谬，则试与前面两首七律、一首五律比较，当会同意我的看法。《无题》四首，实为三个《无题》，甚至是四个《无题》——七律两首，咏怀的对象不同，故非一时之作。两个不同的对象，一为李义山的小姨，一似为王茂元的家伎。容当细考另笺。

玉溪生——豪贵之家的「洗手间」

玉溪生《药转》一诗，水晶先生以为“不知所云”。邢杞风先生则视之为谜，又引朱竹垞所言：“题与诗俱不可解。”以竹垞腹笥之宽，何得而有此言？倒真“不可解”了。

《药转》不难索解，何义门所说“此自是登厕诗”，信然！原诗在“联副”已引过两次，但为读者方便计，仍不得不再引一次。我所据者为冯浩笺注本，末句“归卧”，邢文所引作“旧卧”，不知所据是否程梦星笺注本？

郁金堂北画楼东，换骨神方上药通。
露气暗连青桂苑，风声偏猎紫兰丛。
长筹未必输孙皓，香枣何劳问石崇。
忆事怀人兼得句，翠衾归卧绣帘中。

这首诗中只有两个典，而两典实咏一事：豪贵之家的“洗手间”。水晶说：“第二联所吟为何，令人瞠目不知以对。”邢杞风猜“香枣”“可能是指春药一类的仙丹”。不明典故，难怪费解。所以，释此诗应先释此两典。

“长筹”者，较长的厕筹，或称厕简。读者看我这篇文章，可能是在早餐桌上，我不欲多谈，请自查类书。（拙作《金缕鞋》中亦曾谈过。）“长筹”是孙皓的典故，出于《法苑珠林》。见冯浩所注。

“香枣”即厕枣。王敦如厕的笑话，见于《世说新语》，应该不是僻典：

> 石崇厕常有十余婢侍列，皆丽服藻饰，置甲煎粉、沉香汁之属，无不毕备；又与新衣着令出；客多羞，不能如厕。王大将军往，脱故衣，着新衣，神色傲然。群婢相谓曰：“此客必能作贼！”
>
> 王敦初尚主，如厕，见漆箱盛干枣，本以塞鼻，王谓：“厕上亦下果？”食遂至尽。

这是《世说新语》所记的王敦的两段轶事，及至白居易撰《白帖》，合而为一：

> 大将军王敦，至石家厕，取箱枣食，群婢笑之。

王敦出身世家，居然不识厕枣，可知此物非寻常富家圊厕所能有。玉溪于此联用“未必输”“何劳问”，乃是强调居停的豪奢。

这两个典是绝不能移用到别处的，指堕胎、指“妇人月事”

皆不合。第七句“忆事怀人兼得句”，尤为明显，是骚人墨客如厕的结习。若果堕胎，当性命呼吸之际，“忆事怀人”或者有之，“得句”则断断乎不会。

通观全诗，乃是在极轻松心情下所作的一首登厕即兴。然则何以谓之“药转”？请容我卖个关子，到最后再谈，这里按部就班，从头说起。

“郁金堂北画楼东”：指明地点。“堂北”则是后园，“画楼”为其卧处，厕所在画楼之东。

“换骨神方上药通”：误人钻入牛角尖，即在此句！玉溪是夸张得稍为过分了一点。说穿了很简单，他患了很严重的便秘，服药有效。单方得验，即是“神方”：草药有效，即是“上药”。中医发汗药是最普通的，但“七日不汗则死”，有法子能使病人出汗，便是起死回生的“神方上药”。何况数日宿积，一旦尽去，那种满身轻快、栩栩欲仙的感觉，便秘患者无不经历过，玉溪用“换骨”实在也不算夸张。至于选就韵脚押“通”字，虽嫌质直，却亦不妨誉之为王静安的“不隔”。

“露气暗连青桂苑”：这是写景，进一步证明了是后园中的厕所。“露”者露水，与“青桂”合用，可知为秋天。宵深露重，“露”而称“气”，便有晓烟漠漠的光景，当是五更天。“暗连”指所处之地虽非露天，亦非门户所扃的室内，故而露气得以浸润，与厕所的格局相符。

“风声偏猎紫兰丛”：这一句好极！“猎”是形容风声。风而有声，可知不小。然而单写风声，有何意味，又与题旨何关？

须知此风乃是西风，此厕乃是东厕，西风猎猎穿过紫兰丛中，则如东厕者人在下风，王者之香冲淡了厕中的气味，岂非妙不可言？下一“偏”字，其词若憾，写尽了踌躇满志之意。

“长筹未必输孙皓，香枣何劳问石崇”：这一联解已如前，不过还可以补充。若果如厕而便不得解，厕所讲究，一无用处，同时亦没有闲心情去仔细看一看厕所是什么样子。如今能够欣赏并赞美这一厕所，则其心情为如何轻松开朗，亦就不言可知了。

“忆事怀人兼得句”：解亦已如前。此时前面六句已经有了，而且如厕已毕，预备离去，则结句当写离厕以后。论章法固应有此一转。

“翠衾归卧绣帘中”：全诗可议者唯此句。在我看“绣帘”不必闺阁，岑参《玉门关盖将军歌》“军中无事但欢娱，暖屋绣帘红地炉”可证。韩冬郎《已凉》诗“碧阑干外绣帘垂”，则此处用“绣帘”仍在表明时间，非用珠帘的夏日，亦非用重帘的冬日，而是已凉天气未寒时。当然，若说玉溪此时是在温柔乡中，亦无不可。但写便秘得药而解的轻松心情，为题中主旨，则是毫无可疑的。

最后释题。冯浩笺曰：“此篇旧人未解，而妄谈者托之竹垞先生，以为‘药转’乃如厕之义，本道书。余曾叩之竹垞文孙稼翁，力辨其诬也。”其实“妄谈者”并不妄，“药转”用在此处确有如厕的意思在内。典出道书，亦是很可能的，因为“转”字有来历。

嵇康《与山巨源绝交书》：“每常小便而忍不起，令胞中略转，乃起耳。”又元稹诗：“正寝初停午，频眠欲转胞。”何谓“转胞”？

虽颇费解，但望文生义，知与如厕有关。“药转”之转，自是“转胞”之转。然则以此诗内容解题，当是服药以后如厕之义。

总而言之，即令题难索解，诗意则颇显豁。如厕是否可以入诗，自然是一个值得讨论的问题。但就诗论诗，题中应有之义，赅括无余。不蔓不枝，章法井然，应该是一首好诗。

李商隐——与令狐家的府主恩怨

邵德润先生《试解“锦瑟”之谜》一文，本何义门的主张，参以钱锺书的见解，提出以此诗“作为李义山自悲身世，又自论其诗的诗集自序来看”的结论，已足以推翻朱长孺所倡，厉樊榭附和，冯浩强调，而张尔田竟以为定论的“悼亡”说。但自序其诗，非自论其诗，此为邵文结论中不足之处。

我作考证，师法陈寅恪先生，以穷极源流为尚。义山诗号称难解，但本此义一字不放过，解亦不难。是故既言自序其诗集，应研究其诗成集的经过。近以一长者设觞祝郎静山先生九十、台静农先生八十，奉召侍饮，此亦文酒之会，因作《李义山诗“无题”实为阙题说》，冀博一粲，借为劝酒。此文主要内容，即在说明义山将死编诗集的凄凉，录其部分如下：

> 义山“无题”，什九有本事，以难于著题而从阙。诗亦秘不示人。盖已有儇薄之称，不欲更损其声名，致妨青云之路也。大中十二年二月，柳仲郢以盐铁使调长秋官，其人固亦义山“平生风义兼师友”者也。义山从之在东川五年，复随还朝，得充盐铁推官，至是竟罢废，

实非仲郢本意，乃令狐子直绹之子滈，恶义山，迫之使绝。滈之为人，略如后世之严东楼，号为“白衣宰相”。子直梦李卫公乞归骨，寤而语其子，滈以为不可。子直从之而疑莫释，遂复梦卫公，精爽可畏，谓滈曰：“不则将得祸。”乃为请于朝。卫公有恩于仲郢，故仲郢任卫公从子李从质为推官，俾以利禄赡卫公遗寡。乃竟为子直父子所嫌，方谋求解，故屈从滈，弃义山。而朝士惮滈之横，亦无有敢为义山一援手者。时义山困寄西京永崇坊逆旅，既衰且贫而病，复撄目疾将失明，动念欲从国师知玄称弟子，而后顾茫茫，世缘殊未易了，因不果。寻自知不起，计惟得解于子直父子，庶几前嫌既释，遗孤可托，乃匆匆汇录平生所为诗，得三卷，不复编次。向之阙题者，亦不得从容补制，但苦吟一律，冠诸集首，即“锦瑟”也。

这是我根据义山生平事迹与他的诗，以及史书所获知的真相。或谓：看起来倒也言之成理，但令狐子直与义山的恩怨，已历多年，应已淡忘。令狐滈更是隔了一层，而如此痛恨李义山，竟欲置之绝地！何故？

当然有缘故。凡是喜欢玉溪诗的，都记得七律的《牡丹》，这首诗前面六句写牡丹亦写人，为义山极自赏之作，故结句云：“我是梦中传彩笔，欲书花叶寄朝云。”不道“朝云”二字，竟使得义山坎坷一生。

朝云有两解，一为家伎，一为“赤帝之女瑶姬”，即自荐于楚襄王的“神女”，亦就是“小姑居处本无郎”的“小姑”。义山这首《牡丹》，为作客西京，住在晋昌坊令狐家所作，一时人言籍籍，都说义山私通子直的姬妾，并有人进谗于子直，此为以后不荐义山的主因。

事实上呢？义山真是吃了哑巴亏，有苦说不出。《牡丹》中的“朝云”，实指后者。义山妻妹，爱才自荐，是故“欲书花叶寄朝云”。此事始末，我已从“相见时难”“来是空言”“凤尾香罗”“重帏深下”，以及后来回忆所写的“飒飒东风”这五首《无题》诗中，钩稽出真相，断无可疑。义山如果要澄清谣言，只要出示那五首《无题》诗，便足可证明此朝云为“崇让宅”中的妻妹，而非晋昌坊中子直的爱姬。但妻妹已嫁，如果公开了这些艳诗，可能会出命案。而且这一来不但仍旧会加重他“儇薄无行”的名声，更要被肯定为负恩——负“朝云”爱才自荐之恩，会失去任何人的同情。倘非如此，别作解释，则又成了“此地无银三百两”嫌疑更重。因为有此难言之隐，义山只好默默忍受。《有感》后二句：“一自高唐赋成后，楚天云雨尽堪疑。”即咏此事。自荐于楚襄王的神女，“号为朝云”，典出《高唐赋》注。则所谓“高唐赋成”，自是指《牡丹》诗。

误会既深，义山不能不设法解释。他出于“令狐门馆”，与子直是“师兄弟”，子直年长于义山，因而他的解释，都用《洛神赋》的典故；而又兼用神女会襄王之典，因而扑朔迷离，后人更觉难解。但既明本事，大旨可寻，冯浩分类本中，《代魏宫私赠》《代元城吴令暗为答》《东阿王》《涉洛川》连在一起的四首七绝，都是为此而作；冯浩合笺“盖义山自有艳情诬恨，而重叠托意之作”，差得真相。但只知“陈思王，则以才华自比”，不知更拟子直为子桓（曹丕）而已。

以下解《锦瑟》，先录原诗：

> 锦瑟无端五十弦，一弦一柱思华年。
> 庄生晓梦迷蝴蝶，望帝春心托杜鹃。
> 沧海月明珠有泪，蓝田日暖玉生烟。
> 此情可待成追忆，只是当时已惘然。

以“锦瑟”为题，明言取瑟而歌，弦外有音。次句“一弦一柱思华年”，此弦为一年，则起句的“五十弦”，自是指举成数而言的半百之年。衰年回首，枨触万端，不知从何说起，故曰“无端”。《史记·田单传》：“如环之无端。”又《上林赋》：“视之无端。”必明首句“无端”之义，乃知下句“华年”所指。

《魏书·王叡传》：“渐风训于华年，服道教于弱冠。”华年与弱冠之称，则亦当是二十左右。唐文宗太和三年，义山十八岁，入天平军节度使令狐楚幕，署巡官正当华年；思量平生，且从此始。然则弦既为年，柱又何说？劳干所笺，最惬鄙意：

> 诗中以弦喻年，以柱喻事，言时日迁流，景物代谢。平生踪迹，历历在目。追思畴昔，感在篇什。前言五十弦，此言一弦一柱，以见五十年来，年有悲欢离合。（见

联经版《中国文学评论》第二册，劳干著《〈李商隐评论〉所引起的问题》。）

按：八声中唯革与丝之声不定，因革有燥湿，弦有缓急之故。弦之缓急，由于柱之移动。弦有定而柱无定，是则年光依旧，境遇常新，“一弦一柱思华年”，即自华年开始，逐年细思往事之谓。

可惜劳先生探骊得珠而复失！既言“平生踪迹，历历在目”，则以下所写，自为一生经历。中两联四句，每一句为一独立之存在。亦即每一句为一大段经历，而每一段经历以七字概括，则唯有凸出其特征，或以宦情，或以宦辙。这四段经历是：

一、十八岁至三十五岁，包括科举出仕，婚于王氏。与令狐绹（子直）的恩怨缔结，大部分发生在此一阶段。

二、三十六七岁，随桂管观察使郑亚在桂管（今广西桂林）。

三、四十岁至四十五岁，为东川节度使柳仲郢辟为节度书记。

四、四十五岁以后，柳仲郢内调为盐铁转运使，李义山随之还朝，被任为盐铁推官。后两年柳调刑部尚书；义山“废罢还郑州，未几病卒”（《旧唐书》本传）。

《锦瑟》的两联四句，正就是配当此四段经历，唯南海、东川次序互易，所以然者，“蝶、鹃”，“珠、玉”，对偶上关乎辞章者细。“迷蝴蝶”“托杜鹃”，求解于子直父子的弦外之意，关乎义理者大。先说“庄生晓梦迷蝴蝶”，正如其十八岁至三十五岁，这段一生最重要的经历，此为全诗中最紧要的一句，也就是引起争议最多的一句。

李义山受教于令狐楚，始得精于笺奏制令。复借其子之力得中进士，而当府主一死，即改投泾原节度使王茂元，并婚于王氏，致为子直所不满，此确为事实。但亦仅止于不满，并无仇恨，所以早年踪迹甚密。直至《牡丹》诗后，有人妒才而进谗于子直之前，交情始疏，但仍有往还酬唱。

至于涉及“牛李之争”，是进谗者如此说法，义山本人并不觉得是件严重的事。诗中看得出义山曾为子直疏通于李卫公，联络柳仲郢，所以七夕诗常强调鹊桥之功，《街西池馆》一诗结句“香熟玉山禾”，尤为明白。鲍照诗“诚不及青鸟，远食玉山禾”，谓为子直作使者，将有厚酬。其下应为《谒山》一绝：“从来系日乏长绳，水去云回恨不胜。欲就麻姑买沧海，一杯春露冷如冰。”首言子直之心难测；次言事成过去，随人打发，但有恨而无可奈何；三句言所望甚奢；结句言所得甚薄。玉山之禾虽丰，无奈吝于供给！冯浩所笺，大致不差，唯题似未解，谓“谒令狐”亦望文生义而知。其实“山”为廋词，指山涛之子山简，见后笺《九日》一诗。张尔田亦不明“山”字云何，乃自作聪明，谓：“山即义山之山，玉溪自谓。此盖暗记令狐来谒之事。结二句我方欲就彼陈情，而不料其匆匆竟去，徒令杯酒成冰，所以有水去云回之恨也。首句则言安得长绳系日，使之多留片刻乎？通篇融洽矣。”且不论令狐访义山可用“谒”否，而就其所释内容而言，来“谒”何事？既来之则又何不安之？葛藤百出，令人失笑。

义山所望的“玉山禾”为何？有一首五律说得最明白：

昨夜玉轮明，传闻近太清。
凉波冲碧瓦，晓晖落金茎。
露索秦宫井，风弦汉殿筝。
几时绵竹颂，拟荐子虚名。

题为《令狐舍人说昨夜西掖玩月因戏赠》。当是宣宗大中三年秋天所作，是年令狐绹拜中书舍人，充承旨，权知兵部侍郎，知制诰，开始大用。结句求荐之意极明。或以为既以司马相如自况，则又征扬雄之典为重出。殊不知汉武帝读《子虚赋》称赏，因狗监杨得意而知司马相如，如仅用此典，则是以杨得意拟子直，故上句特用扬雄的故事：汉武帝时，直宿郎杨庄诵扬雄所作《竹颂》，帝以为文似相如，杨庄举扬雄之名，帝即召见，拜黄门侍郎。事见《文选》注。义山先以杨庄拟子直，下句始不以为嫌。这是笔下不应有的分寸。

子直不省，义山自不能无怨，但亦全非私意，如《九日》：

曾共山翁把酒时，霜天白菊绕阶墀。
十年泉下无消息，九日樽前有所思。
不学汉臣栽苜蓿，空教楚客咏江蓠。
郎君官贵施行马，东阁无因得再窥。

此为怀令狐楚之作，诸家之说，皆无异词。唯“山翁”以为指山简，则大误。“山翁”实指山涛，晋初为吏部尚书，所甄拔人物，各为题目，时称“山公启事”。山简为山涛第五子，雅有父风，永嘉中官至尚书左仆射，疏请广得才之路，召见大臣时少议刑罚，多议选举。以山涛拟令狐楚，即所以提醒子直应如山简，广得才之路。见苜蓿一联自明。

此诗大开大合，收放由心，如巨匠之运斧。而章法严谨，隶事精切，真能得少陵神髓。首即着一“曾”字，明其为忆旧；次句七字中兼赅人、时、地，人则以“白菊”确指令狐楚；时则“霜天”，亦是重九；地则必在令狐宅。三句“十年泉下无消息”，举成数而言。令狐楚殁于开成二年，此诗作于十二年后的大中三年，而且可以确定是“义山以盩厔尉，京兆尹留假参军事，奏署掾曹，令典章奏”时。“十年泉下无消息”者，犹言“寂寞身后名”，微有责备子直不能显亲之意。于是对以“九日樽前有所思”，忆旧感今，由父及子，领起下一联。

“不学汉臣栽苜蓿”，纪晓岚笺云：“苜蓿乃外国之草，张骞移种而归，种之上苑。义山本彭阳子弟，绹以其亲于茂元，遂为敌国，故曰：‘不学汉臣栽苜蓿。’此种究是迂曲。”张尔田谓“苜蓿句只取移种上苑之义，言令狐绹不肯援手，使之沉沦使府，不得复官禁近”。皆误。张说尤谬。苜蓿终是苜蓿，移种上苑，仍为贱物，无非供天厩食料，不能邀宸赏，蒙眷顾。义山岂得以此自况？

按：苜蓿，马之所嗜。此言不学张骞先种苜蓿秣马，则虽有骐骥，难致千里。相业以奖进人才及养士为本，令狐绹既已入相，义山乃得以此相责，不能说他是私意。

六句“空教楚客咏江蓠”，方为自伤沉沦。能典章奏，何不可“知制诰”？江蓠即蘼芜，《楚辞》：“秋兰兮蘼芜，罗生兮堂下。”自拟秋兰，不在上苑，而与蘼芜生于堂下，自然心不能平。此即“有所思”。少陵《秋兴八首》，其四结句：“鱼龙寂寞秋江冷，故国平居有所思。”钱牧斋笺注：“白帝城高，目瞻故国；兼天波浪，身近鱼龙，曰‘平居有所思’，殆欲以沧江遗老，奋袖屈指，覆定百年举棋之局。非徒悲伤畹晚，如昔人愿得入帝京而已。”此解相当深刻。郑成功江上之役，钱牧斋步原韵作“后秋兴”一百又八首，即本此意而来。义山径袭此三字而不改，心事或亦如少陵，思“奋袖屈指”，创一番相业，广种“苜蓿”，以奖驰驱，护持芳兰，勿使沦落。如义山成为名相，则令狐楚之名必大显。“有所思”与“无消息”合参，味更深永。

结句“郎君官贵施行马，东阁无因得再窥”，若谓义山因子直骄倨，干求不能，实浅乎视之了。东阁典出《汉书·公孙弘传》：既贵，“起客馆，开东阁，以延贤人，与参谋议”。诗中东阁，为旧日令狐楚的东阁，义山当日固与于参谋议之列，今则虽欲建言，亦不可得，因“郎君官贵”，分隔云泥，已不能论旧日交情。“行马”即拒马，所谓“施行马”，意指子直自划一个属于他这种身份的交游圈。而义山是在圈外，非谓在“晋昌”拒而不纳。

如上所说，子直亦自有愧对故人之处。至于不荐义山，原因甚多，据我从载籍中了解，约为：第一，子直善疑，恐义山才出己上，荐之适足妨己；其次，义山风流多艳闻，而宣宗察察为明，倘以儇薄见斥，累及举主；复次，是受“朝云”这种公案之累；又次，为了整肃党纪。凡对唐史真有研究者，如陈寅恪、岑仲勉先生等，无不认为牛（僧孺）有党，李（德裕）无党，殆成定论。牛、李（宗闵）借科举结党，老师提拔门生，门生拥护老师，师弟相承，休戚相关，党援乃成，此风至清末不替。义山以子直之力成进士自应为子直效力，而当子直在丧服中，竟赴泾原之辟，既未能共患难，又何可共富贵？此为古今党援通例。子直如荐义山，则一向行走于子直门下者，将有违言。为了维持其内部的纪律，不可破例。

笺疏至此，“庄生晓梦迷蝴蝶”之义，不言自喻。庄生梦蝶，蝶梦庄生，栩栩然，蘧蘧然，皆不由自主。以喻人谓叛牛投李，而我意中但有“人生适志”之一念，初无意于背叛。无奈子直信谗而亦有此想法，难与硁硁为辩，且姑作认罪之词。下一“迷”字，犹言一时糊涂，偶自忘其为庄生。唯“晓梦”易醒，早已迷途知返。

下句“望帝春心托杜鹃”，仍为自明其始终不忘故人。“春心”出《楚辞》：

目极千里兮伤春心。

是则此“春心”乃望远思归之心。又，《本草》：

杜鹃出蜀中，今南方亦有之……暮春即鸣，夜啼达旦，鸣必向北，至夏尤甚。

按：杜鹃一名杜宇，又名子规，互名子鹃；望帝者，蜀主杜宇；《华阳国志·蜀志》：

有王曰杜宇，教民务农，一号杜主……七国称王，杜宇称帝，号曰“望帝”，更名蒲卑。自以功德高诸王……会有水灾，其相开明决玉垒山以除水害。帝遂……禅位于开明，帝升西山隐焉。时适二月，子鹃鸟鸣，故蜀人悲子鹃鸟鸣也。巴亦化其教而力农务，迄今巴蜀民农，时先祀杜主君。

望帝有功德于民，故“蜀人悲子鹃鸟鸣”，有望归之心。又，《成都记》：

蜀王杜宇称望帝，好稼穑，治城，死化为鸟曰杜鹃。

此直以杜鹃为望帝所化。其说为后世所接受，普遍的解释是：望帝自悔禅位，思归不得，化为杜鹃悲鸣。如徐文长作昭烈孙夫人庙联：“思亲泪落吴江冷；望帝魂归蜀道难。”望帝双关，“魂归”亦双关，一言蜀吴成仇，孙夫人即令归魂，未必为昭烈接纳于泉下，一即言望帝欲归不可。

最值得注意的是温飞卿的诗：

杜鹃魂厌蜀，蝴蝶梦悲庄。

“温李”并称，温年不可考，但当略后于李。飞卿在懿宗咸通七年曾为主试，距义山之殁已八年。当义山憔悴自伤时，飞卿正为子直门客，颇讥府主不学，因而失和。义山有寄飞卿诗两首，皆为五律，多哀苦之音。飞卿亦累试不第，屈为下僚，又轻令狐，则同情义山，理所当然。“杜鹃”“蝴蝶”一联，极可能为《锦瑟》而咏，“蝴蝶梦悲庄”为倒装句法，言悲庄生梦为蝴蝶，而在庄生，栩栩然自适，悲自何来？唯义山“晓梦之迷”始足为悲，此句可作“庄生晓梦迷蝴蝶”的脚注；而上句“杜鹃魂厌蜀”，则为“望帝春心托杜鹃”的脚注；下一“厌”字，益见思归之切。

综合上述各点，知“望帝春心托杜鹃”，乃义山输诚之语，谓虽依柳仲郢在蜀，而终不忘子直。欲归不得，唯有如杜鹃之北向而啼。按：东川直北，正为长安。故“一骑红尘妃子笑”的终南快捷方式，名为“子午道”。如以望帝自悔隐于西山之义推论，似乎义山悔此东川一行。果然如此，则温诗“杜鹃魂厌蜀”的“厌”字，就更可玩味了。

次联上句用鲛人典。鲛有多种，泣珠之鲛出南海，为“合浦鲛”，而合浦为桂管观察使所辖。“沧海月明珠有泪”，寓意双关，既言依郑亚在桂管的宦辙，亦言平生所作诗文，他人看来字字珠玑，自知为无数眼泪所化。曹雪芹“字字看来皆是血，十年辛苦不寻常”，正亦此意。

“蓝田日暖玉生烟”为一颂词，所颂者子直父子，此意从无人说过。自来言“令狐父子”皆指楚与绹，殊不知尚有绹与滈。令狐滈既能左右其父，则义山求解于子直，首须得其子欢心。“蓝田生玉”虽为兼顾父子之语，而巧用“生烟”一典，尤在祝望令狐滈早达。其说应自解“蓝田”始。

"蓝田"双训而归为一事，一事者生玉。双训者蓝田既为美玉之名，亦为产玉之地。《穀梁传》"此晋国之宝也"注：

> 玉有美恶，出处不同，周有蓝田，楚有和氏，宋有结绿，晋有垂棘，各是国之贵物。

此以蓝田为美玉之名。以蓝田为地名，则至今犹是，地在西安东南，蓝关以北；产玉之说，出于《汉书·地理志》：

> 京兆蓝田县，山出美玉。

玉虽出于蓝田山，但蓝田山并不就是玉。必须有双关之义，蓝田既为产玉之地，又为美玉之名，"蓝田生玉"始为兼颂父子之语。《吴志·诸葛恪传》：

> 恪少有才名，发藻岐嶷，辨论应机，莫与为对。权见而奇之，谓瑾曰："蓝田生玉，真不虚也。"

"权"为孙权，"瑾"则诸葛恪之父诸葛瑾。以后宋文帝对谢庄亦曾作此语，确定了"蓝田生玉"有兼颂父子的含义。（亦可用于兼颂母子，别有典，与本文无关，不赘。）

这本来不是一个僻典，而前人所以忽略的原因：第一是我前面所说的，只以为"令狐父子"指楚与绹，不知犹有绹与滈；第二，以为"生烟"不典。因为如此，都将"生烟"与"玉"联系起来，各逞臆说。高明如苏东坡、朱竹垞、何义门亦不免，那就不用说钱锺书了。兹先引录邵文中所转述的诸家解说：

一、照苏东坡的说法……第六句“蓝田日暖玉生烟”，则以蓝田的日暖风熏，美玉的温润光彩，如雾如烟，说明瑟音之和。

二、朱彝尊评《锦瑟》诗，亦说“此悼亡诗也……珠有泪，哭之也；玉生烟，已葬也……”

三、何义门评此联时说：“珠泪玉烟，以自喻其文采。”

四、钱锺书也有他一套说法：“‘暖玉生烟’此物此志，言不同常玉之坚冷。盖喻己诗虽琢炼精莹，而真情流露，生气蓬勃，异于雕绘夺情、工巧伤气之作。若夫后世所谓‘昆’体，非不珠光玉色，而泪枯烟灭矣！……”

四说中以钱锺书说得最具体，亦错得最离谱，竟将“日暖”割裂，分属上下。如“暖玉生烟”之说能成立，则试问“蓝田日”三字，又作何解？

总之，若以“生烟”为不典，则小说小错，大说大错。上引四说，东坡庶几得之，但仍有一大段距离。“生烟”描写蓝田玉，所谓“蓝田日暖风熏”固然不错，但并非描写“美玉的温润光彩，如雾如烟”。运典原有所谓活用、死用、明用、暗用之别。义山征“生烟”之典，为一明一暗两典，合化而成的活用。一明见谢朓《游东田》诗：

远树暖阡阡，生烟纷漠漠。

一暗则出于《淮南子》：

玉在山而草木润。

草木润而又当日丽风和的春夏之交，望之自是“生烟纷漠漠”。此“生烟”为刻画“蓝田日暖”，而非描写什么玉之光润生气，彰彰明甚。

问题在“蓝田日暖生烟”中，插入一“玉”字，而妙处亦就在这里。“玉生烟”不比少陵的“鹦鹉粒”，在句法上不能单独成立。倘谓句法可通，而情理不通，则纯就“玉生烟”而言，诚然。但作为“珠有泪”的偶句，则不但可通，且非如此不可通。珠既可有泪，玉又为何不能生烟？“珠有泪”是幻想，是譬喻；“玉生烟”亦是幻想，亦是譬喻。“克拉玛对克拉玛”，方见其妙。假如真个“珠有泪”，对以幻想的“玉生烟”，则以虚对实，是以《文心雕龙》中所说的“事对”对以“言对”，这在诗律上为一严重的“技术犯规”。

然则“玉生烟”究作何解？这应该就整句诗来分析，在兼颂令狐父子这一个命题上，有由浅入深的三层意思：

一、用蓝田生玉，兼颂父子的典故是最浅的一层。

二、“日暖生烟”由于蓝田山“草木润”，“草木润”由于“玉在山”，举论以言此山必可生玉，此意思又深一层。

三、不明言“日暖生烟”由于“草木润”，而认作烟由玉之所生，此为炎上之象，是则不独此山必可生玉，而且升腾在即。这一层意思最深，亦最精。

须知当时的令狐滈，权同“宰相”而身为“白衣”，故暗用《淮南子》“玉在山”之典，更觉精切无比。在山之玉“生烟”，有炎上之象，为出土之兆。说得明白些，便是断言令狐滈将很快地会中进士，在山之玉必成庙堂之器。“日暖”又有天子眷顾的意味在内，这便连何以能成为庙堂之器的原因，亦皆指出。“生烟”由于“蓝田日暖”“草木润”，而主观地认作在山之玉本身所发挥的作用，兼寓有期望之意，更合父执的口吻。但成进士不一定能知制诰，祝颂他人之中，仍寓无限自伤之怀，始终不脱《锦瑟》题意。

“蓝田日暖玉生烟”的义理如此。若就词章，亦即艺术上的价值判断，则须合上句“沧海月明珠有泪”并论。义山《漫成五章》第一首结句：

> 当时自谓宗师妙，今日惟观属对能。

这虽是牢骚，但亦可见义山自负工于对仗。《文心雕龙》论对仗云：

> 故丽辞之体，凡有四对。言对为易，事对为难；反对为优，正对为劣。言对者，双比空辞者也；事对者，并举人验者也；反对者，理殊趣合者也；正对者，事异义同者也。

“言对”者白描，“事对”者用典。“沧海”一联，不独“事对为难”，且象征的意义，丰富而精当。“反对”者，一开一合，悲欢、苦乐、贵贱、亲疏，用对照的手法来强化所咏之情事，“正对”

者两句只咏一义，即所谓“合掌”，为律诗一病。义山“正对为劣”的诗亦有，如“春蚕到死丝方尽，蜡炬成灰泪始干。晓镜但愁云鬓改，夜吟应觉月光寒”。上联两句只自言相思之苦，下联两句只设想伊人亦当为情憔悴，即所谓“事异义同”。此为义山寄妻妹的情诗，顾及对方的理解能力，只能写得浅。此当别为之说，兹不赘。

论“沧海”一联，则是“反对为优”。上句“沧海月明珠有泪”前已作解，言所为文字，他人看来字字珠玑，自知为泪所化，其为沉哀，不言可知。下句“蓝田日暖玉生烟”，喜故人贵盛，且有跨灶之子，自是一大安慰。上下句所怀的心情，大不相同，此即“反对”。如照钱锺书所说，“此一联言诗成之风格或境界”，以珠玉并称，如所谓“珠光玉色”“泪枯烟灭”“珠泪玉烟”，则为“事异义同”的“正对为劣”，真太亵慢了义山。

现在要谈到结句了：“此情可待成追忆，只是当时已惘然。”诚如邵德润先生所说：“为唯一不用事的两句。”但并非“暧昧而费解”。按：“此情”两结句，为“悼亡”派最大的凭借。而“自论其诗”派，则往往避而不谈，因“自论其诗”不当用“此情”，更不当用“追忆”。邵文中释此两句云：

> 自是义山自述编次诗集时，重读旧作的各种感触。缅怀少年时代的意气风发，往日多少情怀，虽历历在目，有“此情可待”的遐思，但都已成追忆中的陈迹。“只是”回想当年扬历仕途的各种恩怨得失，“当时”即“已惘然”如梦。而今追悔，亦已无从补救。

其说言之成理，差亦可通。但只是说对了“各种感触”及“回想当年扬历仕途的各种恩怨得失”这两句。譬如说“编次诗集时，重读旧作”，即与当时情事不符。以义山当时的境况心情而言，连诗题重复都未改，如“牡丹”两见，“柳”五见，“蝶”三见，“即日”亦三见等等，哪里还有工夫去重读旧作？反过来看，倘曾重读，何不顺手就改掉相重的题目？至于“无题”重复的就更多了，且有格式不同、情事各异而合在一起的“无题”，此当别为之说，不必赘词。

于此，我必须先指出诗的章法，亦如文的章法，有起承转合，以律诗言，大致首两句起，中两联承；亦就是主要内容，铺叙情事，或以先后，或以正反，但第二联须作转的准备，末两句即为转、合。《锦瑟》的章法，尤其明显，次句“一弦一柱思华年”，不但指明回忆往事，且是逐年细想；三、四、五皆为承，而回忆由远而近，至第六句回到眼前，即是“一弦一柱思华年”之时。以电影手法作譬，第二句“淡出”，第六句“淡入”，故第六句由承接起而转，是名副其实的承上启下。此诗作为感怀来说，中四句为“怀”，首尾各二句为“感”。重点当然在结尾两句，第七句为转亦合，因为与末句有密切的连带关系，不能纯视之为转。“此情”之情，非情感之情，而为情形、情况之情。“此情可待成追忆”者，谓这些情形，可以作为闲来无事，排遣心灵寂寞的资料。“可待”与下句“当时”呼应，在章法上更有摇曳生姿之妙。

但这句诗的真正含义，亦是他希望令狐父子读此诗后所得的印象，亦须由下句“只是当时已惘然”反弹出来：“当时惘然”，则今日不惘！用“只是”来限制惘然的时期，用“已”这个过去式的字眼来表明惘然是既往之事，多方强调，心如止水，恩怨都泯，只有府主之恩，世交之情至今犹在。既喜故人贵盛，更望郎君早达。命如游丝，万念俱空，所能安慰者，亦唯此一事而已。至于诗集中有关子直的讦直之语，不过当时惘惘不甘，一时的气话，认不得真。此所以用《锦瑟》冠集代序，以示悔悟。既然如此，则集中凡讦直之诗，皆可废而不观。

这是关于“党争”部分的解释。令狐滈所痛恨的“家丑”，则集中“无题”，全部公开；今在千载以下，我犹可根据前述五首“无题”，了解义山妻妹，如何爱才自荐，如何迫嫁，义山如何被隔离，而又如何与妻妹取得密约，以及如何在送嫁时，发觉枉抛深情。始末曲折，历历如见；则在当时，令狐滈只需一读集中所有的艳体诗，就会恍然大悟，原来“朝云”是指崇让“小姑”。同时也会想到，当时不能公开这些诗作有力的自辩，有怕伤及无辜的苦衷在，则有再深的误会，亦会涣然冰释。

义山这样做的目的是什么？虽有托孤的意味在内，而主要的还是为了解除半辈子的痛苦。遭人误会而无由解释，即是所谓“沉冤莫白”为至痛之事。他的“艳情诬恨”本已可为年光冲淡，不意此诬由父及子，且更深刻、更严重。义山受此重大打击，遂不能不困，不能不病，不能不动出家之念，以求解脱。“我是梦中传彩笔”，付出了这样大的代价，以及《锦瑟》中包含了如许的酸辛，恐为自宋及今说义山诗者，从来没有想到过的！

吴梅村——明朝遗老的失节

明末清初，才人辈出，但学优而仕，成为显宦，则不入《文苑传》。以文会友，奖掖后进；砥砺气节为立身之本。切磋学问备用世之资；不求个人的闻达，但求多士的脱颖，无形中为文坛尊为领导者的，明末有张溥，入清有吴梅村。

吴梅村，名伟业，字骏公，有别墅题名“梅村”，又筑有“鹿樵书屋”，所以晚年号为梅村，又自称鹿樵生。世居昆山，祖父一代迁至太仓；他家并未出过烜赫的大官，却是有德望的仕宦世族。

梅村生在明朝万历三十七年。在他十六岁那年，同里的张溥和张采，邀约文友共十一人，创立“几社”。梅村从张溥问业，在同社中年龄最少，却最受张溥器重。崇祯三年乡试中试，北上会试；第二年春闱联捷，以会元而为榜眼，这时才二十三岁。张溥也是这两年同榜中举人、成进士，所以他与梅村的关系，既是师弟，又是同年。

其时“几社”已并入“复社”，实际领导者仍为张溥。张溥字天如，号西铭，与字受先、号南郭的张采，并称为“娄东二张”，时人称张采为“南张先生”，张溥为“西张先生”。两张的性格不同，张采严峻，张溥宽和，为人所乐于亲近，同时他又富于组织天才，所以复社在他领导之下，很快地发展为一个拥有上千社友的大文社。崇祯五年，张采到江西做官，张溥以葬亲乞假南归，在苏州虎丘开复社大会，据陆世仪《复社纪略》记载：“先期传单四出，至日，山左、江右、晋、楚、闽、浙以舟车至者数千人；大雄宝殿不能容，生公台、千人石鳞次布席皆满，往来丝织”，“观者甚众，无不诧叹，以为三百年来，从未一有此也”。于是好事者把张溥拟为孔子，门下有所谓“四配”“十哲”；梅村就是十哲之一。

因为有此声势，复社由操纵选举进而干预政治，成为东林与阉党另一次尖锐的冲突。到崇祯十四年，彼此攻讦得正热闹时，张溥死了。不久，周延儒为首辅，他是张溥的座主，而且他的入阁，张溥曾出过很大的力量，当然要加以斡旋，因此，张溥得免于身后之祸；终明之世，复社亦得以存在。

甲申之变，官居詹事府左庶子的吴梅村，正请假在家，接到思宗殉国的消息，悬梁自尽，却不幸地为家人所救，他的生母抱着他痛哭流涕。忠与孝的两个观念，在他内心中发生严重的矛盾；此为梅村一生遗恨，郁郁寡欢的由来。

等福王被拥立，梅村奉召到行在，官也升了一级，成为詹事府的少詹事。但福王的荒淫庸愚，马士英的贪黩自私，阮大铖的阴险无耻，以及江淮四镇的勇于私斗，在显示了国事已不可为。梅村心灰意冷，在金陵住了一个月就回去了。当时有气节的遗民，消极的自处之道，不外“隐”之一字；有的遁入空门，有的隐于医、卜、星、相，有的因为老亲在堂，眷口众多，门户需要撑持，就只好闭门不出，梅村走的正是这条路。

可是，他并不能真正地归隐，因为清兵下了江南，秩序渐复，开科取士，吴中的文社复起，东林后人再度活跃。复社的名义虽已不能存在，但各立门户，源流相同，都奉梅村为宗主，而梅村亦“每以奖进人才为己任，谆谆劝诱，至老不倦”。同时，他“喜扶植善类”，有些事又不能置身事外，“或罹妄，识与不识，辄为营救”，“而于遗民旧老，高蹈岩壑者，尤维持赡护之，惟恐不急”。[①] 因为如此，他才被拖下水；也因为如此，后人对他的被拖下水，才能寄以同情和惋惜。

梅村一生以复出为大恨。而此恨在自缢被救时，便已注定。《清史稿》记其复出经过如次：

> 顺治九年，用两江总督马国柱荐，诏至京。侍郎孙承泽、大学士冯铨相继论荐，授秘书院侍讲，充修太祖太宗圣训纂修官。十三年迁祭酒，丁母忧归。

这段记载，过于简略，未得真相。梅村的复出，归纳原因，得此三端：

第一，征召前明官员，是多尔衮一进关时就已决定了的政策，

① 本节所引，见顾湄所撰《吴梅村先生行状》。

所罗致的对象，或为前明显宦，或负一方重望，以能帮助他建立清室皇朝或消除敌对态度为原则。江南文社复起，梅村隐为宗主，朝中自然不会再拿他与冒辟疆等人一例看待了。

第二，顺治本人爱好文学，喜近文士。在清朝诸帝中，只有他最富艺术家的气质，同时在此方面的天分亦最高；则以梅村的诗名，必不肯轻易放过。

第三，也是最主要的一个原因：阉党报复东林。诚然，阉党未必皆小人，东林未必皆君子，但荐梅村的冯铨，确为小人之尤，他是阉党的巨擘，仿北宋末年蔡京立“元祐党人碑”的遗意，以诬陷东林，一网打尽为目标的《三朝要典》，就出于他的手笔。崇祯初年，魏忠贤伏诛，他侥幸逃脱了重典，及至清兵入关，一征即至，成了老牌的“贰臣”之一。

多尔衮在日，足以驾驭此辈；到了顺治亲政，倾轧渐烈，而顺治四年、六年、九年三科会试，江南士子多得高第，东林后人联翩入朝，很快地成为政治上的新兴势力。阉党余孽，既妒且恨亦惧，于是在现实政治利益的冲突下，煽动山东、山西两省的大僚，也是贰臣的刘正宗之流，发动南北之争；此所以顺治十四年丁酉科场案，南闱被祸独惨，而北闱中受害的，亦以南士为多。当然，北对南争第一个目标就是吴梅村，佛头着粪，人皆掩鼻；偶像落水，自身不保，要这样子才是对东林支派最厉害的精神打击。

梅村的被征召，始则以“有司敦逼，先生控辞再四，二亲流涕办严，摄使就道。难伤老人意，乃扶病入都”[①]。而道途迁延，

① 本节所引，见顾湄所撰《吴梅村先生行状》。

经年始达，一路伤时感事，俯仰身世，留下了不少凄凉无奈的诗，自叹“误尽平生是一官，弃家容易变名难”。羡慕陈其年的父亲陈贞慧，“溪山罨画好归耕，樱笋琴书足性情”。最沉痛的是《过淮阴有感》七律二首，“其一”的结句：“昔人一饭犹思报，廿载恩深感二毛。”以韩信的故事，自惭未报先朝君恩；“其二”的后半首：“浮生所欠只一死，尘世无由识九还。我本淮王旧鸡犬，不随仙去落人间。”自伤甲申年自缢被救，不得尽殉国之志。这真是哀莫大于心死了！

一直到抵达京城之前，梅村还在作不受清朝官职的努力，有《将至京师寄当事诸老》七律四首，一再强调“此身只合伴渔樵”，尤以第四首辞意最苦：

平生踪迹尽由天，世事浮名总弃捐。
不召岂能逃圣代？无官敢即傲高眠。
匹夫志在何难夺？君相恩深自见怜。
记送铁崖诗句好，白衣宣至白衣还。

这首诗，措辞平浅，是希望十六岁的皇帝能够看得懂，白衣宣还。但语浅而意曲，自陈不敢有异心，不敢以布衣傲王侯，亦不敢说“匹夫不可夺志”。低声下气，婉转陈词，仿佛寡妇遭遇强暴时，乞全贞节的哀鸣。事实上，梅村的失节，亦当作如是观。而纵使如此，乾隆仍旧把他列入《贰臣传》中。春秋大义之辨，严于斧钺，能不懔然？

梅村初至京师，授官秘书院侍讲，顺治十三年升国子监祭酒，不久以嗣母去世，丁忧回籍，适符所愿。从此“勇退而坚卧，谓人曰：‘吾得见老亲，死无恨矣！’”[①]而家居生活，却又遭受了一连串残酷的打击，首先是他的儿女亲家，弘文院大学士陈之遴，在南北之争中垮了下来，全家充军尚阳堡。梅村的女婿陈直方，右眼失明，依当时法律，废疾原可以赎罪，结果也一起充军关外。同时，顺治十四年丁酉科场案，遭横祸的多为梅村的故旧子弟，如吴汉槎就因此充军宁古塔。梅村的诗中，有古风三首：《赠陆生》和《吾谷行》，是送陈庆曾和孙赤崖戍尚阳堡；一首《悲歌赠吴季子》，是送吴汉槎戍宁古堡。吴汉槎曾受梅村的赏识，被誉为“江左三凤凰”之一，所以此诗致情深挚；而受害的又不止吴汉槎一个人，所以此诗感慨也特深，结尾一段：“噫嘻乎悲哉！生男聪明慎勿喜，仓颉夜哭良有以，受患只从读书始，君不见，吴季子！”可以说是为普天下读书人生不逢辰而放声一哭，比东坡“但愿生儿愚且鲁”的牢骚，沉痛得太多了。

两年以后，又有所谓“江上之变”，这是指郑成功进兵江宁的一役；江南遗民在“通海”的猜嫌之下，每受无辜的株连，梅村自然是被疑者之一，所以“每东南狱起，常惧收者在门”。其时梅村的女儿，免于遣戍，住在镇江，“北信不至，州人一日数惊，女积忧劳久”[②]，不独是挂念充军的夫家，实在也是她悬念着父亲

① 本节所引，见顾湄所撰《吴梅村先生行状》。
② 见《梅村家藏稿·亡女权厝志》。

的安危，只梅村不便明言而已。

到了顺治十八年，世祖晏驾后不久，发生了有名的“奏销案”。此一名为追缴钱粮旧欠的所谓“新令”，其实是新皇朝全面镇压智识阶级的措施。而江苏因为巡抚朱国治的甘为鹰犬，被祸独惨，官绅士子，革黜刑责至一万三千余人之多，清初江苏士林中的名人几乎无不牵连其中，甚至如昆山叶方蔼，以顺治十二年一甲三名进士，仅因为“所欠一厘”亦被革去功名，“探花不值一文钱”[①]，可以想见“新令”的严酷。

在奏销案中，梅村亦被牵连，“几至破家”。其时他已年逾五十，女儿极多，独无儿子；五十以后，侧室朱氏为他连举三子，这怕是他晚年唯一值得安慰的事了。

梅村卒于康熙十年十二月，享年六十三岁。病中他有遗言：

> 吾一生遭际，万事忧危，无一刻不历艰难，无一境不尝辛苦，实为天下大苦人！吾死后，敛以僧装，葬吾于邓尉灵岩相近，墓前立一圆石，题曰“诗人吴梅村之墓”。勿作祠堂，勿乞铭于人。

平生著作有《梅村集》四十卷、《春秋地理志》十六卷、《春秋氏族志》二十四卷、《绥寇纪略》十二卷、《乐府杂剧》三卷。

---

① 王应奎《柳南续笔》：“昆山叶公方蔼，以欠折银一厘左官；公具疏有云‘所欠一厘’，准今制钱一文也。时有‘探花不值一文钱’之谣。”

当然，他自许为诗人，而客观的评论，亦以梅村的绝诣在诗。诗集十八卷，有吴翌凤的集注本，历时五十年始完成。

清初诗坛，钱谦益尊宋，吴梅村宗唐，已成定论。关于梅村在文学方面的评价，纪晓岚所撰的《四库全书总目提要》，说得最为精当：

其（吴梅村）少作，大抵才华艳发，吐纳风流，有藻思绮合，清丽芊眠之致。及乎遭逢丧乱，阅历兴亡，激楚苍凉，风骨弥为遒上。暮年萧瑟，论者以庾信方之。其中歌行一体，尤所擅长，格律本乎四杰，而情韵为深。叙述类乎香山，而风华为胜，韵协宫商，感均顽艳，一时尤称绝调。其流播词林，仰邀睿赏，非偶然也。至于以其余技，度曲倚声，亦复接迹屯田，嗣音淮海。王士祯诗称“白发填词吴祭酒”，亦非虚美。惟古文每参以俪偶，既异齐梁，又非唐宋，殊乖正格！黄宗羲尝称梅村集中，张南垣、柳敬亭二传：张，言其艺而合于道；柳，言其参宁南军事，比之鲁仲连之排难解纷，此等处皆失轻重，为倒却文章家架子。其纠弹颇当。盖词人之作散文，犹道学之作韵语，虽强为学步，本质终存也。然少陵诗冠千古，而无韵之文，率不可读。人各有能有不能，固不必一一求全矣。

纪晓岚的这一段话，自然比梁启超“靡曼”两字之评[①]，要来得客观公正。但有一点，是纪晓岚所明知而为了怕触犯时忌，不敢说破的，那就是梅村作诗，有意步杜少陵，成一代的诗史。试看梅村诗集，怀古纪事，吊死伤别，无不充满了沧桑之悲、身世之痛，哪怕是咏物的诗，多半亦有寄托，如《破砚》：

一掷南唐恨，抛残剩石头。
江山形半截，宝玉气全收。
洗墨池成玦，窥书月仰钩。
记曾疏阙失，望断紫云愁。

咏《破砚》用李后主碎青石砚的典故，而以南唐暗喻南明，或可说是妙手偶得；但结句由破砚想到曾用此砚写直陈缺失的奏疏，寄感慨于前期的奸佞当道，忠言不入，这就不能说不是无意为之了。

再如《废檠》：

忆曾同不寐，弃置亦何心？
喜伴疏窗冷，愁添老屋深。
书将邻火映，梦共佛灯沉。
莫叹兰膏烬，应无黠鼠侵。

① 见梁启超《清代学术概论》。

所谓“黠鼠”，正指阮大铖之流；南明原就是一盏破灯台，剩下一点点油，维持一星星火，黠鼠偷侵，油干灯尽，南明之灭，如斯而已！

当然，要寄一代兴亡的大感慨，短章不足以尽其意，此所以歌行为梅村所爱用的体裁；亦唯有歌行才能让他尽量发挥。刘大白曾举《圆圆曲》《永和宫词》《短歌》《楚两生行》《悲歌赠吴季子》等篇，为梅村歌行的代表作[①]，而此数篇，都是本乎事实，寄托遥深，用史法的曲笔，辛苦经营，而又抒写了史书中所无法表达的深厚情感的诗史。如《楚两生行》，名为赠苏昆生、柳敬亭之作，实写宁南侯左良玉，其中最要紧的是这一段：

忆昔将军正全盛，江楼高会夸名胜。
生来索酒便长歌，中天明月军声静。
将军听罢据胡床，抚髀百战今衰病！
一朝身死竖降幡，貔貅散尽无横阵。

这是深致惋惜于左良玉衰病而死；谴责他的儿子左梦庚不肖，宁南一殁，旋即降清。又如《短歌》：

王郎头白何所为？罢官岭表归来迟。

① 见刘大白《中国文学史》。

衣囊已遭盗贼笑，幞被尚少亲朋知。
我书与君堪太息，不如长作五羊客！
君言垂老命如丝，纵不归人且归骨。
入门别怀未及话，石壕夜半呼仓卒！

“王郎”是指他的朋友，广东增城县令王子彦，此时正卸任回乡，衣囊为盗贼所笑，其贫可知；而入门还未得一叙别怀，“奏销案”中追索钱粮旧欠的胥吏，倒已经闻风而来。做官潦倒，头白归乡，谁知在家乡却更不如在异乡漂泊！这是何等哀痛的描写？比诸少陵的《石壕吏》，可以说是异曲而同工。

《永和宫词》，凄凉特甚。这首长歌是为田贵妃而作，写她的恃宠而骄，写外戚的豪奢专横，而字里行间，实写思宗的忧心国事、郁郁寡欢。那一种惘惘不甘、莫知所归之情，令人心酸。但这首长歌所含的本事太多，用典较僻，所以梅村下的力量虽大，却不如他的那首《圆圆曲》盛传人口。

《圆圆曲》的本旨，在借陈圆圆来写吴三桂。这首诗，大约作于顺治十六年吴三桂开府昆明以后，当与《滇池铙吹》七律四首合看。其时正是吴三桂为清朝力效前驱，定四川、下贵州、克云南、入缅甸、杀桂王，“勋业”最盛之时。清朝对他亦是宠信有加，不惜曲意以徇；如果梅村得罪了他，虽在万里之外，不难借官方的力量杀梅村，因此《圆圆曲》之作，在梅村煞费苦心，如第一段：

鼎湖当日弃人间，破敌收京下玉关。
恸哭六军俱缟素，冲冠一怒为红颜。
红颜流落非吾恋，逆贼天亡自荒宴。
电扫黄巾定黑山，哭罢君亲再相见。

以颂扬开始，而以“再相见”引起下句“相见初经田窦家”，入圆圆正文，章法固已超人一等。“冲冠一怒为红颜”七字，自足定吴三桂的生平，但接着为他开脱，说“红颜流落非吾恋”，而实际上是梅村为自己的脱罪留后步。至于“电扫黄巾定黑山”七字，熟悉明史者，也能看出其中另有文章，当李自成自西安东犯，由山西入河北，真定失守，知府邱茂华杀总督降贼，京师告急时，思宗封宁远总兵吴三桂为“平西伯”，诏征入卫。宁远兵有五十万之众，吴三桂遣步骑入关，自己在后面保留了精锐部队，因此才让李自成破了京师。力足以拒贼而观望不前，所以“电扫黄巾”四字，表面看来是恭维，其实是讥刺他当时赴君父之难，犹如秦人视越。整篇《圆圆曲》中，类此惨淡经营的笔法，随处可见；而“尝闻倾国与倾城，翻使周郎得重名。妻子岂应关大计？英雄无奈是多情！全家白骨成灰土，一代红妆照汗青”。以扬陈圆圆来贬吴三桂，用此反衬的手法，可以想见梅村内心对吴三桂的深恶痛绝。可惜梅村不及亲见三藩之乱，否则他一定会改写《圆圆曲》，或者续写后圆圆曲，把不忠不孝复不义的吴三桂的丑陋面谱，另作刻画。

梅村的歌行，称为“梅村体”，清末樊樊山仿此体写前、后《彩云曲》，亦颇传诵一时。虞山尊宋而衍出所谓“同光体”，宋诗的天下中有“梅村体”独张一帜，稍留唐音，这也算是爱好梅村诗的人的一种安慰。

『江上之役』诗纪——『失败的英雄』郑成功

南飞乌鹊夜，北顾鹳鹅军。
围壁钲传火，巢车剑拄云。
江从严鼓断，风向祭牙分。
眼见孙曹事，他年著异闻。

——吴梅村《七夕感事》

顺治十六年夏，郑成功会同张煌言（苍水）的浙东义师，自海入江，下镇江，薄金陵，为明朝恢复的唯一良机，惜以战略战术的错误，功败垂成。此为顺治朝的一件大事，清人笔记中称为“江上之役”。而与闻此役者，以“通海”罪名，被屠戮甚惨。首引一诗，即记此役。王氏《东华录》与《清实录》是年有如下的记载：

（五月）壬申，浙江总督赵国祚奏：官兵自永嘉、泰顺、青田等处进剿海寇，俱多斩获。

戊寅，浙江巡抚佟国器奏：臣同总督赵国祚、昂邦章京柯魁、梅勒章京夏景梅、提督田雄、水师总兵常进功等，统满汉兵追击郑逆，直抵衙前，贼渠奔遁，又败之于定关等处，焚斩甚多。

壬午，浙江总督赵国祚汇报官兵剿杀郑迎功，得旨：“此奏内准据各官塘报，或称砍死海贼无算，或称打落淹水无算，及坏贼船、打死劫粮贼众，动曰不可胜计，或称获刀枪旗牌等物焚毁，或称生擒贼二三名不等斩讫，俱无的据；着确察议奏。凡各官塘报捷功，必临阵斩获若干，所获马匹器械若干，攻克城池营寨若干。确实有据，始可言功。若泛言斩获，及城池失守、贼去即称恢复，皆系饰词铺张，深为可恶。常见明末行间奏报，辄云杀死无数、获器械无算，掩败为功，相为欺罔，以致误国。今乃仍踵陋习，每多希功请叙，倘沿袭不改，必致贻误封疆。着即通行严饬，以后再有此等奏报者，定治以罔上冒功之罪不贷，兵部知道。”

（六月）己亥谕兵部，大阅典礼，三年一行，已永著为例，数年以来，尚未修举，今不容再缓。着即传谕各旗官兵，整肃军容，候秋月朕亲行阅视。

传谕举行大阅典礼，即《汤若望传》所记世祖欲亲征，而且已“贴出了官方布告，晓谕人民，皇上要亲自出征”。

当郑成功的海上楼船，浩浩荡荡由舟山北指，张苍水以义师相从，入晋江抵崇明岛；清朝总兵梁化凤，敛兵坚守。张苍水以崇明为江海门户，主张先取之以为“老营”。这是进可攻、退可守的稳扎稳打之计。但郑成功自信过甚，贪功太切，决定径取瓜洲，截断梁化凤的粮道，则崇明不攻而自破，此为一误；及至六月中，既下京口，又有一误。《清史稿·补编·郑成功载记一》记：

甘辉进计曰："南都完固，不可骤攻。今据瓜洲，则山东之师不下；守北固，则两浙之路不通；扼芜湖，而江、楚之援不至。且分兵镇其属县，手足既断，腹必自溃，此长策也。"潘庚钟亦曰："未可骤进，当暂守瓜镇，分据维扬，扼其咽喉，收拾人心。观衅而动，北堵清兵不下，断其粮道，两月之间，必生内乱，此曹操之所以取胜于官渡也。"冯澄世亦言进取不易。成功独排众议曰："不然，时有不同耳！昔汉祚改移，群雄分据，故曹常以胜算制人，我朝历年三百，德泽已久，不幸国变，百姓遭殃，大兵一至，自然瓦解，恢复旧京，号召天下豪杰，千载一时也。若老其师，敌之援兵四集，前后受敌，我势岂不自孤？昔太祖得廖永忠，谕通海水师夺采石，取金陵，破竹摧枯。正贵神速耳。"遂于七月布檄各镇，悉师薄金陵。

《东华录》有记七月间事：

（六月）壬子，海寇陷镇江府。

（秋七月）丁卯，命内大臣达素为安南将军，同固山额真索洪、护军统领赖塔等，统领官兵，征剿海逆郑成功。

丙子，海寇犯江南省城。

庚辰，漕运总督亢得时，闻海寇入犯江宁，出师高邮，自溺死。

江宁之战经过，双方说法不同，兹先记江南总督郎廷佐的奏报：

海寇自陷镇江，势愈猖獗，于六月二十六日逼犯江宁，城大兵单，难于守御。幸贵州凯旋梅勒章京噶褚哈、马尔赛等统满兵从荆州乘船回京，闻贼见江宁，星夜疾抵江宁。臣同防驻昂邦章京喀喀木、梅勒章京噶褚哈等密商，乘贼船尚未齐集，当先击其先到之船。喀喀木、噶褚哈等发满兵，乘船二十艘，于六月三十日两路出剿，击败贼众，斩级颇多，获船二十艘，印二颗。至七月十二日，逆渠郑成功亲拥战舰数千、贼众十余万登陆，攻犯江宁城外，连下八十三营，络绎不绝，安设大炮地雷，密布云梯，复造木栅，思欲久困，又于上江、下江以及江北等处分布贼船，阻截要路。臣与喀喀木等昼夜固守，以待援兵协剿。至七月十五日，苏松水师总兵官梁化凤亲统马步官兵三千余名至江宁。

援兵唯一的主力为梁化凤的三千余人，此外最多不过金山营的一千人；其他各路赴调者，合计亦不过千；连同八期之师，总共一万人。而郑成功所部号称十七万，这当然是有虚头的，但即令只是半数，与清军相较，亦为八与一之比。同时张苍水率所部进据上游芜湖，以扼川楚援师；除安庆外，沿江郡县“上印”者三十七，声势大张。郑成功此时如能一鼓作气，进攻西、北诸门；从任何一点看，都无不克之理，谁知因循自误。《载记》又记：

> （七月）十七日，各提督、统领进见；甘辉曰：“大师久屯城下，师老无功，恐援虏日至，多费一番功夫。请速攻拔，别图进取。”成功谕之曰“自古攻城掠邑，杀伤必多，所以未即攻者，欲待援虏齐集，必扑一战；邀而杀之”云云。

其时义师屯狮子山下，列营仪凤门外，清军则以狮子山为屏障，立三营神策门之西的钟阜门。延至二十三日，义师尚无动静，清军乃冒险出击。郎廷佐奏报云：

> 七月二十三日派满兵堵贼诸营，防其应援，遂发总督提督两标，绿营官兵，并梁化凤标营官兵，从仪凤、钟阜二门出剿。贼踞木栅，并力迎敌；我军各将领，奋不顾身，冒险先登，鏖战良久，阵擒伪总统余新，并斩伪总兵二员，击死贼众无算。至晚收军，臣等又公议，满洲绿旗官兵悉出击贼，恐城内空虚，留臣守城，其喀

> 喀木、噶褚哈、马尔赛、梁化凤等由陆路进；汉兵提督管效忠，协领扎尔布巴图鲁、费雅住巴图鲁，臣标副将冯武卿等，由水路进。各统官兵次日五鼓齐出，贼已离营，屯扎高山，摆设挨牌火炮，列阵迎敌，我兵自下仰攻，鏖战多时，贼始大败。生擒伪提督甘辉，并伪总兵等官，阵斩贼众不计其数，烧毁贼船五百余只，余孽顺流败遁。喀喀木、噶褚哈等复领水陆两路官兵，疾追至镇江、瓜洲，诸贼闻风乘舟而遁。

其实此战全为梁化凤的功劳，先则约降，以为缓兵之计；继而穴城奇袭，破人家门户作通路。余新既受其愚，复不能警惕；当此时也，居然在火线上做生日，致为梁化凤所乘。兵败如山倒，至二十八日，清军已大获全胜而回军金陵。张苍水所部亦受牵连，不能不向安徽霍山一带遁走，逾年始得复归舟山。

郑成功曾执贽钱牧斋称弟子，自北征之役始，至抑郁以殁，钱牧斋先后为赋“后秋兴”一百又八首，编为《投笔集》。细看钱诗，再看张苍水诗文，始知郑成功徒负英雄之名，将略颇成问题。而张苍水于此役厥功甚伟，为郑成功所误，前功尽弃；而后世但知郑成功为“失败的英雄”，殊不知此五字唯苍水足以当之。

关于北征之役，海上义师与金陵守卒强弱之形，悬绝霄壤，而何以由大胜而大败，其间因果，殊不分明。此以后世记其事者，多为郑隐饰曲讳之故。张苍水《北征得失纪略》，身在局中，所记虽不免稍有夸饰，但为实录则无疑。亦唯有看此《纪略》，才能明了胜何由胜，败何由败。兹分段引录《纪略》，并加解释，以存真相，亦为埋没已久的张苍水吐气。

> 岁在己亥。仲夏，延平藩全军北指，以余练习江上形势，推余前驱。抵崇明，余谓延平："崇沙乃江海门户，且悬洲可守；不若先定之为老营。"不听。

按《清史稿·补编·郑成功载记》，记此较苍水为详，已略见前述。《载记》论断："崇明为江海门户，进出锁钥，乃进退应据之地，虽费时费力，亦必力争，因其有战略上特殊价值之故。乃成功以清军坚守，遂舍而不攻，绕道直取瓜洲，在当时固收胜利之速效。迨围困金陵之际，崇岛即挥兵由后驰援，此予郑军精神之威胁极大，北伐之败，实先伏机于此。"大致不误。但不攻而围，监视梁化凤的三千兵，使不得越雷池一步，则又何能自江南间道驰援金陵？成功将略之疏，于此可见。

> 既济江，议首取瓜洲。时虏于金、焦间以铁索横江，夹岸置西洋大炮数百位，欲遏我舟师。延平属余领袖水军，先陆师入。余念国事，敢爱躯命，遂扬帆逆流而上。次炮口，风急流迅，舟不得前。诸艘鳞次且进且却，两岸炮声如雷、弹如雨，诸艘或折樯，或裂帆，水军之伤矢石者，且骨飞而肉舞也。余叱舟人鼓棹，逆入金山；同艅数百艘得入者，仅十七舟，而本辖则十三。嘻！危哉。次早，

藩师始薄瓜城，一鼓而歼满汉诸虏殆尽，乘胜克其城。

此记情状如见。“本辖十三者”，得突破防御工事入金山的“十七舟”，十三艘为张苍水的浙东义师，郑部仅得四舟，清军本以铁索横江，巨炮夹岸为守，此关既破，下二三灯火的瓜洲，摧枯拉朽，何足言功?

延平即欲直取石头，余以润州实长江门户，若不先下，则虏舟出没，主客之势殊矣；力赞济师铁瓮。而延平犹虑留都援骑可朝发而夕至也。余谓：“何不遣舟师先捣观音门，则建业震动，将自守不暇，何能分援他郡？”延平意悟，即属余督水师往，且以直达芜湖为约。

“石头”“建业”为金陵别称；“润州”“铁瓮”，皆指镇江；“观音门”在金陵城北燕子矶之西。《读史方舆纪要》引《金陵记》云：“幕府山东有绝壁临江，梯磴危峻，飞槛凌空者，宏济寺也；与宏济寺对岸相望，翻江石壁，势欲飞动者，燕子矶也。俱为江滨峻险处。”镇江水师，经黄天荡而来，首先到达的攻击点即是观音口；控制了观音口即控制了燕子矶，金陵守军失此险处，自感威胁，义师便达到了牵制的目的。

夫芜湖，固七省孔道，商贾毕集，居江楚下流，为江介锁钥重地。况逾金陵、历采石，悬军深入，此不可居之功也。余一书生耳，兵复单弱，何能胜任！虽然，倡义之谓何？顾入中原而不图恢复耶，余何敢辞！于是……海舟行迟，余易沙船牵挽而前。

按：“七省”者：江苏、浙江、江西、湖南、湖北、河南、山东。张苍水自以为不可为而为之，哪知民心所向，成就出人意表。

未至仪真五十里，吏民赍版图迎王师。盖彼都人士知余姓名有素，故遮道来归。迄余抵仪真，先一夕延平已遣李将军单舸往抚。余辄欲引去，合郡士民焚香长跪雨中，固邀余登岸。不获已登江滨公署，延见慰谕之。众以李将军无兵，恐虏骑突至，则无以捍牧圉，咸稽首留余保障。余迄不可，遂行。

舟次六合，得报藩师已于六月二十四日复润州。余计润城已下，藩师由陆逐北，虽步兵皆铁铠难疾趋，日行三十里，五日亦当达石头城下，即作书致张茂之谓：“兵贵神速，若从水道进师，巨舰逆流迟拙，非策！”余恐后期，因昼夜牵缆，士卒瑟瑟行芦荻中，兼程而行。

按：“李将军”为李顺，在郑成功左右，其职司类如督抚的中军；“张茂之”名英，为郑成功的先锋。

抵观音门，乃六月二十八日也。不意藩师竟从水道来，故金陵得严为之备。余舣棹观音门两宿，藩师战船无一至者。余乃发轻舟数十，先上芜湖，而身为殿，泊浦口。

按：据郎廷佐奏报，“海寇……于六月二十六日逼犯江宁，城大兵单，难于守御”。即指张苍水的少数部队而言；泊观音门两宿，而金陵清军不敢出击，可知兵力空虚。如郑成功得镇江后，能遣一军，自陆路兼程驰抵南京，截断要路，则郎廷佐投降，亦非不可能之事。

七月朔，虏侦我大艅尚远，遂发快船百余载劲虏，侵晨出上新河，顺流而下，击棹如飞。余左右不满十舟，且无风战不利，几困。忽一帆至，则余辖下犁艚也。余即乘之复战，后艅续至，虏始遁去。而日已曛矣。

按：此即郎廷佐奏报中，所谓“六月三十日两路出剿”之战，一就出发之时而言，一就接战之日为准，故有日期上的参差。

至于船，一谓二十，而获敌船亦二十；一谓“快船百余载劲虏”，而“左右不满十舟”，皆不免炫其以寡敌众。但规模极小，亦可想见，充其量只是百把条快艇之战。“艚”为小船：“犁艚”即有舵的小船。当然此“小船”系与艨艟巨舰相对而言，既可张帆，大致与运河中的漕船相仿。

诘朝，整师前进，虏匿不出。余部曲驰报江浦已破，

> 盖方余与虏对垒也，先一哨越浦口旁掠，止七卒抵江城，城中虏骑百余开北门遁，七卒遂由南城入，亦一奇也。

以七卒而克一城，确为一奇。义师的声威，清军的怯弱，都可想见。这样好的机会，轻轻放过，三百年后，尤为扼腕。

> 捷闻，延平止余毋往芜关，而且扼浦口以抚江邑。此七月初四日事也。

按：此为郑成功仍缺乏自信，所以想借重张苍水，在江宁外围助战。

> 翌日，延平大军亦抵七里洲，正商量攻取建康。而余所遣先往芜湖诸将捷书至，芜城已降矣。尔时上游声威丕振，而留都守御亦坚。延平谓余："芜城又上游门户，倘留都不旦夕下，则江、楚之援日至，知非公不足办此。"余谦让至再，延平但促余旋发。于是率本辖戈船以行，而幕府之谋自此不复与闻矣。

张苍水本为郑成功的监军。至此，各自为战。据郎廷佐奏报，郑成功于七月十二日始到江宁。而据张记，则郑于七月五日已到江宁对岸的七星洲。而梁化凤于七月十五日，领兵赴援。此十日之间不能攻克江宁，足以坚清军固守之志。

七日，抵芜城。传檄诸郡邑，江之南北相率来归，郡则太平、宁国、池州、徽州；县则当涂、芜湖、繁昌、宣城、宁国、南宁、南陵、太平、旌德、贵池、铜陵、东流、建德、青阳、石埭、泾县、巢县、含山、舒城、庐江、高淳、溧水、溧阳、建平；州则广德、无为以及和阳。或招降，或克复，凡得府四、州三、县二十四焉。

按：张苍水其时所获之地，西至舒城；西南至贵池，直逼安庆；由此迤逦往东，自石埭、太平、旌德至宁国府；凡芜湖以南的繁昌、南陵、铜陵、青阳、泾县、宣城都包括在内，皖南已有其半。自宁国以上，广德、建平、高淳、溧阳、溧水，亦都在握。如果郑成功自镇江发兵，首取丹阳，沿茅山南下，经金坛而至溧阳，则北控长江、东断运河，苏常震动，不战可下。江宁自亦无法坚守，而浙江即有浙东义师，必归掌握。以东南财赋之区，足可自成局面。至于张苍水，以微薄兵力，能摄此一片广大土地，则自有道理在：

先是，余之按芜也，兵不满千，船不满百：惟以先声相号召，大义为感孚，腾书缙绅，驰檄守令。所过地方，秋毫不犯。有游兵闯入剽掠者，余擒治如法，以故远迩壶浆恐后。即江、楚、鲁、卫豪雄，多诣军门受约束，请归祃旗相应。余相度形势，一军出溧阳，以窥广德；一军镇池郡，以扼上游；一军拔和阳，以固采石；一军入宁国，以逼新安。而身往来姑熟间，名为驻节鸠兹，而其实席不暇暖也。

此战略即稳固沿江各郡而东取浙赣，南窥徽州，而以九江为主要目标，其得力在军纪严明。相形之下，郑成功的表现，令人失望：

余日夜部署诸军，正思直取九江。然延平大军围石头城者已半月，初不闻发一镞射城中，而镇守镇江将帅亦未尝出兵取旁邑。如句容、丹阳，实南畿咽喉地，尚未扼塞，故苏、常援虏得长驱入石头。余闻之，即上书延平，大略谓“顿兵坚城，师老易生他变，亟宜分遣诸帅，尽取畿辅诸郡。若留都出兵他援，我可以邀击歼之；否则，不过自守虏耳。俟四面克复，方可以全力注之，彼直槛羊、阱兽耳”。无何，石头师挫。缘士卒释戈而嬉，樵苏四出，营垒为空，虏谍知，用轻骑袭破前营，延平仓卒移帐。质明，军灶未就，虏倾城出战，军无斗志，竟大败。

由此可见，郑成功的部队毫无训练，义师竟如乌合之众。而郑成功的统御能力，根本大成问题。结果累及浙东义师：

时余在宁国府，受新都降。报至，遽返芜，已七月二十九日矣。初意石头师即偶挫，未必遽登舟；即登舟，未必遽扬帆；即扬帆，必且复守镇江。余故弹压上游，不少退。而虏酋郎廷佐、喀喀木、管效忠等遗书相招，余峻词答之。太平守将叛降于虏，余又遣兵复取太平，生擒叛将伏诛。然江中虏舟密布，上下音信阻绝。余遣一僧赍帛书，由间道款延平行营。书云：“兵家胜负何常，今日所恃者民心耳！况上游诸郡俱为我守，若能益百艘相助，天下事尚可图也。倘遽舍之而去，如百万生灵何！”讵意延平不但舍石头城去，且弃铁瓮城行矣。

如张苍水所言，郑成功的居心殆不可问。就其前后对张苍水的态度来看，始则用之为前驱。及张声威大振，所向有功，曾未闻有一旅之援，亦未闻有桴鼓之应，妒功之心，殊为显然。及其石头小挫，顿成大创。果然心目中尚有一同仇敌忾的张苍水在，亦当呼援就商，而并此亦无，已出情理之外。及至张苍水遣使间道致书，请“百艘相助”，而竟不报。辎重舟楫，宁愿委敌，不愿资友，无异明白表示：“我不能成功，亦决不能让你成功！”按：此非张苍水诿过之言、苛责之词。因《北征得失纪略》作于“永历十三年嘉平月”，即顺治十六年冬天，张苍水辗转回至浙东时，《纪略》既成，自必传抄各方，倘为诬词，郑成功必当反驳，而远未见有异词，可以反证《纪略》为纪实。

以下张苍水自记其处变经过：

留都诸虏，始专意于余，百计截余归路，以为余不降，

> 必就缚。各将士始稍稍色变，而刁斗犹肃然。余欲据城邑，与虏格斗，存亡共之，复念援绝势孤，终不能守，则虏必屠城。余名则成，于士民何辜？而辖下将士家属俱在舟，拟沉舟破釜，势难疾驰，欲冲突出江，则池州守兵又调未集。忽谍报：虏艘千余已渡安庆。余虑其与虏值，众寡不敌。因部勒全军，指上游，次繁昌旧县。池兵亦至，共议进退。咸言“石头师即挫，江、楚尚未闻也。我以艨艟竟趋鄱阳，号召义勇，何不可者？若江西略定，回旗再取四郡，发蒙振落耳”。乃决计西上。

安庆未下，为清军得以转危为安的一大关键。否则直下九江，舟师由湖口一入鄱阳，浙东义师可以自成局面，一部清史，或当改写。

> （八月）初七日，次铜陵。海舟与江舟参错而行，未免先后失序。余一军将抵乌沙峡，而后队尚维三山所，与楚来虏舟果相值。余横流奋击，沉其四舟，溺死女真兵无算。以天暮，各停舟。夜半，虏舟遁往下流，炮声轰然。辖下官兵误为劫营，断帆解缆，一时惊散，或有转芜湖者，或有入焦湖者。西江之役，已成画饼矣。

顾虑城破累及士民，而有不忍之心，此为妇人之仁，根本不宜于带兵打仗。项羽以此而败，张苍水腹饱诗书，岂不知其理？

知而终不能改，此所以书生不可典兵。一误又有以下再误。

> 余进退维谷，遂沉巨舰于江中；易沙船，由小港至无为州。拟走焦湖，聚散亡为再举计。适英、霍山义士来遮说：“焦湖入冬水涸，未可停舟；不若入英、霍山寨，可持久。”余然之。因尽焚舟，提师登岸。至桐城之黄金瑚，有安庆虏兵驻守。此地乃入山隘口，余选锐骑驰击之，夺马数十匹，杀虏殆尽。遂由奇岭进山，一望皆危峰峭壁矣。余辖下将士素不山行，行数日，皆趼。且多携眷挈辎，日行三十里。余禁令焚弃辎重，而甲士涉远多疲。余虽知必有长坂之败，而赴义之众何忍弃置，亦按辔徐行。

焦湖即巢湖。既累于眷属，当知入山必非所宜。结果单骑突围，由安庆、池州，经徽州入浙东，绕一个大圈子，隆冬始达舟山附近的宁海。间关百折，跋涉两千余里，艰辛万状，无复人形。张苍水有《生还》五律四首，其第二首云：

> 痛定悲畴昔，江皋望阵云。飞熊先失律，骑虎竟孤军！
> 卤莽焚舟计，虺隤汗马勋。至今频扼腕，野哭不堪闻。

自悔焚舟失计，而以结句看，则义师眷属，非死即被掳。而此时之满汉，非三国之魏蜀，结局远较“长坂之败”为悲惨，亦是可想而知之事。

后二年辛丑，即顺治十八年，张苍水又有《感事》四律：

箕子明夷后，还从徼外居。端然殊宋恪，终莫挽殷墟！
青海浮天阔，黄山裂地虚。岂应千载下，摹拟到扶余！
闻说扶桑国，依稀弱水东。人皆传燕语，地亦辟蚕丛。
荜路曾无异，桃源恐不同。鲸波万里外，倘是大王风。
田横尝避汉，徐福亦逃秦。试问三千女，何如五百人？
槎归应有恨，剑在岂无嗔！惭愧荆蛮长，空文采药身。
古曾称白狄，今乃纪红夷。蛮触谁相斗，雌雄未可知。
鸠居粗得计，蜃市转生疑。独惜炎洲路，春来断子规。

此为郑成功取台湾而作。全谢山所辑张苍水《年谱》，于康熙元年记公有《得故人书自至台湾》诗下云："延平以长江之败丧气，自度无若国朝何，以得台湾为休息之计，故不听相国之言。""国朝"指清朝，"相国"指苍水。当郑成功与荷兰（红夷）相持不下时，遣参军罗纶，早返厦门。其言如此：古人云"宁进一寸死，无退一寸生"，使殿下奄有台湾，亦不免于退步，孰若早返思明，别图所进哉！昔年长江之役，虽败犹荣。倘寻徐福之行踪，思卢敖之故迹，纵偷安一时，必诒讥千古，观史载陈宜中、张世杰两人褒贬，可为明鉴。夫虬髯一剧，只是传奇滥说，岂真有扶余足王乎！若箕子之君朝鲜，又非可语于今日也。

《感事》期望郑成功为田横而勿为徐福，期望未免过高。原句作"童女三千笑，孤儿五百嗔"。田横五百壮士，集体自裁，身后未闻有何孤儿。则此“孤儿”实兼用“东林孤儿”故事，意味黄黎洲辈，亦不以郑成功的举动为然。

顺治年间用兵的主要对象为西南：经略洪承畴一直不愿对永历施以过重的压力，意中似有所待。及至顺治十六年秋，郑成功功败垂成，知事不可为，东南之患既解，必以全力经营西南，永历虽已入缅，亦终难免，因而以目疾乞解任回京。原因即在不愿为陈洪范第二。至于吴三桂，起先亦不大起劲，及至郑成功思为海外扶余，知道他已失恢复中原的大志。清朝终于可以立定了，方始与爱星河积极进兵，贿通缅甸土著，于康熙元年将永历骗至昆明，四月间遇害。凡此铜山崩而洛钟东应的因果关系，为论史者所不可忽。郑成功如仍守厦门，力图进取，不特牵制清军，亦系遗臣志士之望，关系甚重。此所以张苍水力阻郑成功入台，而当永历遇害的噩耗一传，郑成功旋于五月间病殁，殆深悔失计，抑郁以终。《年谱》康熙元年述张苍水《瓯行志慨》诗，加按语云：

> 是诗为延平世子（按：指郑经）而作。岛事自延平殁后，世子无意西出，亲族、兵将大都望风投款以取封爵。于是朝议锐意南征，合红毛夷夹攻，郑人退守铜山。官军入岛，堕中左、金门两郭，收其妇女、宝货而北，两岛之民烂焉。世子入台郡，分诸将地，颇有菟裘之志。度曲征歌，偷安岁月，军不满千，船不满百，兵甲戈矛一切顿阙。相国两诗，深有慨乎言之矣！

总之，郑成功生平如果脱出政治上号召的意义，纯就史家的眼光来看，尚须另作评价。此处仅就张苍水的志节，作一归宿。全谢山传张苍水云：

> 初，公之航海也，仓卒不得尽室以行，有司系累其家以入告。世祖以公有父，弗籍其家，即令公父以书谕公。公复书曰："愿大人有儿如李通，弗为徐庶，儿他日不惮作赵苞以自赎。"公父亦潜寄语曰："汝弗以我为虑也！"壬辰，公父以天年终，鄞人李邺嗣任其后事。大吏又强公之夫人及子以书招公，公不发书，焚之。己亥，始籍公家，然犹令镇江将军善抚公夫人及子而弗囚也。呜呼！世祖之所以待公者如此，盖亦自来亡国大夫所未有，而公百死不移，不遂其志不已，其亦悲夫！

文中前之所谓"世祖"，实指多尔衮。其时世祖方幼，尚未亲政。"己亥"为顺治十六年，金陵之役以后，方始抄家。而世祖之遇亡国大夫格外优厚者，因为汉化已深，基本上是同情甚至佩服遗民志士的。

> 于是浙之提督张杰惧公终为患，期必得公而后已。公之诸将孔元章、符瑞源等皆内附，已而募得公之故校，使居舟山之补陀为僧，以伺公。会公告籴之舟至，以其为校，且已为僧，不之忌也。故校出刀以胁之，其将赴

水死，又击杀数人，最后者乃告之。曰："虽然，公不可得也。公畜双猿以候动静，舟在十里之外，则猿鸣木杪，公得为备矣。"故校乃以夜半出山之背，攀藤而入。暗中执公，并子木、冠玉、舟子三人。七月十七日也。

按："补陀"即普陀；时张苍水避居舟山外海，属于浙江南田县所辖的一小岛，名为悬岙。此"故校"，据查继佐《鲁春秋》记为宁波人孙惟法。"将"则吴国华。"子木"即罗纶。"冠玉"姓杨，为张苍水乡人子，故家后裔，父母双亡，从张苍水于海上。临刑时，当事者见其年幼，怜而欲释。杨冠玉表示义不独生，竟延颈就刃。

十九日，公至宁。杰以轿迎之，方巾葛衣而入。至公署，叹曰："此沈文恭故第也，而今为马厩乎？"杰以客礼延之，举酒属曰："迟公久矣！"公曰："父死不能葬，国亡不能救，今日之举，速死而已！"数日，送公于杭。出宁城门，再拜叹曰："某不肖，有孤故乡父老二十年来之望！"

又"阙名"著《兵部左侍郎张公传》，记此更翔实而生动：

甲辰秋，逻者获二卒为导，突往执之。被执登舟，所畜一小猴相向哀鸣，跃入水死。至郡城，提督张待以客礼。角巾葛衣，舆而入。张曰："张先生何以屡邀而不至？"答曰："父死不葬，不孝；国难无匡，不忠。不孝、不忠，羞见江东！"劝之降，不答。次日，送之赴省。前此投诚诸将卒送者几千人，齐声号恸。煌言神色自若，出西门，曰："姑缓！"望北四拜，辞阙也；望郭门四拜，辞乡也。随与岸上送者拱手而别。登舟，左右翼而行，虑其赴水。笑曰："无庸！此非我死地！"

按：此为目击者所记，故推断"阙名"当为万斯同。万氏兄弟与张苍水交好，斯同生于崇祯十六年，康熙三年为廿二岁，始亲见张苍水从容尽义，故所记如此。斯同复应聘入史馆，恐有所触忌，遂致"阙名"。

"阙名"又记其解往杭州的情形：

至武林，处于旧府。时总督赵劝之降甚力，始终不答。自被执，即不食，日赋诗自娱。守者叩头哀恳，煌言徐曰："既办一死，何苦累若等。"乃复食，亦惟啖时果数枚而已。一日，督院赴馆，蹙额曰："老先生部文到矣。"煌言即起。肩舆至官巷口，口占曰："我年四十五，今朝九月七，含笑从文山，一死万事毕。"端坐于地而正命焉。会城义士朱亶生、张文嘉等葬其遗骸于西湖南屏山（杭人称为南屏先生）净慈寺左邵皇亲坟翁仲后之左侧，遥与岳武穆、于忠肃两墓相望。煌言诗"西子湖头有我师"，从初志也。夫人董，先死；子万祺，前三日亦被刑于京口。幕客句容罗纶、鄞人杨冠玉，与煌言同死，俱葬于左右，三冢巍然。杨冠玉者，大家后裔，与煌言比邻。父母死，从之海上。临刑，当事见其幼，欲释之。冠王曰："司马公死于忠，某义不忍独生！"延颈就刃。今寒食酒浆，春风纸蝶，岁时浇奠不绝，而部曲过其墓者，犹闻野哭云。

"孔曰成仁，孟曰取义"，中国的知识分子，以临难不苟免为人格修养上的基本要求。但真所谓"慷慨成仁易，从容就义难"，因为成仁常在情势极度急迫之际，一方面不暇计及其他，一方面自我为悲壮义烈的情绪所鼓舞，轻生并不难。如果时机上有容人多想一想的片刻，往往就会迟疑踌躇，贪生之念，倏焉而起，一发不可抑。明臣殉节有脱靴入水，以水冷而怯，别谋自尽之道，这一来就死不成了。

又如龚芝麓，人品是决不坏的；但亦以未能殉节，复未能归隐，致列名《贰臣传》。当时龚芝麓常跟人说："我原要死，是小妾不肯。"指顾眉君而言。龚对外称顾为妾，而在家人故旧门生面前，视顾俨然敌体，称"顾太太"。龚妻不受清朝的诰封，措辞极蕴藉，她说："我已受前明诰封，清朝的诰封给她好了。"

其时，浙江总督为汉军镶黄旗人赵廷臣，顺治二年以贡生初授江苏山阳知县，迁江宁江防同知，因催征逾限罢职。即此便知是好官。顺治十年，以洪承畴之荐，随营委用，湖广既平，复定贵州，赵廷臣得为巡抚。旋擢云贵总督。康熙即位，调督浙江，张苍水被擒，为赵廷臣亲驻定海，与提督张杰所定议。《清史列传》载：

圣祖仁皇帝御极，调廷臣浙江总督，汇叙督云南荒田功，加太子少保。康熙二年廷臣疏言："浙江逋赋不清，由征解繁杂，请以一条鞭起解之法，令各州县随征随解，布政司察明注册，至为简便。"又请移海岛投诚官兵，分插内地，杜贼人煽诱，定水师提镇各营设兵之制，以备水战。杭、嘉、湖三府毗连太湖、泖湖，易于藏奸，请增造快号兵，拨兵巡哨，部议俱从其请。时海敌郑成功死，廷臣招其党伪将军……独伪兵部张煌言率众远遁。廷臣驰赴定海，与提督哈尔库、张杰定议，檄水师由宁、台、温三府出洋搜剿，斩贼六百余，降其伪副将陈栋。知煌言披缁窜伏海岛，廷臣选骁将徐元、张公什饰为僧人服，率健丁潜伏普陀山……擒获煌言。

赵廷臣是能臣，如世祖不崩，不能调往浙江，移浙即表示新君的四顾命大臣决意解决郑成功的问题。顺治十八年秋天，尽迁东南沿海各地之民往内地，为坚壁清野之计，此举破家无数，清朝官书讳言其事。张苍水《奇零草》中，有一题："辛丑秋，虏迁闽浙沿海居民。壬寅春，余舣棹海滨，春燕来巢于舟，有感而作。"诗为五言古风：

去年新燕至，新巢在大厦。今年旧燕来，旧垒多败瓦。燕语问主人，呢喃语盈把。画梁不可望，画舰聊相傍。肃羽恨依栖，衔泥叹飘扬。自言昨辞秋社归，比来春社添恶况。一片蘼芜兵燹红，朱门那得还无恙？最怜寻常百姓家，荒烟总似乌衣巷。君不见晋室中叶乱五胡，烟火萧条千里孤。春燕巢林木，空山啼鹧鸪。只今胡马复南牧，江村古木窜鼪鼯。万户千门空四壁，燕来亦随檣上乌。海翁顾燕三太息，风帘雨幕胡为乎？

又《清史纪事本末》载：

（顺治）十八年冬十月，弃降将郑芝龙于市，徙沿海居民，禁舟出海，从降将黄梧请也。郑氏在京者，无少长，皆被杀。下令迁界，禁渔船商舟出海，自是五省商民，流离荡析，而万里皆邱墟矣。

于此可知，郑成功如坚守海滨，五省商民，不致有此流离破家之祸。是故"阙名"不以为郑之取台湾为延明祚，在张苍水传末，下一断语：煌言死而明亡！此真力足扛鼎的史笔。

钱牧斋"后秋兴"诗，言郑成功攻金陵，所以屯兵不进者，是因为正在接洽清军投降。今考其人，乃松江提督马逢知。世祖大渐时，尽释狱囚，唯两人不释，一为明朝最后的一个兵部尚书张缙彦；一即马逢知。董含《三冈识略》记：

（马逢知）起家群盗，由浙移镇云间，贪横僭侈，民殷实者，械至倒悬之，以醋灌其鼻。人不堪，无不倾其所有，死者无算。复广占民庐，纵兵四出劫掠。时海寇未靖，逢知密使往来。江上之变，先期约降，要封王爵，反形大露。事定，科臣成公肇毅，特疏纠之。朝廷恐生他变，温旨征入，系狱，妻女发配象奴。未几，与二子俱伏法。当逢知之入觐也，珍宝二十余船，金银数百万，他物不可胜计，及死无一存者。

吴梅村诗集中，有两首诗咏马逢知，一为《茸城行》，茸城即松江；一为《客谈云间帅坐中事》，是一首七律。《茸城行》描马逢知的行径云：

承恩累赐华林宴，归镇高谈横海勋。
未见尺书收草泽，徒夸名字得风云。

据此可知，清朝用马逢知，目的是希望他能安抚萑苻，结果一无所成。而贪黩横暴，则较土匪犹不如：

千箱布帛运轺车，百贷鱼盐充邸阁。将军一一数高赀，下令搜牢遍墟落。非为仇家告兼并，即称盗贼通囊橐。堂屋遥窥室内藏，算缗似责从前诺。敢信黔娄脱网罗，早看猗顿填沟壑。窟室飞觞传箭催，博场戏责横刀索。

贪财以外，复又好色：

将军沉湎不知止，箕踞当筵任颐指。
拔剑公收伍伯妻，鸣髇射杀良家子。

结果是：

江表争猜张敬儿，军中思缚卢从史。
枉破城南十万家，养士何无一人死！

张敬儿《南史》有传：敬儿为雍州刺史，居官贪残，民间一物堪用，无不夺取。此辈自唯恐天下不乱，而其时四方宁谧，苦无“用武之地”。因而造一谣言，授江湖术士传播。谣言是：“天子在何处，宅在赤谷口。天子是阿谁？非猪即是狗。”敬儿所居，地名赤谷，小名狗儿，其弟小名猪儿。此言将天子自为，事闻伏诛。吴诗征此典，即董冈所谓“反形大露”之意。由张敬儿兄弟，很容易使人联想到北伐之前在湖南的军阀张敬尧、敬汤兄弟，真一丘之貉。马逢知是这样国人皆曰可杀的人物，而郑成功欲与通谋，即令有功，亦失民心，何况无功！计谋之拙，无逾于此，此又郑成功须再评价的一端。

至于卢从史为唐朝贞元年间昭义军节度使，与成德军节度使王士真子承宗，密谋叛乱。宰相裴垍说动从史牙将王翊元，尽泄从史阴谋及可取之状，以致从史被擒。照此典故而言，马逢知部下亦必有人输诚于朝廷。郑成功既通马逢知，则义师内部情况，亦可能为清朝所悉，其败殊非偶然。吴梅村有《七夕感事》五律一首，于郑成功颇致讥评，诗曰：

南飞乌鹊夜，北顾鹳鹅军。
围壁钲传火，巢车剑拄云。
江从严鼓断，风向祭牙分。
眼见孙曹事，他年著异闻。

此以郑成功的“江上之役”，比拟为赤壁鏖兵。首以郑成功拟曹操，实非恭维，而是讥其自大。“鹳鹅军”典出《左传》，注谓“鹳鹅皆阵名”，用于此处，谓郑成功的部下，有如童嬉。“围壁”不典，乃梅村自创的新词，壁者营垒，指清军扎于金陵西北城外的少数部队，以优势兵力不攻而围，计已甚左。“钲传火”者，士卒以钲传火而造饭，军前犹如寒食，乞火而炊，这顿饭吃下来，非半天不可，何能应变？不败何待？“巢车”典亦出《左传·成公十六年》“楚子登巢车以望晋军”，注谓“巢车，车上有橹”，此指郑成功的水师而言。“剑拄云”者，将星如云，但于楼船上仗剑观望而已。此与“围壁”皆言郑军不攻，而期望旦夕间有变，不战而下金陵。

第三联上句写实，下句用借东风之典，言变生不测。“孙曹”指孙权与曹操，结句调侃绝妙，其实伤心出以诙谐，正见遗老心境之沉痛。

“江上之役”为延明祚的唯一良机，无奈郑成功将略甚疏，以致一夕生变，竟成“异闻”。两年以后，世祖新丧，此又一良机，而郑成功必欲取台，张苍水固谏不听。半年以后，新朝脚步已稳，于是发生一连串的悲剧：

一、清朝用郑成功叛将黄梧之议，一方面五省迁界，坚壁清野为暂守之计；一方面杀郑芝龙，表示与郑成功决绝，亦即表示已不以郑成功为患。

二、由于东南无忧，乃得集中全力解决永历。吴三桂亦不复有所瞻顾，以重金购缅人为内应，于是年十二月初，俘获永历。是则杀永历者，虽由吴三桂直接下手，等于郑成功间接促成。

三、郑经本为逆子，当顺治十八年夏秋间，郑成功与荷人僵持时，已有“子弄父兵”的谣传。及至康熙元年，乃有通乳媪生子的丑闻。而“父死、君亡、子乱”之外，复有“将拒”的情事，而此皆由郑成功自取。一九二七年顾颉刚在杭州得一旧抄本，为崇祯十三年进士、鄞县林时对所撰的《荷牐丛谈》，叙郑成功死状云：“子经，乳名锦舍，拥兵与父抗，成功骤发癫狂。癸卯（高阳按：应为壬寅）五月，咬尽手指死。”此必郑成功命黄昱至厦门，监杀郑经及其母董氏，郑经拥兵相抗，予郑成功极深的刺激而发癫狂。所谓“将拒”，殆指部队不奉己命，而为其子所用。

因此，郑成功的再评价，固绝不能抹杀其开台之功，但论“反清复明”的志节，则颇有疑问。至其将略之疏，只看黄梧、施琅不能为其所用，张苍水、甘辉之言，亦不见听，可知其余。至于顾亭林、钱牧斋对“江上之役”的看法，不妨并叙。兹先谈钱牧斋的《投笔集》，前后“秋兴”一百零八首；首八律题作《金陵秋兴八首次草堂韵》，下注“乙亥七月初一日，正郑成功初下京口，张苍水直逼金陵之际”。

兹录其第一首及第八首如下：

龙虎新军旧羽林，八公草木气森森。
楼船荡日三江涌，石马嘶风九域阴。
扫穴金陵还地肺，埋胡紫塞慰天心。
长干女唱平辽曲，万户秋声息捣砧。（其一）

金刀复汉事逶迤，黄鹄俄传反复陂。
武库再归三尺剑，孝陵重长万年枝。
天轮只傍丹心转，日驾全凭只手移。
孝子忠臣看异代，杜陵诗史汗青垂。（其八）

第八首自注：“少陵诗：周宣汉武今王是，孝子忠臣异代看。”以结句言，固以少陵自命，如郑成功果然成功，则中兴鼓吹，尚有无数气象堂皇的佳作。

无奈《后秋兴八首》便是一片惋叹之词了。这八首题下小注：“八月初二日闻警作。”按：清军于七月廿三日由梁化凤出仪凤、钟阜两门，洞穿民居为通路，以轻骑袭郑军前营；郑成功仓皇撤退，“质明，军灶未就，虏突倾城出战，兵无斗志，杀伤过半，竟大败”。

距得镇江，适为匝月；三四日间即已扬帆而去。张苍水于七月廿九日得报，而常熟于八月初二闻警。诗云：

王师横海阵如林，士马奔驰甲仗森。
戎备偶然疏壁下，偏师何竟溃城阴？
凭将按剑申军令，更插韡刀儆士心。
野老更阑愁不寐，误听刁斗作秋砧。（其一）

羽檄横飞建旆斜，便应一战决戎华。
戈船迅比追风骠，戎垒高于贯月槎。
编户争传归汉籍，死声早已入胡笳。
江天夜报南沙火，簇簇银灯满盏花。（其二）

龙河汉帜散沉晖，万岁楼边候火微。
卷地楼船横海去，射天鸣镝夹江飞。
挥戈不分旄头在，反旆其如马首违。
啮指奔逃看鞑鞨，重收魂魄饱甘肥。（其三）

“韡刀”即靴刀，谓大将临阵，插刀于靴，败则自杀，期免被俘受辱。第一首谓郑成功有不胜则死的决心，而戎备偶疏，偏师竟溃，恕词之中，有责备之意。

第二首两联，盛道军力之强，旁观者皆以为必胜无疑。岂意倏忽之间，汉帜竟共沉晖俱散！

第三首写郑成功之败，颇为含蓄。“龙河”即“护龙河”，在上元县西，首句言金陵兵溃；京口有“万岁楼”，故次句指镇江不守，但“候火虽微，可以燎野”，希望未绝；三句谓郑军入海；四句写清军反攻，“鸣镝”者匈奴冒顿所创，“射天”七字，刻画清军气锐，精警异常；五句“分”读仄声，作名分之分字解，“旄头”即二十八星中的昴，为胡星，“挥戈不分旄头在”，谓虽用武，不料胡星不灭；六句言将士不用命；七、八句写清军因祸得福。

第四首是：

由来国手算全棋，数子抛残未足悲。
小挫我当严儆候，骤骄彼是灭亡时。
中心莫为斜飞动，坚壁休论后起迟。
换步移形须着眼，棋于误后转堪思。

此首纯为慰勉郑成功，语气吻合师弟关系。慰以卷土重来，犹未为晚；勉以记取教训稳扎稳打。起句以棋局为喻，结句仍归之于论棋。“着眼”即所谓“做眼”，既得之地，先须求活，再求进展。当时如能先取崇明，确保归路不断，则镇江可守，事当别论，此即“棋于误后转堪思”之意。

第五首云：

两戒关河万里山，京江天堑屹中间。
金陵要奠南朝鼎，铁瓮须争北顾关。

应以缕丸临峻坂，肯将传舍抵孱颜？
荷锄父老双含泪，愁见横江虎旅班。

八首之中以此一首透露最多。全诗分两解，前解论战略，后解论战术。唐贞观中，李淳风撰《法象志》，以为天下山河之象，存乎"两戒"。大致以黄河为中线，北为"北戒"，限戎狄；南为"南戒"，限蛮夷。"两戒关河万里山"下接"京江天堑屹中间"，可知着眼于南戒的长江，而尤重京江。"北顾"即北固；"铁瓮"为润州的别称，润州即镇江。三、四言能守北固、保润州，则长江天堑，北军何由而渡，南有可以定鼎金陵。当时恢复的计划是打算与清军划江而治，为由顾亭林所指导而订定的大计。《亭林诗集》中，数数言及，早在弘光即位时，《感事》四律中，即有"自昔南朝地，常称北府雄"之句，萌始创建另一个东晋的构想。至顺治五年，此一构想成熟，有诗为证：

异时京口国东门，地接留都左辅尊。
囊括苏松储陆海，襟提闽浙壮屏藩。
漕穿水道秦隋迹，垒压江干晋宋屯。
一上金山览形胜，南方亦是小中原。

这首七律的题目，就叫《京口》。京口在南京之东，"异时京口国东门"，即以"金陵要定南朝鼎"之故。又顺治六年《春半》诗："晚世得先主，只作三分事。干戈方日寻，天时自当至。"

亦为欲图偏安之一证。而亭林则以武侯自命，如顺治七年春，《重至京口》：

云阳至京口，水似巴川萦。
逶迤见北山，乃是润州城。
城北江南旧军垒，当年戍卒曾屯此。
西上青天是帝京，天边泪作长江水。
江水绕城回，山云傍驿开。
遥看白羽扇，知是顾生来。

此外诗中仰慕诸葛，而思步武之句，不一而足。至于浙东义师，数至金、焦，则不独为顾亭林力赞之谋，且亦曾实际参加行动，《悼亡》诗“北府曾缝战士衣，酒浆宾从各无违”，可知顾家曾为海上义师的“粮台”。顺治十一年春，张名振、张苍水大举入长江，在金山遥祭孝陵，其后以“上游师未至”，无功而返。顾亭林有《金山》长歌一首，为研究其战略思想的最重要的根据。诗云：

东风吹江水，一夕向西流。
金山忽动摇，塔铃语不休。
水军一十万，虎啸临润州。
巨舰作大营，飞橹为前茅。
黄旗亘长江，战鼓出中洲。
举火蒜山旁，鸣角东龙湫。

故侯褒鄂姿，手运丈八矛。
登高瞩山陵，赋诗令人愁。
沉吟横槊余，天际旌旆浮。
忽闻黄屋来，先声动燕幽。
阖庐用伍胥，鄢郢不足收。
祖生奋击楫，肯效南冠囚！
愿言告同志，努力莫淹留。

此诗至"赋诗令人愁"止，全为写实。"塔铃"典出《晋书·佛图澄传》，佛图澄是印度人，但非和尚，而为道士，神通广大，据说塔铃作声，乃是胡语，预言军事吉凶，而只有佛图澄能通其语，石勒常倚之以明胜败。"金山忽动摇，塔铃语不休"，见得情势严重，领起"水军一十万"，弥见声威之壮。"蒜山"联结北固，相传武侯与周瑜曾于此谋拒曹操，故一名算山；"龙湫"则在东面的九灵山中。此言水军一到，东西有义师响应。

"故侯"指定西侯张名振；"赋诗令人愁"下接"沉吟横槊余"，则知仍用曹孟德横槊赋诗之典，所谓"绕树三匝，无枝可依"，以期约之师不至，进退失据，故而生愁。

此下则为顾亭林对此役的检讨及谋划，"天际旌旆浮，忽闻黄屋来，先声动燕幽"三句，为模拟之词。"黄屋"即"黄幄"，天子的行帐，意谓此时若能奉永历或监国的鲁王，亲临前线，则将震动北朝，而金陵一下，初步可望为东晋偏安之局。

"伍胥"指郑成功。其时郑芝龙已为清朝掌握；成功生母称为“翁氏”者，则于清军初入闽南时，因恐被俘受辱而自杀。在顾亭林看，郑成功于清朝，有囚父死母之仇，故拟之为伍子胥。“鄢郢不足收”亦非漫征伍员助吴平楚之典；“鄢郢”即荆州一带，居长江上游，东晋之能站住脚，由于荆州未失。当时的计划，南朝定鼎，首须经营上游，此可从施琅的议论中获知端倪。

据李光地记述，曾与施琅谈“江上之役”，施琅的看法，即应以优势水军，上掠荆襄，确保下游。至于“应以缕丸临埈坂，肯将传舍抵孱颜”是论战术，亦正切中郑成功之病。兵贵神速，应如丸之走坂，乘势急下。郑成功得镇江后，若由陆路直趋金陵一百七八十里路，至多四日可达，先声夺人，足令守军胆寒；岂意仍循水道，逆流上行，走了十天才到，此真是“肯将传舍抵孱颜”了。

“孱颜”即巉岩，山高峻不齐貌。东坡诗：“我行无迟速，摄衣步孱颜。”从容游山，可行则行，当止则宿于传舍，行军岂可如此？故以“肯将”设为疑问的语气。结尾两句“荷锄父老双含泪，愁见横江虎旅班”，“荷锄”二字有两义：郑师遁走在七月下旬，炎威未杀，而父老犹荷锄田间，可知江南民生疾苦，此为一义。荷锄犹揭竿，父老荷锄，准备起义响应，不意“虎旅已班”，其悲可知此为又一义。衡情度理，以后一义为是。

《后秋兴之十》八首，为世祖崩后所作。题下自注：“辛丑二月初四日，夜宴述古堂，酒罢而作。”按：其时哀诏已到江南，国有大丧，罢宴止乐，而钱毫不理会，且特作此注，幸灾乐祸之心，溢于言表。因此，乾隆于贰臣之中，对钱谦益格外痛恨，曾有题牧斋《有学集》诗云：“平生谈节义，两姓事君王。进退都无据，文章那有光？真堪覆酒瓮，屡见咏香囊。末路逃禅去，原为孟八郎。”以此诗笔题《有学集》倒确是为钱牧斋的诗文增光了。

此八首诗极有意味，后四首尤妙。其第五首云：

> 云台高筑点苍山，异姓勋名李郭间。
> 整束交南新象马，恢张辽左旧河关。
> 蓬蒿茇舍趋行在，布帛衣冠仰帝颜。
> 郑璧许田须努力，莫令他日后周班。

此诗深可推敲。就表面看，为鼓励西南永历朝将帅乘机而起，努力恢复，但暗中有劝吴三桂举义之意。吴三桂于三吴自有渊源。钱牧斋欲致意于吴三桂，有两条途径：一是经由柳如是、陈圆圆转达；二是经由吴三桂的女婿王永宁媒介。按：苏州拙政园，入清后为陈之遴所有，陈之遴败，吴三桂购此园以赠其婿王永宁，正为此时之事。

“茇舍”即行军郊野借长林丰草露宿之意，《周礼》郑注所谓“军有草止之法”，即指此。“蓬蒿茇舍趋行在”，似为劝吴三桂潜行朝帝，末两句绾合《左传》“郑伯请释泰山之祀，而祀周公”“以璧假许田为周公祊”及“齐人饩诸侯，使鲁次之，鲁以周班后郑”两故事，大致是敦促西南方面应如郑伯之拥戴周室，努力使“朱三太子”正位，否则一旦恢复，论功行赏，爵位就会落在后面。鲁指鲁王，鲁王既然监国，又近在东南，则一旦“定鼎南朝”，自必主政而握赏罚之权，犹《左传》中所谓“使鲁次之”。语意双关而幽深，一代文宗，洵为不愧。

第六首云：

辫发胡姬学裹头，朝歌夜猎不知秋。
可怜青冢孤魂恨，也是幽兰一烬愁。
衔尾北来真似鼠，梳翎东去不如鸥。
而今好击中流楫，已有先声达豫州。

首两句言世祖好游猎，而妃嫔相从。颔联上句正指董小宛；下句“幽兰”据钱遵王注，引宇文懋昭《大金国志》：“义宗传位承麟之后，即闭阁自缢，遗言奉御绛山，使焚之。其自缢之后曰‘幽兰轩’，火方炽……绛山留，掇其余烬，以敝裘瘗于汝水之旁。”按：金义宗即金哀宗。蒙古兵入汴京，哀宗走蔡州，河南汝宁府，以府治为行宫，筑轩其中，即幽兰轩，亦称幽兰客。拟世祖为金哀宗，其事不侔，聊且快意而已。但“幽兰”与“青冢”相对，别有意趣；此言小宛虽埋恨地下，但亦不免为世祖之崩而伤心。

颈联上句用《新唐书·李密传》“将败……屯营群鼠相衔尾西北度洛”的典故；下句不典，东坡诗“病鹤不梳翎”，易“鹤”为“鸥”，纯为迁就原韵之故。“东去”谓清军败逃出关，然而此亦不过钱牧斋意中的“先声”而已。

第七首云：

旄头摧灭岂人功？太白新占应月中。
扫荡沉灰元夕火，吹残朔气早春风。
揭空铙鼓催花白，搅海鱼龙避酒红。
从此撑犁辞别号，也应飞盏贺天翁。

“旄头”之解已见前，言世祖之崩由于“天诛”。次句典出《酉阳杂俎》：“禄山反，制乐府诗，言太白入月敌可摧，及禄山死，太白蚀月。”顺治十八年三月十五月食，此在前一年颁朔时，即已推知，因用作世祖将死的占验。颔联上下句皆言世祖崩于元宵之前、立春之后（按：是年阴历正月初七，为阳历二月五日，正当立春）。

颈联上句，“铙鼓”本为军鼓之一，此处借用为击鼓催花之鼓；“揭”训举，“揭空”谓高举，高举铙鼓催发之花，非红而白，乃描写服丧。按：此八首中第二首结句：“而今建女无颜色，夺尽燕支插柰花。”兼用乐府《匈奴歌》“失我焉支山，令我妇女无颜色”及《晋书·成恭杜皇后》“三吴女子相与簪白花，望之如素柰，传言天公织女死，为之著服，至是而后崩”两典。“建女”为建州女子之简称，言世祖之崩，正是收复失土的良机。此首中的“催花白”，重申其意。

“搅海”句，钱遵王原注引用佛典，极其晦涩难解，总缘迁就韵脚，勉强成对，无甚意义。结句典出《汉书·匈奴传》：“单于姓挛鞮氏，其国称之曰：‘撑犁孤涂单于。’匈奴谓天为‘撑犁’，谓子为‘孤涂’，单于者，广大之貌也。”此言无端加天以“撑犁”的别号，殊嫌亵慢；今隐射世祖的“撑犁孤涂单于”既死，则“撑犁”的别号，亦同归于消灭，岂不可贺？“天翁”即天公，韵脚所限，不得不用“翁”字。

第八首云：

营巢抱茧叹逶迤，凭仗春风到射陂。
日吉早时论北伐，月明今夕稳南枝。
鞍因足弱攀缘上，檄为头风指顾移。
传语故人开口笑，莫因畹晚叹西垂。

按：前七首皆写世祖之崩，从各种角度看此事，既须凑足七首，又为韵脚束缚，征典将穷，不免竭蹶，故有“搅海鱼龙避酒红”这种入于魔道的涩怪之句。结句“从此”云云，匪夷所思，已同打油，实由无可奈何，强凑成篇。至于末首，则为起承转合之一结，理应一抒怀抱，一句一义，从容工稳，自是佳作。

首句言频年经营恢复之事。次句谓光复有望，小民生计将苏。“射陂”即射阳湖，跨扬州、淮安两府，《汉书》广陵厉王胥得罪，其相胜之，奏夺王射陂草田，以济贫民。三句勉励郑成功及早北伐，于此可知郑成功入台，非江南遗老所望。四句仍用曹孟德临江赋诗典，非复“绕树三匝，无枝可依”，意味此番北伐，必能在江南建立据点。

后半首自抒怀抱，五、六言“老骥伏枥，雄心未已”，上马杀贼，力不从心；但安坐草檄，则不让陈琳，指顾可就。“传语故人”泛指志在恢复之遗老；末句足见信心，不止于事有可为的慰藉之词。

但一年以后就不同了。《后秋兴之十二》题下自注：“壬寅三月二十三日以后，大临无时，啜泣而作。”此为获知永历被俘以后所作。第一首云：

滂沱老泪洒空林，谁和沧浪诉郁森？
总关沉灰论早晚，空于墨穴算晴阴。
皇天那有重开眼，上帝初无悔乱心。
何限朔南新旧鬼，九疑山下哭霜砧。

此为穷极呼天之语，但第七首依然寄望于郑成功，诗云：

枕戈坐甲荷元功，一柱孤擎溟渤中。
整旅鱼龙森束伍，誓师鹅鹳肃呼风。
三军缟素天容白，万骑朱殷海气红。
莫笑长江空半壁，苇间还有刺船翁。

末句“苇间”，钱遵王原注引《庄子·渔父篇》：“刺船而去，延缘苇间。”非是。实用《越绝书·越绝荆平王内传》所叙的故事，伍子胥奔吴，至江上得渔者而渡：“子胥食已而去，顾谓渔者曰：‘掩尔壶浆，无令之露。’渔者曰：‘诺。’子胥行，即覆船，挟匕首自刎而死江水之中，明无泄也。”牧斋以子胥期望郑成功，而以渔者自况，意味郑成功若能覆楚，则已当舍身相助，以成其志。但郑成功是辜负他的老师了。

最后八首作于康熙二年癸卯夏天，题下自注云：“自壬寅七月至癸卯五月，伪言繁兴，泣血感恸而作，犹冀其言之或诬也。”所谓“伪言”即永历为吴三桂所弑，新朝君臣既讳此事，兼又道远，所以钱牧斋还存着万一之想，“冀其言之或诬”。其第四首为郑成功而作，诗云：

> 自古英雄耻败棋，靴刀引决更何悲？
> 君臣鳌背仍同国，生死龙胡肯后时。
> 事去终嗟浮海误，身亡犹叹渡河迟。
> 关张无命今犹昔，筹笔空烦异代思！

首二句言郑成功之死，啮指而亡，无异自尽，故谓“靴刀引决”。颔联据钱遵王注：“陶九成《草莽私乘》：方凤挽陆君实诗：‘祚微方拥幼，势极尚扶颠。鳌背舟中国，龙胡水底天。巩存周已晚，蜀尽汉无年。独有丹心皎，长依海日悬。’”按：陆君实即陆秀夫。此言永历与郑成功，先后皆亡。颈联“事去终嗟浮海误”，此无定论，足征张苍水卓识。以下用宗泽及关张典，未免溢美。

《后秋兴》另有八首，为柳如是劳军定西侯张名振所部而作：

> 负戴相携守故林，翻经问织意萧森。
> 疏疏竹叶晴窗雨，落落梧桐小院阴。

白露园林中夜泪，青灯梵呗六时心。
怜君应是齐梁女，乐府偏能赋藁砧。（其一）

丹黄狼藉鬓丝斜，廿载间关历岁华。
取次铁围同穴道，几曾银浦共仙槎。
吹残别鹤三声角，迸散栖乌半夜笳。
错记穷秋是春尽，漫天离恨搅杨花。（其二）

北斗垣墙暗赤晖，谁占朱鸟一星微？
破除服珥装罗汉，减损齑盐饷佽飞。
娘子绣旗营垒倒，将军铁矟鼓音违。
须眉男子皆臣子，秦越何人视瘠肥。（其三）

闺阁心悬海宇棋，每于方罫系欢悲。
乍传南国长驱日，正是西窗对局时。
漏点稀忧兵势老，灯花落笑子声迟。
还期共覆金山谱，桴鼓亲提慰我思。（其四）

水击风抟山外山，前期语尽一杯间。
五更噩梦飞金镜，千迭愁心锁玉关。
人以苍蝇污白璧，天将市虎试朱颜。
衣朱曳绮留都女，羞杀当年翟茀班。（其五）

归心共折大刀头，别泪阑干誓九秋。

皮骨久判犹贳死，容颜减尽但余愁。
摩天肯悔双黄鹄，贴水翻输两白鸥。
更有闲情搅肠肚，为余轮指算神州。（其六）
此行期奏济河功，架海梯山抵掌中。
自许挥戈回晚日，相将把酒贺春风。
墙头梅蕊疏窗白，瓮面葡萄玉盏红。
一割忍忘归隐约，少阳原是钓鱼翁。（其七）

临分执手语逶迤，白水旌心视此陂。
一别正思红豆子，双栖终向碧梧枝。
盘周四角言难罄，局定中心誓不移。
趣觐两宫应慰劳，纱灯影里泪先垂。（其八）

柳如是曾赴定海，犒劳定西侯张名振所部义师，顺便渡莲花洋进香普陀，为罗汉装金。此八首七律为牧斋送别之作。张名振殁后，义师为张苍水所接统，无论士气、训练，皆较郑成功所部为优，所惜军实不足。郑成功倘真为英雄，倾心与张苍水合作，则与清朝划江，乃至划河而治，决非不可能之事。无奈郑成功为“竖子”，自思明入海，其人即不足为重，而张名振虽僻处孤岛，二三门弟子以外，只养了两头小猿，充瞭望警报之任，但一身系朱明的存亡，故以张苍水之死为明亡之年，其时为康熙三年甲辰。真乃史笔！

唐

双语诗词别册

许渊冲
&
李商隐

壹

无题

唐·李商隐

相见时难别亦难，东风无力百花残。
春蚕到死丝方尽，蜡炬成灰泪始干。
晓镜但愁云鬓改，夜吟应觉月光寒。
蓬山此去无多路，青鸟殷勤为探看。

To One Unnamed

Li Shangyin

It's difficult for us to meet and hard to part;
The east wind is too weak to revive flowers dead.
Spring silkworm till its death spins silk from love-sick heart;
A candle but when burned out has no tears to shed.
At dawn I'm grieved to think your mirrored hair turns grey;
At night you would feel cold while I croon by moonlight.
To the three fairy hills it is not a long way.
Would the blue birds oft fly to see you on the height?

陈寅恪

——王观堂与罗振玉、溥仪未为人知之事

民国以来，堪称大儒者不数人，而陈寅恪先生必为其一。他生在光绪十六年庚寅，《离骚》：“惟庚寅吾以降。”后世与屈原同生于庚寅者，代有杰出的诗人，阮步兵《咏怀诗》八十二首，为诗坛瑰宝；孟东野诗如苦茶，可攻积滞，极为韩文公所推崇。寅恪之前，清朝还有四个庚寅，二查——查慎行、查升，及潘祖荫、翁同龢，皆生于庚寅。寅恪先生的尊人散原老人陈三立，为江西诗派领袖，但寅恪在这方面未承家学。他之得有诗名，始于一首《王观堂先生挽词》。我于一九七八年夏天，始得寓目，其时已在他下世九年以后。

读《王观堂先生挽词》后，第一个感想是：大失所望。世间何耳食者众？众口交誉的这首长庆体的古风，其实既不佳，且不通。转而自思，以陈寅恪之渊博，又何至于不通？及读诗前之序，恍然有悟。因取《集蓼编》（罗振玉自叙生平）及《溥仪自传》细细参详，方知陈寅恪写此诗的本意，实有苦心，不独为友朋之死增重，亦在婉转劝阻溥仪勿听罗振玉的怂恿，妄思借日本军阀的力量做复辟的春梦。而作为一位大史学家，又何能抹杀事实，因而苦心经营，用史家曲笔，隐笔之法，透露王观堂的死因，及其与罗振玉、溥仪三角关系中若干未为世人所知之事，而又特留些许不通不佳之迹作为疑窦，以期后人终得求真于无字之处。其序《王静安先生遗书》云：

> 今先生之书，流布于世，世之人大抵能道其学，独于其平生之志事，颇多不能解，因而有是非之论。寅恪以为古今中外志士仁人，往往憔悴忧伤，继之以死。其所伤之事，所死之故，不止局于一时间一地域而已。盖别有超越时间地域之理性存焉。而此超越时间地域之理性，必非其同时间地域之众人所能共喻。然则先生之志事，多为世人所不解，因而有是非之论者，又何足怪耶？

此无异夫子自道，解释其观堂挽词何以不能为当时"所能共喻"？至于自谓已喻，其实未喻。震于大名，随声附和，或者略知寅恪卫护观堂的至意，有心溢美，助其掩饰，而实亦未能深喻寅恪苦心者，自不足以语此。此文末段云：

> 呜呼！神州之外，更有九州。今世之后，更有来世。其间傥亦有能读先生之书者乎？如果有之，则其人于先生之书，钻味既深，神理相接，不但能想见先生之人，想见先生之世，或者更能心喻先生之奇哀遗恨于一时一地，彼此是非之表欤？

这又明明指出，“表”面之下，别有是非；后世必有能喻寅恪此诗中的隐曲，而能窥知观堂之“奇哀遗恨”者。斯世倘有其人，舍我其谁？

《王观堂先生挽词》，为一梅村体的长歌，论者谓寅恪此诗，特仿观堂《颐和园词》的体裁，而寅恪谓《颐和园词》是长庆体。纪晓岚论梅村之诗曰：“其中歌行一体，尤所擅长，格律本乎四杰，而情韵为深；叙述类乎香山，而风华为胜，韵协宫商，感均顽艳，一时尤称绝调。”则知梅村体本与长庆体为近，但香山纯乎白描，而梅村歌行，典故极多。以观堂挽诗而论，典亦不少，故我宁视之为梅村体。

此作之前，有一长序。仅读诗，不读序，无以明寅恪的苦心。其结尾谓：

至于流俗恩怨荣辱委琐龌龊之说，皆不足置辩，故亦不之及云。

所谓流俗之说云云，即《溥仪自传》中所说：

罗振玉并不经常到宫里来，他的姻亲王国维能替他“当值”，经常告诉他当他不在的时候，宫里发生的许多事情。王国维对他如此服服帖帖，最大的原因是这位老实人总觉得欠罗振玉的情，而罗振玉也自恃这一点，对王国维颇能指挥如意。我后来才知道，罗振玉的学者名气，多少也和他们这种特殊瓜葛有关。王国维求学时代十分清苦，受过罗振玉的帮助，王国维后来在日本的几年研究生活，是靠着和罗振玉在一起过的。王国维为了报答他这份恩情，最初的几部著作，就以罗振玉的名字付梓问世。罗振玉后来在日本出版、轰动一时的《殷虚书契》，其实也是窃据了王国维甲骨文的研究成果。罗、王二家后来做了亲家。按说王国维的债务更可以不提了，其实不然，罗振玉并不因此忘掉了他付出过的代价。

溥仪又说：

而且王国维因他的推荐得以接近“天颜”，也要算作欠他的情分，所以王国维处处都要听他的吩咐。我到了天津，王国维就任清华大学国文教授之后，不知是由于一件什么事情引的头，罗振玉竟向他追起债来，继而以要休退他的女儿（罗的儿媳妇）为要挟，逼得这位又穷又要面子的王国维，在走投无路的情况下，于民国十六年（即 1927 年）六月二日跳进昆明湖自尽了。

这就是“委琐龌龊”的传说。至于罗振玉以逊清学部的一个参事，亦非先世为显宦，得以“大臣子弟”的身份在京活动，而居然在小朝廷中发挥不小的作用，其渊源何在？且看溥仪之所叙：

罗振玉到宫里来的时候，五十出头不多，中高个儿，戴一副金丝近视镜（当我面就摘下不戴），下巴上有一绺黄白山羊胡子，脑后垂着一条白色的辫子。我在宫里时，他总是袍褂齐全，我出宫后，他总穿一件大襟式马褂，短肥袖口露出一截窄袍袖。一口绍兴官话，说话行路慢条斯理，节奏缓慢。他在清末做到学部参事，是原学部侍郎宝熙的旧部，本来是和我接近不上的，在我婚后，由于升允的推荐，也由于他的考古学的名义，我接受了陈宝琛的建议，留作南书房行走，请他参加了对宫中古彝器的鉴定。和他前后差不多时间来的当时的名学者，有他的姻亲王国维和以修元史闻名的柯劭忞。陈宝琛认为南书房有了这些人，颇为清室增色。当然。罗振玉在复辟活动方面的名气比他在学术上的名气，更受到我的注意。他在辛亥革命那年东渡，在日本做了十年寓公，考古写书，自名“仇亭老民”。……回国，先住在天津，结交日本人，后来在大连码头开设了一个叫墨缘堂的古玩铺，一边走私贩卖古玩、字画，一边继续和日本人拉拉扯扯，广泛寻求复辟的同情者。

罗振玉如果只是为复辟而复辟，亦即是为效忠清室而复辟，甚至为了个人有政治野心而复辟，如郑孝胥那样，都还不致造成王观堂的悲剧。问题是罗振玉的“广泛寻求复辟的同情者”，只是由于日本浪人的勾结，想出卖溥仪；如果他能将溥仪骗到日本，则通过日本浪人的关系，军部将会支持他成为溥仪身边的第一号“近臣”；那时，经由“赏溥杰”的手法，早就陆续运出宫外的法书名画，以及关外由“跑马圈地”得来的大笔“皇产”，就都会归由罗振玉处理了。前者尤其是罗振玉梦寐所垂涎的。

溥仪所说：“轰动一时的《殷虚书契》，其实也是窃据了王国维的研究成果。”陈寅恪的观堂挽词中，亦谓“考释殷书开盛业”，证实《殷虚书契》为王国维所著。而罗振玉却说：

> 宣统初元，予至海东调查农学……乃撰《殷虚书契考释》，日写定千余言，一月而竟，忠悫为手付写印。（按：王国维自沉后，小朝廷谥之为忠悫。）

由以上的旁证，已可确信罗振玉向王国维逼债的“流俗”之说为不虚。陈寅恪在诗序中，以为“不足置辩”；而在论纲纪之说时，有两句透露真相的极要紧的话，其纲纪之说如此：

> 吾中国文化之定义，具于《白虎通·三纲六纪》之说，其意义为抽象理想最高之境，犹希腊柏拉图所谓Eidos者。若以君臣之纲言之，君为李煜，亦期之以刘秀；以朋友之纪言之，友为郦寄，亦待之以鲍叔。

李煜指溥仪，郦寄自非罗振玉莫能当。以李后主拟溥仪，不是恭维，别有深意在内，后当细论。这里且谈郦寄。

郦寄何许人，看《史记》卷九十五自知：

> 郦商者……其子寄，字况，与吕禄善。及高后崩，大臣欲诛诸吕，吕禄为将军，军于北军，太尉（周）勃不得入北军，于是乃使人劫郦商，令其子况绐吕禄，吕禄信之，故与出游，而太尉勃乃得入据北军，遂诛诸吕。是岁商卒，谥为景侯。子寄代侯。天下称郦况卖交也。

“友为郦寄，亦待之以鲍叔”，则以管仲拟王国维。《列子》有“管鲍分金”的故事，证以溥仪所说王国维与罗振玉的关系，运典尤觉精切。这就是陈寅恪所下的曲笔。

可玩味的是，罗振玉明明知道陈寅恪骂他是郦寄，佯若不解，且致书大为恭维：“大作忠悫挽词，辞理并茂，为哀挽诸作之冠，足与观堂集中《颐和园词》《蜀道难》诸篇比美。忠悫以后，学术所寄，端在吾公矣。”

不过，我宁愿相信罗振玉之如此恭维陈寅恪，是出于衷心的感激。因为陈寅恪在无形中帮了他很大的忙，此非陈寅恪有所爱于罗振玉，而是为了要解释王国维之死，乃感于纲纪之“消沉沦丧”而“殉道”，而“成仁”，其死重于泰山。若如流俗所传，王国维为罗雪堂逼债而死，则死得窝囊，轻于鸿毛。因云“不足置辩，故亦不之及云”。但这里虽轻轻一笔带过，上面流俗之说句，却特加“恩怨荣辱委琐龌龊”八字，这亦是史家曲笔之一种，暗示确有复杂的内幕。

这个复杂的内幕，我相信陈寅恪是完全了解的，倘或公之于世，罗振玉实时可以身败名裂。事实上，王国维一死，最紧张的就是罗振玉，为了要掩饰王国维的死因，他很费了一番心计，卖了一番气力，据溥仪所记：

王国维死后，社会上曾有一种关于国学大师殉情的传说，这其实是罗振玉做出的文章，而我在不知不觉中，成了这篇文章的合作者。过程是这样：罗振玉给张园送来了一份密封的所谓王国维的“遗折”，我看了这篇充满了孤臣孽子情调的临终忠谏的文字，大受感动，和师傅们商议了一下，发了一道“上谕”说，王国维“孤忠耿耿，深堪恻悯……加恩谥予忠悫，派贝子溥伒即日前往奠醊，赏给陀罗经被，并洋二千元……”罗振玉于是一面广邀中日名流、学者，在日租界日本花园里为“忠悫公”设灵公祭，宣传王国维的“完节”和“恩遇之隆，为振古所未有”，一面更在一篇祭文里宣称他相信自己将和死者“九泉相见，谅亦匪遥”。其实那个表现着“孤忠耿耿”的遗折，却是假的，它的编造者正是要和死者“九泉相见”的罗振玉。

溥仪自道他曾为罗振玉所写的祭文而“迷惑”。罗振玉说他自甲子（一九二四年）以来，曾三次“犯死而未死”。当溥仪出宫，以及进日本使馆的时候，他都想自杀过。第三次是最近，他本想将未了之事情料理完了就死的，不意“公竟先我而死矣！公死，恩遇之隆，为振古所未有（按：除赐谥外，赏治丧银两，陀罗经被，派亲贵奠酒，为对大学士的恤典），予若继公而死，悠悠之口或且谓予希冀恩泽”，所以他就不便去死了。龚芝麓降清以后，动辄向人说：“我原要死，是小妾（按：指顾眉生）不肯。”罗振玉不死之因，毋乃类此？

总之，罗振玉极力要使人相信的是，王国维之死是“殉清”，但“这篇文章”的最大的“合作者”，却非溥仪，而是陈寅恪。就特定的一个观点看，亦即是从王国维在小朝廷“南书房行走”的身份看，陈寅恪亦可以承认王国维之死是“殉清”。因此，他的“挽词”与罗振玉的“祭文”，自然而然地便有一部分相呼应，至少不会相冲突。

然则王国维到底因何而死？莫非真的死于罗振玉的逼债？此又不尽然。逼债之事，诚然有之，但不足以死王国维，使王国维感到“五十之年，只欠一死”的是：罗振玉的逼债的原因。在前引《溥仪自传》“王国维就任清华大学国文教授之后，不知是由于一件什么事情引的头，罗振玉竟向他追起债来”这一段中，溥仪自注：

> 我抵大连后，听到一个传说，因已无印象，故附记于此，聊备参考。据说绍英曾托王国维替我卖一点字画，罗振玉知道了，从王手里要了去，说是他可以办。罗振玉卖完字画，把所得款项（一千多元）作为王国维归还

他的债款，全部扣下。王国维向他索要，他反而算起旧账，王国维还要补给他不足之数。王国维气愤已极，对绍英的催促无法答复，因此跳水自尽。

据说王遗书上“义无再辱”四字，即指此而言。

这话很说不通。罗振玉不至于为“一千多元”为难王国维；王国维亦不致因一千多元而无法答复“绍英的催促”，竟而轻生。我颇疑心溥仪知道是“一件什么事情引的头”，故意不说而已。

如今我要探索的，就是这“一件什么事情引的头”。这个考据要从诠释《王观堂先生挽词》做起。

汉家之厄今十世，不见中兴伤老至。

一死从容殉大伦，千秋怅望悲遗志。

《佩文韵府》“汉家厄”条，引《隐窟杂志》记：“汪内相劝主上听政表云：‘汉家之厄十世，惟光武之中兴；献公之子九人，念重耳之独在。’”首句本此。清朝自顺治至宣统凡十世，但这不是可用“中兴”之典的理由。当时溥仪左右皆言“恢复”“兴复”“复辟”，着重在一“复”字，罕有言“中兴”者。

衰而复盛，谓之中兴；失而又得，谓之恢复，溥仪的情形，属于后者。陈寅恪此诗，仿佛“开口便错”，其实另有深意。因为借古喻今，贵乎说理圆融，勿使扞格：诗序中既有“君为李煜，亦期之以刘秀”之语，则此处自须用光武中兴的典故，方有照应。

“一死从容殉大伦”为挽词主旨，此“大伦”指整个纲纪，“而非具体之一人事”（诗序中语）。

曾赋连昌旧苑诗，兴亡哀感动人思。
岂知长庆才人语，竟作灵均息壤词。

陈寅恪以王国维的《颐和园词》，与元微之的《连昌宫词》相比附，故云“长庆才人语”。“息壤”之典有二，通常作盟约誓词解。“岂知长庆才人语，竟作灵均息壤词”，意谓《颐和园词》惓惓故主，而终以身殉，则其诗不妨视作始终忠于清朝的誓词。但与“灵均”连用，似觉突兀，殊不知陈寅恪正要人有此突兀之感，对“灵均”二字留下深刻印象。其说后详。

依稀廿载忆光宣，犹是开元全盛年。
海宇承平娱旦暮，京华冠盖萃英贤。

光宣之际，何得与“开元全盛”之年相比拟？此不过欲引出“京华冠盖萃英贤”一语而已。但出语太失分寸，无怪散原老人斥之为“七字唱”。

当日英贤谁北斗？南皮太保方迂叟。
忠顺勤劳矢素衷，中西体用资循诱。
总持学部揽名流，朴学高文一例收。

此段颂张之洞。张以鄂督内召拜相，管理学部，殁后恤典甚优，晋赠太保。称其“忠顺勤劳”，嫌其“方迂”，皆颇得实。

图籍艺风充馆长，名词愈野领编修。
校雠鞮译凭谁助？海宁大隐潜郎署。

“艺风”，江阴缪荃孙，任京师图书馆正监督。“愈野”，侯官严复，任编订名词馆总纂。“海宁大隐”谓王国维，但用“大隐隐于朝”的典故，与王此时的身份，并不相称。

入洛才华正妙年，渡江流辈推清誉。
闭门人海恣冥搜，董白关王供讨求。
剖别流派施品藻，宋元戏曲有阳秋。

陆机入洛，不足三十；王国维入学部，略同其年。此言王国维早年为学的途径，所著《宋元戏曲考》被梁启超推崇为“空前绝业”。

沉酣朝野仍如故，巢燕何曾危幕惧？
君宪徒闻俟九年，庙谟已是争孤注。

此一段与“开元全盛”“海宇承平”之语，形成矛盾。且既知“九年立宪”的承诺，为“孤注”之计，可见庙堂之上，亦知局势严重，则与“沉酣朝野”两句，亦形成矛盾。此所以我说陈寅恪此诗“既不佳，且不通”，而实有意如此，故留疑窦，以启后世探讨之心。

羽书一夕警江城，仓卒元戎自出征。
初意潢池嬉小盗，遽惊烽燧照神京。
养兵成贼嗟翻覆，孝定临朝定痛哭。

此言武昌起义，陆军大臣荫昌南下督师。“孝定”为隆裕太后。“小盗”“成贼”云云，措辞颇有未妥。

再起妖腰乱领臣，欲倾寡妇孤儿族。
大都城阙满悲笳，词客哀时未返家。

“妖腰乱领”是个僻典，杜甫《大食刀歌》：“贼臣恶子休干纪。魑魅魍魉徒为耳，妖腰乱领敢欣喜。用之不高亦不庳。”此指袁世凯。但“贼臣”是否可称为“妖腰乱领臣”？颇成问题。即或可通，亦是隔而又隔，必不为“词客”王国维所许。或者，“妖腰乱领”指袁世凯所创新军的制服而言，寓“服妖”之意在内。此亦可备一说。

自分琴书终寂寞，岂期舟楫伴生涯。
回望觚棱涕泗涟，波涛重返海东船。
生逢尧舜成何世，去作夷齐各自天。

辛亥阴历十月初，罗振玉偕王国维举家由天津上船至神户，定居京都。“夷齐”云云，殊觉不伦，世间岂有耻食周粟，不耻求庇异邦之夷齐？

江东博古于先觉，避地相从勤讲学。
岛国风光换岁时，乡关愁思增绵邈。
大云书库富收藏，古器奇文日品量。
考释殷书开盛业，钩探商史发幽光。

“考释殷书”“钩探商史”，确证罗振玉有关此方面的著作，出于王国维之手。罗振玉的藏书楼，题名“大云书库”，此名由藏有北朝初年写本《大云无想经》而来。

当世通人数旧游，外穷瀛渤内神州。
伯沙博士同扬榷，海日尚书互倡酬。
东国儒英谁地主？藤田狩野内藤虎。
岂便辽东老幼安，还如舜水依江户。

伯者伯希和，沙者沙畹，皆法国汉学家。沈曾植别署“海日楼”，清末官至安徽藩司，张勋复辟，诣授学部尚书，所以称之为“海日尚书”。王国维于一九一五年春回国，于古音韵之学曾向沈曾植请教，时有过从。

藤田名丰八，曾应罗振玉之邀，在上海翻译农书；狩野名直喜，与内藤虎次郎皆为京都大学教授。罗振玉与王国维在日本，颇得此三人之助。

“还如舜水依江户”，事亦不伦，但上句“岂便辽东老幼安”则极妙！以管宁割席，暗示罗振玉无非华歆之流，兼写终于回国，非如管宁之终老辽东。于是领起下一段，写入国内，章法宜然。

高名终得彻宸聪，征奉南斋礼数崇。
屡检秘文升紫殿，曾聆法曲侍瑶宫。

王国维以罗振玉之荐，“赏食五品俸”，在“南书房行走”，工作是检书及鉴定古彝器。斋即书房，故上书房称“上斋”，南书房称“南斋”。

文学承恩值近枢，乡贤敬业事同符。
君期云汉中兴主，臣本烟波一钓徒。

首句与“征奉南斋礼数崇”重复。“征奉南斋”即是“文学承恩”。“值近枢”三字无着落。按：小朝廷无军机处，即无所谓“近枢”。

“乡贤”指罗振玉，罗原籍浙江上虞。“同符”一典，始见于扬雄《甘泉赋》：“同符三皇。”班固《东都赋》“同符乎高祖”，则以马援曾有此语。《后汉书》卷二十四《马援列传》：“援曰：天下反覆，盗名字者不可胜数。今见陛下，恢廓大度，同符高祖，乃知帝王自有真也。”又《三国志·吴书》注：“（张纮）乃答曰：……方今世乱多难，若功成事立，当与同好俱南济也。策曰：

一与君同符合契，有永固之分。”故此句中的“事同符”得两解：以“同符”为溥仪的代名词，“事”作动词用，一解；同符合契，勤劳王事，又一解。两解俱可通，故是好诗。

“臣本烟波一钓徒”，为康熙朝查初白《连日恩赐鲜鱼恭纪》末句。借用成语以承“君期云汉中兴主”，则是以严子陵拟王国维，与“同符”用马援之典，处处有一刘秀在，亦即处处有一“期之以刘秀”的溥仪在。至于以严子陵拟王国维，明言王国维不想做官，更不会想做“中兴之臣”，“殉清”之说，“荣典”之赐，在王国维恐不免有受之有愧之感。

是岁中元周甲子，神皋丧乱终无已。
尧城虽局小朝廷，汉室犹存旧文轨。

“是岁”者，一九二四年甲子。《十六国春秋》：“从上元人皇起，至中元，穷于下元，天地一变，尽三元而止。”故谶纬家有“三元甲子”之说。罗振玉的另一儿女亲家刘鹗著《老残游记》，第十一回借黄龙子之口，畅论此说。谓同治三年“是上元甲子第一年”，此甲子名为“转关甲子”。“六十年中要将以前的事全行改变：同治十三年，甲戌，为第一变；光绪十年，甲申，为第二变；甲午，为第三变；甲辰，为第四变；甲寅，为第五变。五变之后，诸事俱定。”黄龙子又说：“甲寅以后，为文明华敷之世……直至甲子，为文明结实之世，可以自立矣！”按：同治三年甲子平洪杨，十三年甲戌穆宗崩，清朝帝系旁移。光绪十年甲申中法之战，二十年甲午中日之战，三十年甲辰，出使各大臣奏请变法，特诏赦免戊戌党籍，慈禧正式改变态度，大规模推行新政，逢甲之年，皆有大事。照黄龙子的说法，至一九一四年甲寅变定，至一九二四年为中元甲子的第一年，已是“文明结实之世”，而其言不验。陈寅恪用其说，故有“神皋丧乱终无已”之叹。但小朝廷中，固仍保持未逊国的规模，故云：“汉室犹存旧文轨。”

忽闻擐甲请房陵，奔问皇舆泣未能。
优待珠盘原有誓，宿陈刍狗遽无凭。

首句谓鹿钟麟“逼宫”；次句谓溥仪出奔“北府”；三句谓“优待条件”；四句谓不得再入宫。“宿”为星宿之宿，汉赋中形容宫殿之美，有“星居宿陈，绮错鳞比”之语，则此诗中的“宿陈”，当指故宫。“刍狗”典出《三国志·魏书·方技传》，三梦刍狗而其占不同，故曰“无凭”。

神武门前御河水，思把深恩酬国士。
南斋侍从欲自沉，北门学士邀同死。

“北门学士”典出《旧唐书·列传第三十七》，指罗振玉，三、四两句必有本事，惜不得其详。颇疑为痴心女子以死相要，而负心者相约同殉，以坚其必死之志，结果女死而男活。

鲁连黄鹞绩溪胡，独为神州惜大儒。
学院遂闻传绝业，园林差喜适幽居。

陈哲三《谈陈寅恪》一文，谓胡适之先生托溥仪劝王国维就清华教职，王不愿，溥仪下“圣旨”云云，今由“鲁连黄鹞绩溪胡”一语证实。韩愈诗“鲁连细而黠，有似黄鹞子”，谓胡适之使手段为清华罗致王国维。

清华学院多英杰，其间新会称耆哲。
旧是龙髯六品臣，后跻马厂元勋列。

陈寅恪此诗最大的疑窦，即留在写梁启超的这四句诗中。“旧是龙髯六品臣”，说他在光绪朝做过六品官，以先朝旧臣而跻于讨伐张勋、否定复辟的马厂起义元勋之列，则是背叛清朝，作诗责梁启超为“枭獍”。陈寅恪此诗既是宛然遗民的口吻，何得以“元勋”与“马厂”并用？而“旧是龙髯六品臣，后跻马厂元勋列”亦不知其对梁启超是捧是骂？此一绝大的矛盾，除了故留破绽，以供后人深思以外，无可解释。

鲰生瓠落百无成，敢并时贤较重轻。
元祐党家惭陆子，西京群盗怆王生。

此为陈寅恪自叙。首两句自谦不敢与梁、王比肩；三句用陆铣父子故事，见《宋史》卷三百三十二。陆铣知成都，力言青苗法不可行。乃熙宁末，其子师闵在川榷茶，增额置场，贱取贵出，秦蜀之人称之为“茶祸”，苏辙曾著论谓有“六害”。以“元祐正人”看，陆师闵为其父不肖子。陈寅恪征此典，意谓方以其父散原翁领袖诗坛的地位，则当此研究国学之任，不能无惭。

“王生”一名，载籍中可考者凡四人。以汉初当朝折辱廷尉张释之的王生最有名，但其事毫不相干。疑此所谓“西京群盗”指鹿钟麟的部下，则王生即王国维。陈寅恪读诗创“今典”之说，鹿钟麟逼宫，自是今典。

许我忘年为气类，北海今知有刘备。
曾访梅真拜地仙，更期韩偓符天意。

“许我”二字，极言与王国维相得。《后汉书·孔融传》，融使太史慈求救于刘备。“备惊曰：‘孔北海乃复知天下有刘备邪？’”陈寅恪久居国外，亦少述作，而王国维一见相许，故有此惊喜交集语。

“梅真”即梅福，字子真。昔人题梅福殿诗：“梅真从羽化，万古是须臾。”其下“地仙”，亦即梅真，七字实只四字“曾访梅真”而已。

据《汉书·梅福传》，福为南昌尉，知王莽必篡汉祚，弃妻子走九江，不知所终，相传仙去。后有人见之于会稽，变姓名为吴市门卒。疑此梅真指散原翁。待续考。

“更期韩偓符天意”一语，最可玩味。韩冬郎的政事，为诗名所掩。唐昭宗西幸凤翔，韩为翰林承旨，处决机密，深合帝意。后为朱全忠所逐，昭宗流涕，谓自此左右无人。征此典而反用其意，则是希望王国维仍在溥仪左右。此希望自不必一定出之于溥仪之口，但达到此希望，必为溥仪所乐见，故云“符天意”。我以为这是陈寅恪的希望，因为唯有王国维在溥仪左右，才能尝试着去发挥屈原的主张。其说详后。

回思寒夜话明昌，相对南冠泣数行。
犹有宣南温梦寐，不堪灞上共兴亡。

“明昌”为金章宗完颜璟的年号，章宗为显宗嫡子，有传亦为宋徽宗的曾外孙，在位十九年，无子，中经废帝五年，再由其兄珣继任，是为宣宗，在位十年，传子哀宗而亡。此一旧系统，与同治以后相似，故知明昌指清穆宗。

“南冠”本指禁囚，衍生为被羁异邦，不得回乡的流人。陈、王皆无此厄，七字一无着落。“宣南”二字，自乾嘉以来，即成一专门名词，含义甚丰，大致提到“宣南”，就会联想到论文谈艺、诗酒流连的韵事。王国维“潜郎署”的那六七年生活闲适，为学猛进，是他一生中最好的一段日子。可惜好景不长，两宫先后驾崩，溥仪即位。其时革命志士，风起云涌，有类乎秦末的群雄并起，而溥仪则与子婴无异。及至沛公陈兵霸上[①]，大势已去，此时而欲

① 霸上即灞上。

与秦共兴亡，自所不堪。“犹有宣南温梦寐，不堪灞上共兴亡”，确能道出王国维在那六七年间乐与哀的心境，是好诗。

齐州祸乱何时已，今日吾侪皆苟活。
但就贤愚判生死，未应修短论优劣。

此四句为主旨所在，亦足以反映陈寅恪的国家民族观念，更间接道出了王国维的死因。“齐州”非《禹贡》的齐州，老老实实指济南，指传记文学社出版的《民国大事日志》，王国维自沉前数日的记事：

五月二十九日：国民政府外交部令上海公共租界临时法庭、日本法庭审理华人控告日人案件，拒绝华官观审，以后凡遇日人控告华人案件，亦宜拒绝日领观审。又：日本出兵山东，上海领事发表出兵声明书。

五月三十日：日使向顾维钧、张作霖口头通知日本出兵及其原因，顾、张表示反对。

五月三十一日：日军二千余人抵青岛。

六月一日：国民政府外交部部长伍朝枢电日本田中外相，抗议日本出兵山东，各地人民之反对日本出兵运动，渐趋积极。

六月二日：清华大学国学研究院教授王国维，自投颐和园昆明湖而卒。年五十一岁。（光绪三年十月二十九日生。）

按：陈寅恪的观堂挽词，于一九二八年四月，发表于《国学论丛》第一卷第三期（据何广棪所编《陈寅恪先生著述目录编年》），则此诗当作于是年二三月间。其时蒋介石复起领导北伐，阎锡山、冯玉祥均表示服从指挥。一月底，国民革命军已攻入山东境内；直鲁联军则在济南开军事会议，双方将沿津浦线在山东境内展开决定成败的大战，已是很明显的事，故有“齐州祸乱何时已”之叹？言“祸”者不仅战火所及，百姓有破家之祸；日本军阀不愿见中国统一，正以各种手段支持军阀，制造分裂。陈寅恪在北方见闻较切，故不觉其言之痛。按：此诗发表不久，即有日本第二次出兵，在济南所造成的“五三惨案”，以及六月四日张作霖被炸事件，于是此诗于是年七月，再刊于《学衡》第六十四期，其意何在，实可深思。

“今日吾侪皆苟活”，与王国维已死相对而言。太史公《报任少卿书》：“仆虽怯懦欲苟活，亦颇识去就之分矣！”则知“苟活”二字亦非轻下，别有言外之意。三、四两语，言品与学。言品则不论死生，但论贤愚；贤则虽死犹生，愚则虽生犹死，承上句“苟活”而来。言学则修未必优，短未必劣。王国维的著作，以量来说并不甚丰，但自有不朽者在。

风谊平生师友间，招魂哀愤满人寰。
他年清史求忠迹，一吊前朝万寿山。

结句应与陈寅恪另一首挽王国维的七律煞尾“赢得大清干净水，年年呜咽说灵均”并看。万寿山、昆明湖为清朝皇室的别苑，死于此即死社稷。

以上诠释《王观堂先生挽词》既罢，复须征引前述的一首七律。这首七律是王国维死后数日间所作，当时保存了对此悲剧直接而单纯的感触，较之数月后所写“挽词”，抚事感时，加上许多寄托者，更能看出陈寅恪哀挽王国维的本意。这首七律是：

敢将私谊哭斯人，文化神州丧一身。
越甲未应公独耻，湘累宁与俗同尘？
吾侪所学关天意，并世相知妒道真。
赢得大清干净水，年年呜咽说灵均。

同时，陈寅恪并有一副挽联：

十七年家国久魂消，犹余剩水残山，留与累臣供一死；
五千卷牙签新手触，待检玄文奇字，谬承遗命倍伤神。

按：“累臣”与“湘累”原有别，而在此一诗一联中则无别，累臣即湘累，湘累指屈原。扬雄《反离骚》“钦吊楚之湘累”句下注：“诸不以罪死曰累。屈原赴湘死，故曰累也。”

我在释挽词时，曾特意提醒读者，“竟作灵均息壤词”句中，须注意“灵均”二字。兹更请读者细看，两诗一联中，无不用屈原自沉之典，律诗中既用“湘累”，又用“灵均”，一典重出，尤可见陈寅恪要强调的是王国维之死，与屈原之死，完全相同。死因同，死法亦同。死法之同，相信是经过王国维慎重选择的，用意是在提醒世人，他的死因与屈原相同。陈寅恪一再提到“大清干净水”“剩水残山”“万寿山”，则不但赴水的死法经过选择，甚至选定万寿山前昆明湖为毕命之地，亦非偶然。

屈原之死因何在？一言以蔽之，是为了反对楚怀王入秦。王国维的死因何在？亦不妨一言以蔽之，是为了反对溥仪去日本，而这正就是当时罗振玉在全力策动的卖国卖“主”的一大阴谋。

兹请以《溥仪自传》证之。当时小朝廷中的派系，据溥仪的分析是：

> 起初把希望放在恢复优待条件方面，后来又退缩为维持原状的，是以陈宝琛为首的一批“旧臣”，可以称之为“还宫派”；把希望放在出洋以取得外国（主要是日本）援助上的，是以罗振玉为首，其中有遗老遗少，也有个别王公如溥伟之流，按当时的说法，可以称之为“联日”或“出洋”派；把希望放在联络、收买军阀方面，即所谓“用武人”一派，这派人物颇复杂，有前清遗老，也有民国的政客，中心人物却是我自己。后来又回到我身边的郑孝胥，起先并不属于哪一派，好像哪一派的主张他都赞成过，也反对过，他更提出过任何一派不曾提过的如所谓“用客卿”（外国人）、“门户开放”（同任何肯帮助复辟的国家勾结）等主张，因而也受过各派人的反对。当他后来一拿定了投靠日本这个主意，就战胜了一切对手。他不但胜过了他们，而且连他的老对手、

“联日派”的老首领罗振玉，在这个阶段的争夺中又被他将多年经营来的成果，轻轻攫取到手。

郑孝胥与罗振玉之间，钩心斗角，互为消长，曾有几度翻覆。“北府”时期是郑孝胥得势，陈宝琛一派亦附和郑派，其后郑之失势的原因，据溥仪说是如此：

郑孝胥曾经拍过胸脯，说以他和段的关系，一定可以把优待条件恢复过来，段的亲信幕僚曾毓隽、梁鸿志都是他的同乡，王揖唐等人跟他半师半友，这些人从旁出力，更不在话下。后来段祺瑞许下的空口愿不能兑现，使郑孝胥大为狼狈。对郑孝胥的微词就在我耳边出现了。从天津来的旧臣升允首先表示了对郑的不满，他向我说了不少郑孝胥“清谈误国”“妄谈诳上”“心怀叵测”“一手遮天”之类的话。当时我并不知道，在前一个回合中失败的罗振玉，和这些反郑的议论，有什么关系。经过升允这位先朝老臣的宣传，我对郑孝胥是冷淡下来了，而对罗振玉增加了好感。

升允字吉甫，蒙古镶黄旗人，清末由陕抚洊升甘督，在旗人中有耿直之誉。宣统年间以与摄政王载沣相忤而罢官，辛亥以后，遁居大连，与小恭王溥伟同为宗社党主要分子，因而结姻，为溥心畬的岳父。宗社党的领袖，实为肃亲王善耆，其后台为川岛浪速，与黑龙会有密切关系，乃“满蒙分离策”的执行人。罗振玉为日本浪人所勾结，故与宗社党亦极其接近，升允之助罗攻郑，是无怪其然的。

郑既失势南归，日本军部激进派通过浪人的关系，指使罗振玉力劝溥仪移居天津日租界。由一九二五年春天到一九二八年夏天，这三年多是罗振玉最“红”的时候，卖国卖“主”的主要活动，也都发生在这时期。据溥仪回忆：

> 日军司令部专门设了一个特务机关，长期做张园的工作，和这个机关有关系的，至少有罗振玉、谢介石、荣源这三个人。我的英文翻译曾由这三个人带到这个特务机关的一处秘密地方，这地方对外的名称，叫作“三野公馆”。
>
> 他是在那天我接见了加藤之后被他们带去的。他的翻译工作做完以后，被罗、谢、荣三人截住，打听会谈情况。罗振玉等人听说加藤对我出行毫不热心，立刻鼓噪起来。从他们的议论中，英文翻译听出了司令部方面有人对罗振玉他们表示的态度完全不同，是说好了要把我送到旅顺去住的。为了向司令部方面的人汇报加藤的谈话，罗振玉等三人把英文翻译带到“三野公馆”去找那人，结果没找到，而英文翻译却发现了这个秘密地方。以后他从荣源和别的方面探听出，这是个有鸦片烟、女人、金钱的地方。

溥仪所说的加藤，为当时日本驻天津总领事。一九二七年下半年，溥仪曾邀他会面，商谈赴旅顺之事。为了郑、罗两派相争甚烈，溥仪决定不用日文翻译，自己找了个英文翻译，因为加藤谙英语。在这次会谈中，加藤对溥仪拟赴旅顺的计划，表现得非常冷淡。天津日军司令部的特务部门与日本外交人员之间的矛盾，是连溥仪都很清楚地觉察到了。

何以有此矛盾？要回答这个问题，必须对北伐开始后，特别是一九二七年这一年的中日关系，作一个综合的观察。

在中国方面来说，国民革命军打倒军阀，统一全国，到了决定性的阶段，在“攘外必先安内”的大原则下，国民政府避免与日本发生冲突。中日之间的一切问题，以通过外交途径谋求解决为宗旨。

至于在北平开府的张作霖，所看重者两事：第一，根本之地即东三省不可失；第二，对日本仍旧一贯地采取虚与委蛇的态度。在这样的情况下，日本政府并不感到中国方面情势的发展，对其构成迫切的威胁，需要制造纠纷，以便打开一个新局面。因此，对溥仪毫无兴趣，甚至不表欢迎。在田中内阁看，溥仪一到日本，增加其外交上的困难，犹其余事。最需顾虑的是怕引起张作霖的猜忌，以为日本会支持溥仪回其“发祥之地”。日本政府此时正在向张作霖秘密下功夫，想在东北攫取一项极大的利益，必须很小心地避免任何足以刺激张作霖的行动。

据梁敬錞《九一八事变史述》记述，一九二七年下半年，日本政府密遣新任满铁总裁山本条太郎及张作霖的“密友兼顾问”

町野武马，向张作霖提出日本包办满蒙新五路的要求。适于此时，溥仪提出赴旅顺的要求，无怪乎加藤报以冷漠了。

在日本军部方面，就东京参谋本部来说，步调大致与内阁是一致的。关东军则始终想收服张作霖，根本未曾考虑过利用溥仪。唯有在华驻屯军中的特务部门，及黑龙会的浪人，对溥仪的兴趣极大，但亦并未有何制造傀儡的计划，因为这些人的力量，还不足以参与日本的政策与战略。他们只是觉得以溥仪过去的地位，如果能把他控制在手里，总有机会可以利用。同时手里有了这么一张“牌”，对内无论是对他们的政府，或者军部，足以增加发言的力量。

总之，溥仪此时在日本人心目中的利用价值，远不如“九一八”以后来得重要。这一点，郑孝胥、陈宝琛都看得很清楚。既然不为人重，又何苦寄人篱下，自贬身份？所以他们一直反对溥仪去日本。这样到了一九二七年，由于革命形势的进展，日军特务部门觉得局势的变化，可能需要利用溥仪来对抗中国的某些方面，故而图谋甚亟。同时溥仪害怕革命军打到北方，会对他不利，亦有迁地为良的意向。这一来越发使罗振玉觉得是个可乘之机，出尽全力，煽动溥仪赴日。据溥仪自述：

> 一九二七年，我由于害怕北伐军的逼近，一度接受罗振玉劝告，决定赴日。经过日本总领事的接洽，日本总领事馆向国内请示，田中内阁表示了欢迎，并决定按对待君主之礼来接待我。据罗振玉说，日本军部方面已

准备用军队来保护我启程。只是由于形势的缓和，也由于陈宝琛、郑孝胥的联合劝阻，未能成行。

所谓“田中内阁表示了欢迎”云云，是溥仪装点门面的话。事实真相是：

一、当溥仪初至天津时，“拟转轮赴日，而东京只允以普通亡命客相待，遂不果行”。

二、“一九二七年溥仪欲自赴东三省，田中首相以宗社党利用为辞。阻之。”

以上据梁著《九一八事变史述》引叙；原注三七、三八，记明此项资料，来自东京国际军事法庭的审判记录，其真实性是不容怀疑的。而且就情理而论，如果田中真愿以君主之礼相待，不但郑孝胥，相信连陈宝琛亦会赞成溥仪赴日，为什么要“联合劝阻”？

如上所述，罗振玉处心积虑，煽惑溥仪赴日一事，在一九二七年上半年，功败垂成。而就在此时，王国维忽然自沉，陈寅恪强调其死，同于屈原。来自教育界的传说，则王国维乃为罗振玉逼债而死。这些事实传闻，加在一起，去其不可信者，如溥仪所叙，债务只一千余元云云，则罗、王反目的真因，自然水落石出：罗振玉要做子兰；王国维要做屈原！

这个结论经过多日思考，持之愈坚。因此，我觉得可以根据罗振玉的为人，以及其他证据，约略推断出事实真相。

如众所知，罗振玉最善于利用他人，而王国维从担任清华教职以后，产生了一种新的利用价值。“南书房行走”是骗人的玩意儿，清华研究院的教授则已被公认为“教授的教授”，有其崇高的学术界地位与社会地位。在罗振玉看，尤其值得重视的是，王国维已与梁启超比肩。梁启超在政治上的地位，是真正的第一级，不但够资格组阁，而且够资格主张国是。现在王国维在学术上的地位，既已与之相并，则在政治上的地位纵或不如，至少他如果有什么对时局的看法，报上都会登载。因此，倘或王国维能站在罗振玉这边说话，就足以对抗郑孝胥与陈宝琛的“联合”，溥仪亦易于见听。

我相信罗振玉必曾要求王国维予以助力，而王国维这一次决心不受利用，甚至反与郑、陈“联合劝阻”溥仪赴日。这样，就必然触怒了罗振玉，逼债不过打击王国维的手段之一；还有更厉害的威胁是，假借一种“罪名”，用溥仪的名义“传旨申饬”，或者宣布王国维为清朝的“叛臣”。此即所谓“赵孟之所贵，赵孟能贱之”！

王国维留给他第三子贞明的遗书，开头四句是：“五十之年，只欠一死；经此世变，义无再辱。”此“再辱”二字，一直没有圆满的解释，其实疑问不仅“再辱”，还有“经此世变”，究竟何指？以上下文的语气，王国维认为他所经的“世变”即是一辱；如今将有类似的一辱，故谓之“再辱”。所以只要知道了他所经“世变”的一辱是什么，即可推知何谓“再辱”。

这当然仍旧要从陈寅恪的诗句中去探求。他最初挽王国维的那首七律，颔联是：“越甲未应公独耻，湘累宁与俗同尘？”越甲是个僻典，越是勾践的越国；甲是甲胄。刘向《说苑》卷四《立节》篇：

越甲至齐，雍门子狄请死之，齐王曰："鼓铎之声未闻，矢石未交，长兵未接，子何务死之？为人臣之礼邪？"雍门子狄对曰："臣闻之，昔者王田于囿，左毂鸣，车右请死之，而王曰：'子何为死？'车右对曰：'为其鸣吾君也。'王曰：'左毂鸣者，工师之罪也，子何事之有焉？'车右曰：'臣不见工师之乘而见其鸣吾君也。'遂刎颈而死。知有之乎？"

齐王曰："有之。"雍门子狄曰："今越甲至，其鸣吾君也，岂左毂之下哉？车右可以死左毂，而臣独不可以死越甲也？"遂引颈而死。是日越人引甲而退七十里，曰："齐王有臣，钧如雍门子狄，拟使越社稷不血食。"遂引甲而归。齐王葬雍门子狄以上卿之礼。

这个典故清清楚楚地说明了，陈寅恪诗中的"越甲"是指鹿钟麟的部队。"雍门"为齐国的北门，鹿钟麟驱逐溥仪时，是在神武门及景山布防，更觉陈寅恪用典精切。

"越甲未应公独耻"者，意味鹿钟麟"逼宫"，君臣皆应引以为耻，不应该王国维一个人觉得受了辱，而效子狄之自杀。

王国维之所谓"世变"，亦即指"逼宫"一事而言，断然无疑。为鹿钟麟所逐既是一辱，则再一次被逐，便是再一次受辱。从这一点上去模拟情况，除了溥仪“降旨”以外，任何人都不能使王国维像屈原那样成为“逐臣”。而溥仪不会无故“降旨”逐王国维，除非出于罗振玉的“奏请”。

以上假设，自信虽不中亦不远矣！陈寅恪诗中所谓“并世相知妒道真”亦说得很明白。“并世相知”自指罗振玉；“妒道真”语出《汉书·刘歆传》，“道真”即见道真切之谓。用于此处，指王国维反对溥仪赴日，故为罗振玉所妒。

以我的看法，陈寅恪挽王国维两诗，这首七律比长歌好得多，“越甲未应公独耻，湘累宁与俗同尘？吾侪所学关天意，并世相知妒道真”两联，情文并至，寄托遥深，足尽王国维平生。而在第二年春天，忽然又有长歌相挽，推测其故有三。

一是王国维死后，“流俗恩怨荣辱委琐龌龊之说”，始终不绝。而陈寅恪所要强调的“湘累”“灵均”，由于包含着许多不为外人所知的内幕，所以无法理解他为什么动辄拿王国维比作屈原，因而作此以为说明。

二是警告罗振玉。自北伐之师再度出发，罗振玉在日本军部特务组织的指使之下，活动溥仪赴日更为积极，故在诗序中借纲纪之说，微露端倪。如果罗振玉不知趣，则将有进一步的笔伐。但事实上这首诗也有替罗振玉解围的作用。

三是对溥仪的讽劝。“君为李煜”，实在是高捧了溥仪。鹿钟麟固非曹彬，溥仪更何可与李后主相提并论？陈寅恪所以比之为李煜者，以后主入宋，过的是“以泪洗面”的日子，而且不久即死于非命。劝溥仪以此为鉴，勿轻言赴日。当时中日关系极其复杂，而华北则为敏感地带，或者溥仪赴日一事，不便明言，故出以讽劝。至于溥仪是否能够领会，不得而知，但我相信他对王国维真正的死因是知道的，只是不肯在自传中承认，因为他毕竟做了楚怀王，愧对屈原。而在自传中对罗振玉的深恶痛绝，则情见乎词，而对王国维则不无悼惜，亦足见公道自在人心。

附记

自拙作见报后，前辈及朋友中，常有道及王、罗往事者。吾友庄练示以所作《王国维与罗振玉》一文（收入《涉史载笔》），对罗振玉窃据王国维的甲骨文研究成果，言之綦详。其中最有趣的是，引录了傅斯年在《殷虚书契考释》一书中的亲笔批语，称罗振玉为“罗贼”或“上虞老贼”，兹转引数条如下：

> 一九二七年夏，余晤陈寅恪于上海，为余言王死故甚详。此书本王氏自作自写，因受罗赀，遂以畀之，托词自比于张力臣（按：张力臣尝为顾亭林抄写《音学五书》）。盖饰言也。后陈君为王作挽词，再以此等事叩之，不发一言矣。
>
> 此书再版，尽删附注页数，不特不便，且实昧于此书著作之体。举证孤悬，不登全语，立论多难复核矣。意者此亦罗氏露马脚处乎？一九二九年七月十四日。

今日又询寅恪，此书王所得代价，寅恪云：王说，罗以四百元为赠。亟记之。一九三〇年七月二十七日晚。

此文所论至允，不自尝甘苦者不能如此明了也。罗振玉以四百元易此书，竟受真作者如此推崇而不惭，其品可知矣。孟真。一九三〇年八月九日。

最后一条系跋王国维为此书所做的后序。其下又有数语：

彦堂近自旅顺晤罗返云：与之谈殷契文，彼颇有不了解之处，此可记之事也。

“彦堂”为董作宾。罗振玉在专家面前，自然无所遁形。不过傅斯年虽恶其人，持论却颇公平，有一条说：

罗氏老贼于南北史两唐书甚习，故考证碑志每有见地。若夫古文字学固懵然无知。王氏卒后，古器大出，罗竟搁笔，其偶辑大令尊，不逮初学，于是形态毕露。亦可笑也。

此外又有一书名《流沙坠简》，为考证汉晋木简的专著，据傅斯年在序文上批注：

此书亦王氏一人之作，而罗贼刊名者也。

总之，从王国维一死，罗振玉的学术研究亦就“消沉”了。此当是罗振玉在一九二八年年底，卖掉天津的房子，移居旅顺，改以“从事建筑”的原因之一。

顾贞观

——『丁酉科场案』遭诬陷，吴汉槎遣戍宁古塔

吴汉槎名兆骞，世居江苏吴江。明朝刑部尚书吴立斋的七世孙，崇祯十三年进士，永州府推官吴晋锡的第三子。长兄兆宽，字宏人；次兄兆夏，字闻夏；一弟名兆宜，字显令。

吴氏弟兄，都有文名，宏人、闻夏、汉槎被称为“延陵三凤”，其后显令亦露头角，人又比作“皇甫四君”。而才华最富，声名最盛，则数汉槎。崇祯十七年，汉槎到他父亲任所，时年十三岁，自金陵至湘阴，都有诗纪游，如《夜次京口》：

> 高城楼堞倚天开，瓜步钟声隔岸回。
> 夜月回临江树远，春星遥动海潮来。
> 南徐士马推雄略，北府风流忆赋才。
> 回首桓公高宴处，短箫横笛倍堪哀！（《秋笳集》卷五）

第六首《湘阴》下，原注：

> 兄宏人曰：“金陵至湘阴六首，皆家弟纪游旧作也。

时年甫十三，而境地便已尔尔！才非康乐，而家有惠连；讽咏未周，为之三叹。”

又有《秋感八首》，题下自注：“甲申九月在湘中作。”其时，思宗已经殉国，顺治的“车驾”正入山海关，而江淮四镇，建牙开府，报国无方，扰民有余，所以诗中深致感慨，录其最后三首：

遥传陶侃驻江干，三户兵戈血未干！
甲帐紫貂多纵寇，牙门青牦半登坛。
严城落日征烽急，绝塞迎寒画角残。
共道楚军工战斗，却教鄢郢路常难。

千里平沙接大荒，襄中风物自苍苍。
汉江暮掩孤城白，戍鼓寒沉落照黄。
逐寇健儿骄玉马，观军中贵拥银铛。
可怜高纛重围里，却使君王策庙堂。

长沙寒倚洞庭波，翠幛丹枫雁几过。
虞帝祠荒闻野哭，番君台迥散夷歌。
关河向晚鱼龙寂，亭障凌秋羽檄多。
牢落楚天征战后，中原极目奈愁何！

这八首诗末，有吴汉槎至交计东（甫草）的评语：

计甫草曰："此汉槎十三岁时作也。悲凉雄丽，便欲追步盛唐，用修青楼之句，元美宝刀之歌，安得独秀千古？"

显然的，汉槎的《秋感八首》，是仿杜甫的《秋兴八首》，所以计甫草有"追步盛唐"的话。以一个十三岁少年的作品，与"诗圣"相比拟，足见汉槎的天才，以及如何为朋辈所推重。

清兵略定江南以后，约在顺治五六年间，明末结文社的风气渐又盛行。继承了"复社""几社"的系统，苏州宋氏弟兄、昆山徐氏弟兄发起组织"沧浪会"，不久一分为二，化成"慎交""同声"两社，吴氏弟兄是慎交社的中坚。社友称为"同学"，其中属于《清史稿·文苑传》的人物，有长洲汪琬，字苕文，学者称"尧峰先生"；吴江计东，字甫草；长洲尤侗，字展成，号西堂；吴江徐釚，字电发；潘耒，字次耕；杭州陆圻，字丽京；无锡顾贞观，字华峰，号梁汾，以及入阁拜相的徐乾学、徐元文兄弟和宋德宜等人。

结社的宗旨，名为"以文会友"，说穿了是在互通声气，猎取功名。清朝的科举，乡、会试都是三年举行一次，顺治元年规定："子午卯酉年乡试、辰戌丑未年会试。"乡试在八月，会试在二月，所以称为"秋闱"和"春闱"。头一年秋天中了举人，正好进京参加第二年春天的会试和殿试，中了进士，称为"联捷"。一个"十年窗下无人问"的穷秀才，这时候最起码也可以做一个榜下即用、遇缺即补，号称"老虎班"的知县。

吴汉槎是顺治十四年丁酉江南闱的举人。以他的文名，不是联捷，就是“鼎甲”，亦非意外，加以家计富饶，行装华丽，所以这一趟进京的旅行，意气飞扬，是可想而知的。

谁知道，此一去二十四年才得还乡。当各省举人“公车北上”时，一件蹂躏读书人的大狱正在发动之中，那就是清朝有名的“丁酉科场案”。孟心史先生曾有专文，记“丁酉科场案”，前有引论：

> 专制国之用人，铨选与科举等耳。古用乡举里选之法，最近文明；后渐成器械之事。凡汲引人才，从古无有以刀锯斧钺随其后者！铨政纵极清平，能免贿赂，不能免人情；科举亦然，士子之“行卷”，公卿之游扬，恒为躐取科第之先导，不足讳也。前明如程敏政、唐寅之事；沈同和、赵鸣阳之事，关节枪替，经人举发，无过蹉跌而止。至清代乃兴科场大狱，草菅人命，甚至弟兄叔侄，连科而同科，罪有甚于大逆，无非重加其罔民之力，束缚而驰骤之，盖始于丁酉之乡闱矣！

“能免贿赂，不能免人情”之说，最为透彻。所谓“行卷”，是士子以平日所作诗文，送请名公巨卿指教，借邀赏识；然后乃有“公卿之游扬”，或一榜尽取名下士，称为“通榜”。此在科举创始的唐朝，即已如此。明末江南结文社的目的之一，就在投行卷，扬声名，揣摩风气，互相吸引，因而在通国的会试中常占优势，不免为人所妒恨。此为丁酉大狱所以兴起的主因之一。

丁酉狱蔓延几及全国，以顺天、江南两省为巨，次则河南，又次则山东、山西，共五闱。明时，江南与顺天俱有国子监，俱为全国士子之所萃，非一省之关系而已也。清兵下江南，虽已改应天府为江宁，废去南雍，然士子耳目，尚以顺天、江南为观瞻所系；是年科场大狱，即以此两闱为最惨。同时并举，以耸动迷信科举之汉儿，用意至为明显。（《心史丛刊》一集，《科场案》）

又《清史稿·选举三》：

初制，顺天、江南正、副主考，浙江、江西、湖广、福建正主考，差翰林官八员。他省用给事中、光禄寺少卿……

顺天、江南的副主考亦用翰林，可见顺天、江南两闱的特受重视。而南闱得人之盛往往又过于北闱，其原因之一是，清初的“江南省”包括以后的江苏、安徽两省，都是人文荟萃之区。既然要兴大狱立威，“耸动汉儿”，则“南闱之荼毒，又倍蓰于北闱”（孟心史先生语），是势所必然的。

北闱案除《清史稿》及《东华录》所载以外，记述最详尽的，莫如收入《痛史》的《丁酉北闱大狱记略》，作者自署“信天翁”，大概是此案中幸免毒手的举人。据信天翁的记载，顺治十四年十月，参奏北闱考官舞弊的是给事中任克溥，奏上，交吏部及都察院严讯得实，“立斩”房考官及有关官员五人，新举人两名。其余涉嫌“贿买关节、紊乱科场”的新举人廿五名，交刑部察讯。十五年四月结案。据刑部原奏，“应立斩，家业籍没，妻子父母兄弟流徙尚阳堡”者八名；“应立斩，家业籍没”者十一名；“应立绞”者五名；“应绞，监候秋后处决”者一名。奉旨：“多犯一时处死，于心不忍，俱从宽免死，各责四十板，流徙尚阳堡。”

总计北闱大狱，立斩七人，充军二十五人。立斩的七人，同时抄家、父母兄弟妻子充军。而此受刑的三十二人，“多为南士”。

南闱大狱，亦起于给事中的参奏，此给事中名阴应节，山西洪洞县人，顺治三年三甲第二百八十三名进士。

顺治十四年十一月壬戌，给事中阴应节参奏：“江南主考方猷等，弊窦多端，物议沸腾，其彰著者，如取中之方章钺，系少詹事方拱乾第五子，玄成、亨咸、膏茂之弟，与猷联宗有素，乘机滋弊，冒滥贤书，请皇上立赐提究严讯。”得旨：“据奏南闱情弊多端，物议沸腾。方猷等经朕面谕，尚敢如此，殊属可恶！方猷、钱开宗并同考试官，俱着革职；并中式举人方章钺，刑部差员役速拿来京，严行详审。本内所奏事情及闱中一切弊窦，着郎廷佐速行严查明白，将人犯拿解刑部。方拱乾着明白回奏”。十二月乙亥，少詹事方拱乾回奏：“臣籍江南，与主考官方猷从未同宗，故臣子章钺不在回避之例。有丁亥、己丑、甲午三科齿录可据。”下所司查议。

阴应节的弹章，目标在方拱乾，这从行文的语气中可以看得出来。如果所抨击的是方、钱两主考，则所谓“物议沸腾”，确有根据：

南场发榜后，众大哗。好事者为诗、为文、为传奇杂剧，极其丑诋。两座师撤棘归里，道过毗陵、金阊，士子随舟唾骂，至欲投砖掷甓。（娄东无名氏《研堂见闻杂记》）

阴应节如果是在纠弹方猷、钱开宗两主考，则何不据此入奏，岂不比方猷与方拱乾的“联宗有素，乘机滋弊”的游词来得有力？而阴应节所以借题发挥，弹彼“方”而攻此“方”的原因，则要从清初的党争中去研究，才能获知真相，这里无须赘述。

南北两闱案发，中式的新科举人，概行覆试，北闱覆试在顺治十五年正月间，取中的米汉雯等一百八十二名，还赶得上参加会试。“江南新科举人”，则因覆试之期未定，礼部奏准“停止会试”。同样的一案，南北不同的待遇，这在一开始就已显出来了。

南闱覆试的实况，据诸家笔记的记载：

凡南北中式者，悉御试瀛台，题即为“瀛台赋”。……是时每举人一名，命护军二员，持刀夹两旁，与试者悉惴惴其栗，几不能下笔。（王应奎《柳南随笔》）

殿廷覆试之日，不完卷者锒铛下狱。吴汉槎兆骞，本知名士，战栗不能握笔。（载璐《石鼓斋杂录》）

覆试之日，堂上命二书、一赋、一诗，试官罗列侦视；堂下列武士，锒铛而外，黄铜之夹棍、腰市之刀，悉森布焉，未刻缴卷，诸生文皆如格。……惟有据者充发教人，世皆以吴汉槎兆骞为可惜云。（李集《鹤征录》）

以上三家所记都由传闻而来，不免错误。孟心史先生的考据，向以引证渊博、论断精确著名，但根据上引三段笔记，以为“观此乃知吴兆骞等所以曳白之故”，却是失考不实。

实际上，吴汉槎并未参加瀛台覆试。不仅吴汉槎，凡是根据江南总督郎廷佐的“采访”，认为“显有情弊者八人”，都未能参加覆试，因为覆试是为无弊者而设，既然“显有情弊”，并且“即于京师就缉”，自然也就被剥夺了参加覆试的资格。《清史稿·方玄成传》，记南闱覆试的结果，在“方城等十四名文理不通，革去举人”之后接书：“方章钺等九名不与焉”（按：其中一名在逃，连同“就缉”的八人，共为九名）。这是很正确的史笔，既未参加覆试，自无所谓“文理不通，革去举人”，所以说“不与焉”。也因为如此，吴汉槎在《秋笳集》中有与“同年”共游的诗题，依然以举人自居。

还有一个直接的证据，可以证明吴汉槎未能参加覆试。按：顺治十五年三月朔为戊戌，覆试日期为庚戌，以干支推算，即三月十三日；而四天以前，吴汉槎已经被捕，身在狱中，何得参与瀛台御试？吴兆骞的诗集，名为《秋笳集》，第四卷定名为《西曹杂诗》。唐朝的制度，尚书省东面为吏、户、礼三部；西面为兵、刑、工三部，所以此“西曹”是指刑部而言。吴汉槎“浮系西曹”将近一年，其间所做的诗辑为一卷，以《戊戌三月九日自礼部被逮赴刑部口占二律》开始，原诗如下：

仓黄荷索出春官，扑目风沙掩泪看。
自许文章堪报主，那知罗网已摧肝？
冤如精卫悲难尽，哀比啼鹃血未干。
若道叩心天变色，应教六月见霜寒。

庭树萧萧暮景昏，那堪缧绁赴圜门！
衔冤已分关三木，无罪何人叫九阍？
肠断难收广武哭，心酸空诉鹄亭魂。
应知圣泽如天大，白日还能照覆盆。

说“仓黄”“那知”“那堪”，都见得事起突然。猜想吴汉槎三月初九到礼部，必是因覆试期近，特去报到。在他自己问心无愧，以为一定在覆试的名单之列；哪知道郎廷佐已采访得“显有情弊”的八人，“上之于朝”，于是报到之举，变成自投罗网。至于郎廷佐如何将吴汉槎列入黑名单，以及所谓“显有情弊”的具体事实何在？完全不明。则吴汉槎是为人所诬陷，殆可断定。

《西曹杂诗》第二题《四月四日就讯刑部江南司命题限韵立成》：

自叹无辜系鹈鸠，丹心欲诉泪先流。
才名夙昔高江左，谣诼于今泣楚囚。
阙下鸣鸡应痛哭，市中成虎自堪愁。
圣朝雨露知无限，愿使冤人遂首丘。

审讯时“命题限韵立成”，自然是一种考验。这首诗并不算好，但无论如何可以及格。有此捷才，如能参加覆试，决无曳白之理。这样，吴汉槎的中式，到底是贿买关节而来，还是凭仗真才实学，不难水落石出。无奈在专制的淫威之下，他得不到这样一个容他洗刷清白的机会，这是最大的一种冤屈。

但吴汉槎的命运，还不是太坏的。世人只知他平生的知遇是顾贞观，却不知还有一个安珠护，也就是清史有传的安珠瑚，姓瓜尔佳，满洲正黄旗人，入关从征江南，在扬州曾亲见史可法骑驴至清营“办一死”（见王士祯《池北偶谈》）。科场案起，正任刑部江南司郎中，为主办江南闱情弊的“司官”，一意怜才，心存回护，“命题限韵”的用意，据吴汉槎《西曹杂诗》中，《秋夜寄计甫草》诗下自注“余部讯诗，七月廿六日已呈御览”，可知是设法为他开脱。此后安珠瑚与吴汉槎还有一番遇合，以后将会谈到。

南闱案结于十一月间，残酷远过于北闱。据《清实录》：

十一月辛酉，刑部审实江南乡试作弊一案，主考方猷拟斩，副主考钱开宗拟绞，同考官叶楚槐等（按：共十七人）拟责遣尚阳堡，举人方章钺等俱革去举人。得旨：方猷、钱开宗差出典试，经朕面谕，务令简拔真才，严绝弊窦，辄敢违朕面谕，纳贿作弊，大为可恶，如此背旨之人若不重加惩治，何以警戒将来？方猷、钱开宗，俱着即正法，妻子家产籍没入官。叶楚槐（等十七人），俱着即处绞，妻子家产籍没入官。已死卢铸鼎，妻子家产亦籍没入官。方章钺、张明荐、伍成礼、姚其章、吴兰友、庄允堡、吴兆骞、钱威俱着责四十板，家产籍没入官，父母兄弟妻子并流徙宁古塔。程度渊在逃，著令总督郎廷佐、亢得时（按：亢得时为漕运总督）等，速行严缉获解，如不缉获，伊等受贿作弊是实。尔部承问此案，徇庇迟至经年，且对此重情问拟甚轻，是何意见？作速回奏。余如议。

北闱弊案，因为证据确凿，结得极快，而南闱“迟至经年”结案，正见得是个冤狱。吴汉槎的被牵连在内，照我的推测，可能因为他年少多才，过于轻狂得罪了人的缘故。据野史记载：他在塾中时，曾以同学的帽子作溺器，塾师责问，他还大发狂言，说“居俗人头，何如盛溺？”又陈去病《五石脂》记：

当慎交社极盛之际，茗文尝来吴江。一日，汉槎与之出东郭门，徘徊垂虹桥，忽顾视茗文，引袁淑对谢庄语曰：“江东无我，卿当独步。”其放诞如此。

按：苕文指汪琬，清初古文名家，学者称“尧峰先生”。汪苕文也是一个自视极高、脾气极坏的人，听了吴汉槎的这种目空一切的话，心里自然不会舒服。当然，这不是说把吴汉槎牵涉在科场案里，是汪苕文的诬陷报复。不过由吴汉槎的出言狂妄、动辄开罪于人，可知他的贾祸，实非偶然。

他被拘禁在刑部约一年，但并非入狱，只是住在户部“火房”，内部行动是自由的，所以自称“浮系”。在一起的有方拱乾父子、陈之遴父子等，他们虽在难中，还是剧读夜饮，诗酒往还，不失文人闲居的生活情趣。据《西曹杂诗》所见的诗题，略考其人如下：

1.“冬夜同诸子饮方坦庵先生斋即席赋呈”。

2.“夜同子长过方娄冈学士赋赠”。

按：方坦庵即方拱乾，娄冈是他的长子玄成，其时任内弘文院侍读学士，为顺治帝最宠信的文学侍从之臣，“尝呼娄冈而不名”，所以顺治帝对他们一家相当熟悉。据说方拱乾以“文头武脚”作为他替儿子命名的原则，玄成、亨咸、膏茂、章钺。顺治帝知道了这一点，曾开玩笑说：呜呼哀哉的“哀哉”，不也是“文头武脚”？当时相传，“咸谓为方氏昆季不吉之兆”，真个不幸而言中了。当时方氏全家被戍，康熙登极，方拱乾及玄成、亨咸、膏茂被赦还。方拱乾入关后改字“苏庵”，作《宁古塔志》。方玄成又字孝标，死后还被牵连在《南山集》案的文字狱中，破棺锉尸，全家充军至黑龙江。他的孙子式济，每年徒步出关省亲，写了一部地理学上的名著：《龙沙纪略》。式济的儿子，就是乾隆年间的直隶总督方观承。

3.“送张绣虎南行和陈相国”。

4.“戊戌除夕偕诸子集陈素庵先生斋即席同直方子长赋”。

按：北闱案中有张绣虎，据信天翁《丁酉北闱大狱记略》，知是“杭州贡生”。但张绣虎应“流徙尚阳堡”，不知何以“南行”？其后，吴汉槎在宁古塔有《赠张绣虎》《与张绣虎饮》，及《冬至怀绣虎却寄》诸诗，似乎张绣虎先流宁古塔，又改徙他处。其详情无法考查了。

“陈相国”即陈素庵，亦即诗文中常提到的“海昌相国”，海昌是浙江海宁的别称，指大学士陈之遴而言。之遴受同官的排挤，正因“贿结内监吴良辅”的罪名，抄家，充军尚阳堡，其时正在刑部待审。直方、子长是之遴的儿子，直方又是吴梅村的女婿，右眼失明，依照法律，原可赎罪，但不知如何，“竟与诸兄弟同遣”（见《梅村家藏稿·亡女权厝志》）。子长则与吴汉槎交情最厚，《秋笳集》中有关陈子长的诗最多。

汉槎出关在顺治十六年闰三月，《西曹杂诗》即以《闰三月朔日将赴辽左留别吴中诸故人》一首长诗作结束，所谓：

万重关塞行应遍，十载交游见欲难！
从此家山等飞藿，满眼黄云横大漠。
自伤亭伯远投荒，却悔平原轻赴洛。
一向冰天逐雁臣，东风挥手泪沾巾。
只应一片江南月，流照飘零塞北人。

生离同于死别，自觉此生已不作还家之想了。因为当时所知道的宁古塔，"在辽东极北，去京七八千里，其地重冰积雪，非复世界，中国人亦无至其地者"（见《研堂见闻杂记》），所以方拱乾在《宁古塔志》中有此感叹："宁古何地？无往理亦无还理。老夫既往而复还，岂非天哉！"而且，北闱案凡流尚阳堡，只是本人遣戍。南闱案流宁古塔者，则父母兄弟，一并受罪，更为残酷。令人所不解的是，吴汉槎又成例外，只是一人就道。猜想起来，或者是上年四月四日就逮后，《命题限韵立成》一诗达于御前的功效，以及另外有人为他斡旋的缘故。

吴汉槎自顺治十六年遣戍，到康熙二十年赎罪入关，前后共二十三年，其间的生活和交游情况，根据他和他的独子桭臣的自述，并参考《秋笳集》和同时人的诗文记载，大致可以明白。

丁酉科场案，获罪的名士不一而足，但只有吴汉槎最耸动听闻，孟心史对此有所解释：

> 其时以文字为吴增重者，实缘梅村一诗、顾梁汾两词耳。梅村于科场案中，赠陆庆曾有诗，赠孙承恩而及其弟旸亦有诗，顾皆不及其《悲歌赠吴季子》一首，尤为绝唱。（《心史丛刊》一集，《科场案》）

按：陆庆曾、孙旸是牵涉在北闱案中。陆庆曾号称老名士；孙旸字赤崖，遣戍时，他的哥哥承恩恰又点了状元，兄弟荣枯，一门哀乐，成为异常强烈的对比。《梅村集》卷七，七言古诗中有《赠陆生》一篇，为陆庆曾而作；《吾谷行》一篇，为孙氏弟兄而作，但都不及《悲歌赠吴季子》的激切沉痛，这是由于关系不同以及在“文字忧患始”这一点上，俯仰身世，感触特深的缘故。录吴诗全篇如下：

悲歌赠吴季子（自注：松陵人，字汉槎）

人生千里与万里，黯然销魂别而已。君独何为至于此？山非山兮水非水，生非生兮死非死！十三学经并学史，生在江南长纨绮。词赋翩翩众莫比，白璧青蝇见排诋。一朝束缚去，上书难自理。绝塞千山断行李，送吏泪不止，流人复何倚？彼尚愁不归，我行定已矣！八月龙沙雪花起，橐驼垂腰马没耳。白骨皑皑经战垒，黑河无船渡者几？前忧猛虎后苍兕，土穴偷生若蝼蚁。大鱼如山不见尾，张鬐为风沫为雨。日月倒行入海底，白昼相逢半人鬼。噫嘻乎悲哉！生男聪明慎勿喜，仓颉夜哭良有以，受患只从读书始，君不见，吴季子！

按：吴梅村一生以不能归隐、保全名节为莫大恨事。顺治十年被征北上，受职国子监祭酒；一年以后，以丁忧回籍，但已是白璧有瑕了。上引“悲歌”结尾的几句，别有寄托；而通首为吴汉槎鸣不平，以及铺叙宁古塔其地的恢诡可怖，使人对身历奇祸的吴汉槎，加重了同情，也加重了他的身价。至于汉槎对梅村，关系决非泛泛，《秋笳集》中，有《茧虎》《鲞鹤》《蝉猴》七律三首，自注“追和梅村夫子”。但除此以外，别无师弟往还的痕迹，是件颇可寻味的事。

吴汉槎先是只身出关，过了两年，他的妻子葛氏，相从于戍所，在宁古塔生了一个儿子，取名桭臣。康熙六十年，吴桭臣追思儿时，写了一篇回忆录，题名《宁古塔纪略》，照他的记载，宁古塔仿佛是个世外桃源：

> 有木城两重，系康熙初年新迁，去旧城六十余里，内城周二里许，只有东、西、南三门，其北因有将军衙署，故不设门。内城中惟容将军护从及守门兵丁，余悉居外城：周八里，共四门，南门临江，汉人各居东西两门之外。予家在东门外，有茅屋数椽，庭院宽旷，周围皆木墙，沿街留一柴门，近窗牖处俱栽花木，余地种瓜菜，家家如此，因无买处，必须自种。

宁古塔城西临牡丹江，离西门三里，风景绝胜，石壁临江，长十五里，高数千仞，古木苍松，横生倒插，白梨红杏，参差掩映。石崖下遍开芍药，一至秋深，枫叶万树，映得满江都红。此外还有荷花、玫瑰——野玫瑰，包围了宁古塔城的东、北、西三面，五月间开花，一望无际，香闻数里。

牡丹江中，产鱼极多，有一种形似“缩项鳊”，满名“发禄”，滋味极美。吴桭臣每到夏天傍晚便去垂钓，无不满载而归。还有一种怪鱼，上半身似蟹、下半身似虾，长两三寸，据说上祭太庙，必用此物。到了冬天，江水尽冻，冰厚至四五尺，夜里在冰上凿一个穴，用灯火一照，顷刻间鱼聚成群，用铁叉拣大的叉好了。

宁古塔又盛产果蔬，有一种名“衣而哈目克”，形似小杨梅，但没有核，风味绝胜。又有像橄榄的“乌绿栗”，像樱桃的“欧栗子”，都是他处所没有的。他处也有的松子、梨、山楂，以及黄精、桔梗、五味子、麻菇、木耳、金针菜等，既多且肥。至于人参，竟贱如桃李，吴桭臣有记：

> （人参）草木方梗，对节生叶，叶似秋海棠。六七月开小白花，八月结子似天竹子。生于深山草丛中，较他草高尺许。……生者色白，蒸熟辄带红色，红而明亮者，其精神足，为第一等。……凡掘参之人，一日所得，至晚便蒸，次早晒于日中，晒干后有大有小，有红有白，并非以地之不同，总因精神之足与不足也，故土人贵红而贱白。蒸参之水，复以参梗叶同煎收膏，膏味亦与参味同。人参子煎汤，难产者服之即生。

有趣的是，参在本地，功效不著。吴汉槎初到宁古塔时，以人参半斤煎汤，服下以后，反而腹泻。但是吴桭臣却又说：冬天吃了油腻再喝冷水，亦无泄泻之患，所以遣戍到那里的人，从不会水土不服。吴汉槎素来羸弱，到了宁古塔，日趋强健。这真是塞翁失马，安知非福了。

按：宁古塔为金阿骨打起兵之处，建为“上京”，在离宁古塔一百里的沙岭，还有宫殿遗迹，又为清朝发祥之地，宁古塔城东三里有个村子，就叫“觉罗村”，因此，清初特设“宁古塔将军”，为吉林和黑龙江的军政最高长官，下设副都统两人，其一驻“吉林乌拉”，就是现在的永吉。当时驻守宁古塔的大员，因为充军到那里的汉人多为高级知识分子，可以帮他们治理地方，所以对其相当优待。尤其是在精神上，并不以罪犯而轻视，因此，吴汉槎在那里，不但可以设馆授徒，而且还结了诗社，社友中有位很有名的人物，就是明朝最后的一个兵部尚书张缙彦。

当然，遣戍的所谓“流人”，要纳入组织，加以管理。这一组织，称为“官庄”，每一庄十个人，一人为庄头，九人为庄丁，不是种田，就是打围烧炭。种田则五谷俱生，只无稻米，四月播种，八月收获，因为水土肥饶，从无歉收。烧炭则有伐不尽的原始森林，就地开窑，相当方便。打围的情形，更令人神往，据吴桭臣所记是如此：

> 四季常出猎打围，有朝出暮归者，有两三日而归者，谓之“打小围”。秋间打“野鸡围”，仲冬“打大围”，按八旗排阵而行，成围时，无令不得擅射，二十余日乃归。所得者：虎、豹、猪、熊、獐、狐、鹿、兔、野鸡、雕羽等物。猎犬最猛，有能捉虎豹等。虎豹颇畏人，惟熊极猛，力能拔树掷人。野鸡最肥，油厚寸许。辽东野鸡颇有名，然迥不及矣。

这是一般“流人”的生活，吴汉槎则因为宁古塔将军巴海，延入幕府，办理文书，兼为巴海的两个儿子授读，境况又自不同。其时当年做刑部江南司郎中、主办南闱案的安珠护，已当到宁古塔副都统，一个怜才爱士，一个感于知遇，居然又在穷边极荒的万里之外聚首，这番奇异的遇合，越发增加了他们的情谊。以将军的上客，又为副长官的故人，吴汉槎这段时间的生活，可以想象得到是相当宽裕痛快的。但是，人入中年，乡思越重，吴汉槎最大的愿望，是在入关还乡。

这样到了康熙十六年，入关的梦想，居然有了实现的希望。一线曙光，来自顾贞观的两首词。未读他这两首喧腾人口的《金缕曲》以前，先要略为介绍顾贞观其人：

《清史稿·文苑传》：

> （顾）贞观，字梁汾，无锡人。康熙十一年举人，官内阁中书。工诗，自定集仅五言三十余篇，清微婉笃，上睎韦柳；而世特传其词，与（陈）维崧及朱彝尊称“词家三绝”。

顾梁汾，亦字华峰。他的文集名为《积书岩集》；诗集名为《纻塘诗》；词集名为《弹指词》，共两卷。

康熙十五年，顾贞观做小京官，寄寓千佛寺，大风雪中，想念吴汉槎，以词代柬，作了两首《金缕曲》，原句如下：

> 季子平安否？便归来，平生万事，那堪回首！行路

悠悠谁慰藉？母老家贫子幼，记不起，从前杯酒。魑魅搏人应见惯，总输他，覆雨翻云手。水与雪，周旋久。泪痕莫滴牛衣透，数天涯，依然骨肉，几家能够？比似红颜多薄命，更不如今还有。只绝塞，苦寒难受。廿载包胥承一诺，盼乌头马角终相救。置此札，君怀袖。（其一）

我亦飘零久！十年来，深恩负尽，死生师友。宿昔齐名非忝窃，试看杜陵消瘦，曾不减，夜郎僝僽。薄命长辞知己别，问人生，到此凄凉否？千万恨，为君剖。兄生辛未我丁丑，共些时，冰霜摧折，早衰蒲柳。词赋从今须少作，留取心魂相守。但愿得，河清人寿。归日急翻行戍稿，把空名料理传身后。言不尽，观顿首。（其二）

在这两首词中，顾贞观作了终必相救的许诺。一个小小的内阁中书，何敢发此宏愿？其中有个缘因，顾贞观是纳兰成德的至交，纳兰的父亲明珠，当时是吏部尚书，正渐受康熙宠信。有了这一条门路，可知顾贞观在词中所说的“归日急翻行戍稿，把空名料理传身后”，不是空言慰藉。

据顾贞观的原注说，纳兰成德读了这两首词，感动下泪，答应在十年以内，救吴汉槎回来，而顾贞观则要求“以五载为期”。纳兰一诺，全力以赴，他有一首寄顾贞观的《金缕曲》，题下自注：“时方为吴汉槎作归计”，有“绝塞生还吴季子，算眼前此外皆闲事”的句子。果然，到了康熙二十年辛酉七月，五载之期，得成所愿。

吴桭臣记其事如下：

每于三年后，将军出示，无论满汉，其未成丁者，俱到衙门比试，名曰“比棍”，以木二根，高如古尺五尺，上横短木，立于将军前，照册点名，于木棍下走过，适如棍长者，即注册披甲，派差食粮。……辛酉三月，予比棍已合式，将派差矣，予父言于将军乃止。是岁，乌喇将军忽遣人邀予父，将以为书记，兼管笔帖式及驿站事务，订于九月中合家迁往乌喇，颇以为喜。会七月内还乡诏下，乃不果。

纳兰性德

——康熙宠臣短暂又绚烂的一生

清太祖努尔哈赤崛起以前，辽河以西，松花江以东，原称为“扈伦”，这一地区的女真族，分为四大部落：哈达、辉发、乌喇、叶赫。这就是清史著作中常提到的“扈伦四部”。其中叶赫的祖先来自蒙古，姓土默特，入侵扈伦，灭“纳喇”部，因而改以为姓[①]，以后迁至叶赫河畔，便以“叶赫”作为部落的名称。

叶赫部中出过两个名女人，一个是慈禧太后，另一个在清朝开国之际，以绝世之姿而为不祥之身，她就是叶赫部长杨吉砮的侄孙女儿，十五岁许配清太祖，后又悔婚，而哈达、辉发、乌喇三部酋长，则无不愿获此美人为妻，因此生出许多纠纷，造成了清太祖得以尽灭扈伦四部的机会。这个倾国倾城的美人，则郁郁以终，得年三十四岁。明朝官书中称她为“北关老女”——明朝把扈伦四部叫作“海西女真”，内附以后，各部都有指定的贡市，叶赫部在镇北关，所以“北关”即成为它的代名，“北关老女”

---

① 乌喇部也姓“纳喇”，据说叶赫部是故意冒乌喇部的姓。为区别起见，叶赫部的姓，称为“叶赫那拉”。

的怪称呼，由此而来。

她有个侄孙，为清初三大词人之一，康熙朝权相明珠的长子纳兰成德，又名性德，字容若，自号楞伽山人。

纳兰即纳喇，又作那拉，清初旗人姓名的汉译，每每音同字异，同时习惯上只用名，不用姓，但为了适应中原的传统，以名氏的第一字代替姓氏，所以纳兰成德自称“成生”，他的朋友则叫他成容若。他是叶赫部长杨吉砮的玄孙，生于顺治十一年十二月，康熙十年，十七岁入太学，十一年壬子十八岁，中顺天乡试举人——副主考就是顾炎武的外甥徐乾学。门生尊师重道，座师亦有心结纳，以此渊源，徐乾学与明珠、纳兰父子发生了深厚的关系，为他一生富贵的由来。

康熙十二年癸丑会试，纳兰联捷，但因病不能参加殿试，照规矩仍算落第。在此后三年中，纳兰受徐乾学的指导，学力大进。康熙十五年丙辰中二甲进士，年二十二岁，选授三等侍卫。清宫的侍卫，照例选上三旗优秀的子弟充任，但中了进士以后，又选授侍卫，是件不平常的事。其时明珠因赞成“撤藩”之议，得蒙重用，入阁拜相；而纳兰则“出入扈从，服劳惟谨”，侍卫的等级，由三等升为二等，由二等升为一等。一等侍卫外放，不是“将军”，就是“梅勒章京”（副都统），在八旗中，这都是典重兵的要职。

康熙年间的侍卫，尤其是“御前侍卫”和“乾清门侍卫”，不仅供奔走使令，也是皇帝亲裁大政的私人助手，性质有如现代的“侍从室”编制。而侍卫的身份，则仿佛汉朝的“郎官”，他们是皇帝最亲信的侍从和顾问，同时也是最亲密的游伴，而纳兰是其中尤其亲密的一个。

削平三藩之乱的前后十几年，是清室皇朝最发皇的时期，也是康熙本人的黄金时代——他在二十几岁就很成熟了，又正精力充沛的年纪，所以在“御门听政”和开经筵进讲的常课之外，还不断巡视各地，远至“五台、口外、盛京（沈阳）、乌剌（吉林）”“登东岱、幸阙里、省江南”，而纳兰无役不从。康熙二十一年春天，皇帝巡视关外，归途中下了武力驱逐入侵黑龙江，以雅克萨为巢穴，骚扰边境数十年的“罗刹”[①]。于是在这年秋天，特派副都统郎坦和朋春，到当地勘察形势，同时派纳兰同行，作为他的私人观察员。雅克萨城，在黑龙江极北，将达北纬五十二度，冬天气温可以降至零下三十摄氏度，则在交通极不便的当时，此行的艰苦可想而知。

这年冬天，雅克萨的任务圆满达成。从此，纳兰益见宠信。康熙三十四年三月十八万寿，赐御笔唐朝贾至《早朝大明宫》七言律诗；四月间令《赋乾清门应制诗》、译御制《松赋》[②]，莫不称旨，于是外廷传言，纳兰将获大用。而他的父亲明珠，正居大学士的首位，势焰熏天，一时门第贵盛，无与伦比。

也许是所谓“盛极必衰”吧，不久，纳兰得了伤寒症，“七日不汗而死”。其时为康熙二十四年五月三十，享年才三十一岁，照虚龄算是三十二岁。

当纳兰得病时，康熙正往热河避暑，据说：“命以疾增减报，

① 清初称俄国人为“罗刹”是 Russsi 的音译，但又有“洋鬼子”的意义在，所以成了个音义双关的译名。

② 这所谓“译”，是由汉文译成满文，或由满文译成汉文。待考。

日再三。疾亟，亲处方药赐之，未及进而殁，上为之震悼。”[①]死后十日，传来捷报，都统朋春率师征罗刹，直薄雅克萨城，罗刹头目额里克舍请降。此役进军方略出于康熙亲定，而得力于纳兰的勘察报告，因此，“上于行在，遣宫使拊其几筵，哭而告之”。纳兰于文学以外，还有这一段为国立功的劳绩，恐怕不为一般词客所知，应该加以表扬。

纳兰资质之美、品格之醇、情感之深，在中国文学史上，只有如李白、苏轼等极少数的几个大文学家可资比拟。徐乾学把他比作王羲之，但他没有晋人独善其身的倾向，更无恃才傲物的狂态。几乎中国士大夫阶层中，各种可爱的性格，都可以在他身上发现。

他自然是天才，“自幼聪敏，读书一再过即不忘”；而且“数岁即善骑射，自在环卫，益便习，发无不中”。又“间以意制器，多巧倕所不能。于书画评鉴最精”。书法“摹褚河南，临本禊帖，间出入于黄庭内景经”。由此看来，诚所谓多才多艺，而其绝诣，自然是词。

纳兰在文学上的创作，有《饮水集诗词》[②]，故诗百余首，词二百七十余阕。其诗不如其词，为人传诵的，不过是“四时无题十八首”中的这一首：

绿槐阴转小阑干，八尺龙须玉簟寒。

---

① 见徐乾学所撰纳兰墓志铭。以下所引之小段，同此。

② 纳兰的词，一向以为有《侧帽》《饮水》两集。据徐撰墓志铭：“所著《侧帽集》，后更名《饮水集》者，皆词也。”可知《饮水词》就是《侧帽词》。

自把红窗开一扇，放他明月枕边看。

时人评他的诗，说是“语近韩冬郎”；实际上他跟韩偓的距离并不近。

他的词，有一句几乎公认的评语：“南唐后主真派。”词至北宋而大，南宋而精；南渡以后流派分明，苏辛一派，姜张一派，阳刚阴柔，各擅其美。明朝因为八股文的束缚性灵，在传统文学的园地中，是个歉收季，词的一环更弱。但至明末，由于东林君子，提倡结社，砥砺气节，扢扬风雅，在政治上虽被阉党荼毒得惨不可言，而文风却在短时期内，因为社会的爱好和尊重，得以复振，风流文采，冠绝一时。可惜，复振的文风，只不过为像清圣祖这样的命世英主，开一代的盛运而已。

清初词人，以朱、陈为宗匠，恰好各张一军，分领姜张、苏辛两派。而在非杨即墨之外，能独树一帜，为朱彝尊、陈其年低首倾心的，只有纳兰。他的词超越两宋，直承李煜，所以时人说他是“李后主转世”。陈其年才大如海，《湖海楼词》多至一千八百阕；朱彝尊的《曝书亭词》，亦有六百余阕，而《饮水词》只二百七十余阕，且多为小令，但对朱陈来说，少许足敌多许。

“饮水词哀感顽艳，得南唐二主之遗”，陈其年的评语，最简洁精当。只是纳兰本人，并不以为自己在追摹李氏父子，更不以“得南唐二主之遗”为满足。《饮水词》中有一首论词的古风，题目是《填词》，可以看出他对词的态度：

诗亡词乃盛，比兴此焉托？往往欢娱工，不如忧患作。冬郎一生极憔悴，判与三闾共醒醉。美人香草可怜春，凤蜡红巾无限泪。芒鞋心事杜陵知，只今惟赏杜陵诗。古人且失风人旨，何怪俗眼轻填词！词源远过诗律近，拟古乐府特加润。不见句读参差三百篇，已自换头兼转韵！

由这首诗看，纳兰认为词是三百篇之遗，不独内容上，香草美人的风人之旨，并无二致，而且在形式上，句读参差，换头转韵，亦复相同，然则词的来源，比近体兴起以后的诗律，远得太多了。这一看法，未经人道，极新、极远，但奇怪地，似乎没有人就此做过深入的研究。

“冬郎一生极憔悴，判与三闾共醒醉”，把韩偓的艳体诗比作屈原的离骚，可以看作纳兰表示他的词别有寄托。事实上也是如此，《饮水词》中，除了悼亡、忆友、赠答、登临怀古诸作以外，许多不加题目的小令，虽写得缠绵宛转，哀感顽艳，其实绝少“本事”在内，托体比兴，直追“国风”，所以纳兰的词与崇奉两宋的词人之词，是不同的。而词为三百篇之遗的说法，至少在他自己，理论与实际也是合一的。

任何文学作品，必为天才与学力的结合，必以情感为主要内容，而诗与词，则甚至可以说：言情以外无他物。因此多愁善感，为诗人与词人的特质。

纳兰是古往今来最多情的人之一。当然，这一“情”字，绝不止于儿女私情，就广义来说，即一“仁”字。纳兰忠君，孝亲[①]，爱幼弟[②]，伉俪情深，都有事实可征，而爱友怜才，特别显示他的情深且大。纳兰所交游的，多一时俊彦，陈其年、朱彝尊当然都是渌水亭上的常客，此外如严绳孙、秦松龄、姜宸英等，多属至契。朱、严、姜三人，是康熙十八年己未“博学鸿词”制科取中的所谓“四布衣”[③]中的三个，品格甚高，文采甚丰，自然是纳兰想要倾心结交的。

他的第一个生死之交是顾贞观。贞观字华峰，号梁汾，词集名《弹指词》，《弹指词》中最有名的，是寄吴兆骞的两首《金缕曲》。兆骞字汉槎，以顺治十四年丁酉科场案，充军宁古塔。纳兰因为这两首词的感动，以救吴自任，寄顾梁汾的词中自陈：“绝塞生还吴季子，算眼前此外皆闲事。知我者，梁汾耳！”以两首词的渊源，把营救一个素未谋面、不通音问的人，当作第一大事，这在旁人看来，自难索解。只有知道他情深且大如顾梁汾者，才不以为怪，所以说：“知我者，梁汾耳！”到康熙二十年，吴兆骞果得生还，纳兰又把他延请到家，为其幼弟揆叙授读。这重公案，是清初文坛一大掌故。诸家文集中，记录其事的，指不胜屈，

① 徐撰墓志铭：“容若性至孝，太傅尝偶恙，日侍左右，衣不解带……太傅及夫人加餐辄色喜，以告所亲。”

② 同前引：“友爱幼弟，弟或出，必遣亲近傔仆护之，反必往视，以为常。”按：此“幼弟”指揆叙。

③ 康熙十八年己未举博学鸿词，不论已仕未仕，经大员保荐，都可应试。应试者五十人，取中一等二十名，二等三十名，参加纂修明史的工作，部议：“有官者各照原任官衔，其未仕进士、举人，俱给以中书之衔，其贡、监生员布衣，俱给与翰林院待诏。”议上，奉旨再议，分别授为内阁侍读、侍讲，翰林院编修、检讨，内阁中书等官。李因笃、姜宸英、严绳孙、朱彝尊，都当了翰林，原无官职科名，而在史局锋头甚健，时人称为“四布衣”。

但誉之为“高义”，实不如说他“情深”。佛祖舍身饲虎，亦无非情深而已。

因为情深，所以表现在《饮水词》中的哀感，绝不是无病呻吟，也不是歌哭无端，而是天生一副热心肠，为思妇怨，为寒士怜，为普天下穷途末路的人发愁。但又何能一一援手，尽得其所？于是发为歌词，如顾梁汾所说的，“一种凄惋处，令人不能卒读”。会得此意，才知吴绮序纳兰词所谓“非慧男子，不能善愁；惟古诗人，乃云可怨”这十六个字，实在说得很好。

纳兰死后三年，他的父亲明珠，因郭琇的参劾罢相。明珠贪黩，称为满洲世家中的第一豪富。他的住宅在十刹海北，纳兰有渌水亭招待宾客。到乾隆年间，他家仍然非常富厚。和珅起了觊觎之心，借故倾害明珠的孙子成安，获罪抄家，住宅赐皇十一子成亲王永瑆，光绪初年成为醇亲王新府。

明珠有三个儿子，纳兰居长，次子揆叙，字恺功，小于纳兰十岁，当过翰林院掌院学士，康熙末年曾拥立皇八子胤禩。雍正即位，大修旧怨，揆叙被追夺原官、削谥，墓碑上改刻为“不忠不孝阴险柔佞揆叙之墓”。

纳兰本人曾经两娶，原配是两广总督卢兴祖的女儿，嫁后不久即去世，《饮水词》中悼亡、追忆之作，缠绵悱恻，一往情深，可看出他们夫妇的感情。他有两子一女，女儿后来嫁了年羹尧。

《无题》诗案——李商隐与妻妹情变内幕

李义山之诗，我谈过《药转》、“白日当天三月半”（《无题》四首之一）、《锦瑟》，当说《锦瑟》既竟，曾作过四首七律，请教周药庐先生后，发表于“中副”，当时还集有义山诗一首：

浪笑榴花不及春，
不知原是此花身。
幽兰泣露新香死，
锦瑟惊弦破梦频。
那解将心怜孔翠，
枉缘书札损文鳞。
低楼小径城南道，
苦海迷途去未因。

这首诗写给朋友看，大多认为有“本事”在内；亦有人摇头，道是“不知所云”。我说：“一点不错。这是文字游戏，看起来像李义山的无题诗而已。因此，我的题目只是《集玉溪一首》。”

他说："恭维你一句'羚羊挂角，无迹可寻'。"相与大笑。

但是李义山的无题诗，却是每一首都有本事的。无题实是阙题，只为本事中牵涉他与其小姨的热恋，以及令狐门下有人进谗，故意将此一段恋情说成他与令狐绹的姬人有染，内幕复杂，心情更复杂。诗中所咏本事，既须隐晦，而寄托的感情，亦非一端，极难有适当的题目，可兼赅诗中之情、诗外之意，故皆从阙。李义山死前，困居长安永崇坊逆旅，既衰且病而贫，匆匆编次其诗得三卷，阙题者不得从容补制。因此，义山无题诗，有不同之事、不同之体而系于一处者，如卷二《无题》四首，计"来是空言""飒飒东风"七律两首；"含情春畹晚"五律一首；"何处哀筝随急管"七古一首。七古一首即我所说过的"白日当天三月半"，而七律两首写私情，却又为不同时所作。

玉溪诗既非分类，亦非编年，因而更难索解。元遗山诗："诗家总爱西昆好，独恨无人作郑笺。"对玉溪诗来说，我认为首要之事是根据他的家世、交游、宦辙，计时先后，重新编订，在整理工作上有了这样一个基础，才谈得到进一步作笺释。

义山与小姨私恋，发生在洛阳"崇让宅"。王茂元先为其婿韩瞻构新居；李义山婚于王氏后，以洛阳崇让坊的住宅相赠，而小姨依姊而居，义山夫妇居正屋，小姨住后楼。

解诗，要搞明白空间背景，是很要紧的事。李义山许多重要的诗，是在崇让宅所作。因此了解崇让宅的构造，成了求解玉溪诗的"钥匙"之一。

首先，确定了李义山为崇让宅的主人，则居正屋，所以"郁金堂”“莫愁堂”皆指双楼之地。这是了解崇宅的构造的一个坐标，由坐标，四向观察，大致如此：

（一）堂后有楼，即“郁金堂北”的“画楼”。

（二）画楼之西，尚有两座厅堂，最西面的是“桂堂”：“画楼西畔桂堂东”，可知其间尚有一可供饮宴之屋。

（三）画楼之东有厕所：“郁金堂北画楼东”的东厕，即《药转》一诗所成之处。

（四）楼前堂后有“一树浓姿”的紫薇。《临发崇让宅紫薇》可证。

（五）宅前有大小池塘，即所谓“芙蓉塘”。塘边为竹林：《七月二十九日崇让宅宴作》起句“露如微霰下前池，风过回塘万竹悲”可证。

其中最要紧是“画楼”，即其小姨的香闺，《药转》结句，“翠衾归卧绣帘中”，即自画楼来东厕，复由东厕回画楼。此画楼在义山无题诗中，以“蓬莱”为喻，而既云“蓬山此去无多路，青鸟殷勤为探看”，又言“刘郎已恨蓬山远，更隔蓬山一万重”，矛盾非常明显，此又何故？后文将有答案。兹就有关各诗，依序解说如后。原文刊于《中华日报》副刊，因系独立成篇，发表的时间亦不同。行文语气及称谓，容或稍异，皆仍其旧，附笔声明。

一、蓬山远近

李商隐《牡丹》诗以后，有五首《无题》，皆为七律，专咏他与小姨的苦恋。这五首七律中，“相见时难”“来是空言”“凤尾香罗”“重帏深下”等四首，及“昨日”一律，是有连贯性的。“飒飒东风”则为事后闻知小姨变心的由来，追叙其事。

先看第一首：

相见时难别亦难，
东风无力百花残。
春蚕到死丝方尽，
蜡炬成灰泪始干。
晓镜但愁云鬓改，
夜吟应觉月光寒。
蓬山此去无多路，
青鸟殷勤为探看。

“蓬山”为蓬莱山的略称，“海中之神山”，首即蓬莱。此处指小姨的香闺而言，也就是“画楼”，与李商隐夫妇双栖之处，只一庭之隔，所以说“蓬山此去无多路”。

“青鸟”谓婢女。“青鸟殷勤为探看”，实际上就是遣婢去递诗笺。这首诗并不好，第一联自写痴恋；第二联推己及人，设想小姨亦当为情所苦而消减。两联的上下句是同一意思，不无“合掌”之嫌。

起句“相见时难别亦难”，可知李商隐从长安回洛阳后，即为家人——主要的是他的妻子，将他与小姨隔离开来，防范甚密，此为“相见时难”：小姨将远嫁，痴恋不舍，故谓之“别亦难”。第二句，“东风”自喻，“东风无力”则不能护花，就整句诗而言，谓好景不长。中两联见前所诠，不赘。

第二首是写实：

来是空言去绝踪，
月斜楼上五更钟。
梦为远别啼难唤，
书被催成墨未浓。
蜡照半笼金翡翠，
麝熏微度绣芙蓉。
刘郎已恨蓬山远，
更隔蓬山一万重。

此诗为自“莫愁堂”遥望“画楼”所作。“来是空言”谓小姨爽约；“去绝踪”则婢女竟无回话。第二句谓苦候至五更。第二联补叙五更以前的情事，小姨爽约，遣一婢女来通知；其时李商隐正“梦为远别”，且在梦中大哭，婢女相唤，而为哭声所掩，一时不得被叫醒，故谓之“啼难唤”。既难面晤，则唯有托纸笔寄情愫，婢女相催甚急，匆匆写成。信中有事须得回话，而竟如石沉大海，此即“去绝踪”。

第三联上句为遥望所见，下句为设想之词。“金翡翠”指帷幕，语出《楚辞》“翡帷翠帐”，笼者遮掩，谓烛光半为帷幕所遮，可知伊人未睡。“麝”为麝香；“熏”则熏笼；“绣芙蓉”谓褥子，语出杜诗：“褥隐绣芙蓉。”但此褥非铺于床上，而是覆于熏笼中，熏笼中的麝香，为褥子所遮，香味不透，故云“微度”。设想闺中，熏笼斜倚，情怀抑郁，恨不得面晤劝慰，于是而有结尾两句。

先言“蓬山此去无多路”，此言“刘郎已恨蓬山远”，相互矛盾，则以情势心境不同之故；“更隔蓬山一万重”之“隔”，显然的，是人为的隔绝。

二、何事“碧文圆顶夜深缝”？

李义山痴恋妻妹所写，题作《无题》的五首七律，前两首“相见时难”“来是空言”，已作解说。接续解说“凤尾香罗”及“重帏深下”两首。

这两首诗是同一天作于深夜失眠时，先录前一首：

凤尾香罗薄几重，
碧文圆顶夜深缝。
扇裁月魄羞难掩，
车走雷声语未通。
曾是寂寥金烬暗，
断无消息石榴红！
斑骓只系垂杨岸，
何处西南任好风。

起两句描写缝一顶帐子，材料是“凤尾香罗”，形式是“圆顶”，颜色花样是碧色的波纹。“碧文”出元稹“江梅”诗：“梅含鸡舌兼红气，江弄琼花散绿纹。”元稹大于李义山三十四岁，故此“碧文”，袭用成语，亦算有典。

这样一顶帐子，唐人名之曰“青庐”，是个小帐篷，专为妇女旅行途中“更衣”之用，乃妆奁中必备之物，通常用青布缝制，名为“青庐”。

不用布而用“凤尾香罗”，罗“薄”故须“几重”，方能得其隐蔽之用。此非富家莫办。富家千金制嫁妆，费时经年累月，既为必备之物，则早应办妥，何须深夜赶制？

婚姻六礼：“纳采、问名、纳吉、纳征、请期、亲迎。”在“纳吉”时，婚约已有成议，便当开始准备嫁妆，富家千金在男方“请期”时，因为嫁妆尚未办齐，要求推迟，往往有之。以节度使（王茂元）之娇女，如已受聘，自必妆奁早就；倘谓新近“纳征”，则尚有“请期”的过程，嫁妆亦不必匆匆赶办，匆匆则必草草，昔时女子，不论生于朱门还是白屋，都不甘受此委屈的。

因而可下一断语：这位王小姐的婚姻，事起突然，且必以速嫁为宜。其事发生在李义山写《牡丹》诗时，这也就是说，王小姐之嫁，他事先一无所知，回到洛阳，方知生变，旋即为家人所隔离，处于忧谗畏讥而又一片痴迷之中，此即前所解说的两首《无题》的情况。

第一联是翌日送嫁时所见。在他想，王小姐为情所苦，云须已改，形容憔悴，尤其是上车辞家的那一刻，必然是满面愁苦之容。

孰知大谬不然！

“月魄”在此作满月解，形容其面，犹言“圆姿替月”。王小姐岂但并未消瘦，反见丰腴了。“扇裁”者以扇遮面，则“月魄”缺去一块，纵然如此，仍是娇“羞难掩”，喜滋滋做新娘去也！

“车走雷声语未通”，语淡而意深。小姨住姊夫家，送嫁之时，姊夫的身份便是主婚人，如长兄之于弱妹，执手叮咛，善事翁姑，方合常情。不道欲通一语，而亦因轮声如雷，竟不得达，此中说明了两点：第一，被隔离之严密；第二，欲通之语，是在车方行时所出口。这当然只是一句话，而且是极要紧的一句话，否则一直未曾开口，大可不必多说，且亦不值得写入诗中。

这是句什么话？由第三联下句“断无消息石榴红”，回顾“梦为远别啼难唤，书被催成墨未浓”，可知必属于坚诺。推想当时的情况是，李义山曾有情书致妻妹，约定端午前后，只等她一有信来，便赴她夫家所在地，设法幽会。此时欲通一语，是想提醒她千万勿忘此约。谁知竟不得通。于是而有“断无消息石榴红”的觉醒。

第三联上句“曾是寂寥金烬暗”，追叙被隔离的光景。论句法应是下句的陪衬，亦是为下句配对。至于何以下“断无消息石榴红”的结论？在下一首中尚有解说，此不赘。

结句“斑骓只系垂杨岸，何处西南任好风”，由“断无消息石榴红”衍生；既然不会来信相约，当然亦就不劳跋涉，故言“斑骓只系垂杨岸”；既然不劳跋涉，那就不必去关心道路的情况，管它那里是西南，有没有好风，都随它去了。

接下来说后一首：

重帏深下莫愁堂，
卧后清宵细细长。
神女生涯原是梦，
小姑居处本无郎。
风波不信菱枝弱，
月露谁教桂叶香！
直道相思了无益，
未妨惆怅是清狂。

凡言“郁金堂”（“郁金堂北画楼东”）、“莫愁堂”皆指义山夫妇双楼之处，亦即崇让宅的正屋。“重帏深下”不愿有人打扰，失意之状如见。下句即所谓“寂寞恨更长”，以“细细”形容，极妙，时光一寸一寸切割，仿佛亦感觉得到。

第二联细思情变之故，上句写感觉，下句写醒悟。回忆“翠衾归卧绣帘中”（《药转》结句）的旖旎风光，恍如神女会襄王的巫山一梦，而又暗示“自荐”，相恋出于王小姐的主动。

如果王小姐的主动示爱，真的出于倾倒于李义山的才华，那就不可能在小别期间，遽而移情别恋，即令移情别恋，则新欢必是才胜于李者，而诗中并未见有此迹象。再想到送嫁时所见“扇裁月魄羞难掩”，连假装难舍的做作都没有，是念兹在兹她自己将做新嫁娘的心态，李义山乃不得不有此伤心的觉悟：以为小姨爱才而献身，完全是自我陶醉的想法。干脆说吧：“小鬼头春心动也！”只是想要个男子拥抱而已——情变的内幕，李义山后来才逐渐由家人口中打听出来，于是写下“飒飒东风细雨来，芙蓉塘外有轻雷”那首《无题》，有客远至，效韩寿之偷香，先奸后娶，故事并不美丽。但这些情形，当李义山长安初回，小姨嫁前，毫无所知，因而在送嫁的那一晚上，担足心事。

他担心什么？王小姐已非处子，洞房之夜，或许就会发生纠纷。第三联上句“风波不信菱枝弱”的风波即指此。不过看她喜滋滋去做新娘的模样，似乎成竹在胸，足可应付，不会像菱枝那样软弱。

下接“月露谁教桂叶香”，为这两首七律中最难解的一句。先谈“月露”与“桂叶”。李义山另一首题名《深宫》的七律，第二联下句“清露偏知桂叶浓”，句法、命意与此几乎完全相同。桂树通体皆芳，桂叶经露水浸润后，能发芳香，但非中宵不寐之人，无从领略。

是故“月露谁教桂叶香”，无非写失眠；犹之乎“清露偏知桂叶浓”写宫眷望幸，深夜不眠。只是前者更为深刻。

这句诗之妙，妙在“月”非目见，只在意中。须知“重帏深下莫愁堂”，则更鼓不闻，月色难见，但桂叶的香气，却可自帘幕间潜度而至枕上。李义山回忆往事，担心小姨嫁后的风波，根本就忘记了时间，不意一缕芬芳，飘到鼻端，辨知是桂叶之香，然则必已是月将西下，晓露正浓。下“谁教”二字，有无端之意。综合上下句而言，意谓：看样子她足能应付风波，但是我仍旧为她担心得失眠了。

于是有结句：“直道相思了无益，未妨惆怅是清狂。”相思即担心：担心是因为彼此始终是偷恋之故，倘或亲友皆知此事，亦即亲友皆知王小姐已非处子，又何担心之有？至于此刻的担心，徒然自苦，于事无补，倒不如索性将自己的失意之事说了出来，至多为人笑作清狂而已。“清狂”者，据《汉书·昌邑王传》注“不狂似狂”，亦即轻狂。

三、昨日紫姑神去也

李义山的《无题》诗共有十一题。题下不止一首，细数共十七首，以七律为最多，计七首；其次七绝五首；又次五古四首；最后七古一首。无五律、五绝。

我曾说过，义山《无题》诗只是阙题。或因本事甚多，不易用数字概括；或因有所顾忌，须作隐讳，凡此皆制题之难，故暂从阙。但有题之诗，亦有与无题诗相关者，以义山与妻妹一段恋情而言，“欲书花叶寄朝云”的《牡丹》七律，“朝云”实指在崇让宅的妻妹，而被误会为晋昌坊中令狐绹的姬人，为其蒙谤而坎坷的由来；《药转》则写与妻妹热恋中的一段插曲。《昨日》为紧接送嫁日所作两首无题“凤尾香罗”“重帏深下”之后，次日上午所作。录原诗如下：

昨日紫姑神去也，
今朝青鸟使来赊。
未容言语还分散，
少得团圆足怨嗟！

二八月轮蟾影破，
十三弦柱雁行斜。
平明钟后更何事？
笑倚墙边梅树花。

“紫姑”姓何名媚，寿阳李景之妾，不容于嫡，常役以秽事。殁后人怜其苦命，元宵之夜每于溷厕间祀之，目之为“神”，俗称“坑三姑娘”。由“昨日紫姑神去也”，可知义山妻妹，嫁人做妾。唐宋称妾为“次妻”，身份与明清之妾毫无地位者，微有不同。

“青鸟”谓侍婢，我释“相见时难”“来是空言”两律时，曾经解说。事实上此“青鸟使”，即为“来是空言去绝踪”的“绝踪”之婢，着一“使”字，以明此婢原为妻妹的侍儿。当时“书被催成墨未浓”，原以为必有回音，哪知一去如黄鹤，直至妻妹已嫁，方始出现，故云“来赊”。谢朓诗：“徒使春带赊。”李善注曰：“赊，缓也。”来赊即迟到之意。

“未容言语还分散”为“车走雷声语未通”作脚注；“少得团圆足怨嗟”，言热恋之日虽短，已留下低回不尽的怅惘。

第三联用象征的手法，微妙的情愫与清明的理智，兼容并包，是一种劝慰，亦是一种判断。劝慰是劝慰妻子；判断是判断他们夫妇的关系。

骆志伊先生释此两句诗的征象不错，但结论与鄙意不合。他说：“农历正月十五日为月圆之时，‘二八’乃十六，月轮渐渐残破，而蟾影亦越来越小，李义山势将每下愈况，他过去与小姨的一段情，希望也越来越渺茫，如今真是‘春心莫共花争发，一寸相思一寸灰’了。”此谓义山自伤，固亦可说得通，但如了解义山当时在对妻妹“怨嗟”之余，回头想想对不起妻子，力谋弥补婚姻的裂痕的心情，可知此非自伤，而为慰妻。

“月轮”承上句“团圆”而来。十五为满月；十六月破，终至于晦。此为对妻而言，与妻妹热恋的高潮已过，自此日开始落潮，终于风平浪静；亦即对妻妹的印象回忆，日淡一日，终于消失无余，大可不必介意。此又兼用“君子之过也，如日月之食”之义，言婉理明，足以动听。

既然如此，则判断夫妇关系必可“正常化”。骆先生说：“十三根弦柱，像雁行斜向，一弦挨一弦，一柱挨一柱。”诚然，此为琴瑟复调，“自今以后所弹奏出来的”，不是“不尽的哀音”，而是《诗经·小雅》中描写的境界：“妻子好合，如鼓瑟琴”“宜尔室家，乐尔妻孥”。

“平明钟后更何事”，照应“月露谁教桂叶香”，这一步言通宵失眠，结合下句“笑倚墙边梅树花”，写内心空虚，百无聊赖的情景如见。我曾说义山诗不难解，读者以为如何？

四、金蟾玉虎之谜

《昨日》一诗，为李义山与妻妹的一段孽缘之归结。由“少得团圆足怨嗟”这句诗来看，彼此缱绻的日子不多，相恋的时间，亦不过半年。《药转》所描写的是深秋，未几，义山赴京，度其时当在唐武宗会昌五年。义山于是年十月服阕入京，重官秘书省正字，而令狐绹适于是时外放为湖州刺史。如果令狐绹在京，《牡丹》诗就不会引起“楚天云雨尽堪疑”的严重情况。

《牡丹》诗应作于会昌六年春天，义山旋即归洛，身经情变，所待考者，是闻变而归呢，还是归后始知情变？但可确定的是，义山归崇让宅后，即被隔离，而情况暧昧难明，只知妻妹将远嫁做人次妻，正在赶制嫁妆。因为如此，义山犹是一片痴心，妄想妻妹嫁后，仍能一晤。及至送嫁之日，目睹“扇裁月魄羞难掩”，始知“晓镜但愁云鬓改，夜吟应觉月光寒”，完全是自作多情，无的放矢；从而醒悟“断无消息石榴红”，根本不必作赴约的打算了。

于是“重帏深下莫愁堂”，从头回忆，才真正认识了他的妻妹，无非“小姑居处本无郎”，少个能拥抱她的男人而已。话虽如此，他还是为她失眠了，怕她嫁后会起风波。及至平明，神智湛然，已能很冷静地来弥补与妻子之间感情的裂痕。《昨日》可说是忏情之作。可是，情变是如何发生的呢？何以说嫁就嫁，婚事如此突兀仓促？《无题》四首之二，便是这个谜的谜底。当然，这是事定以后，听家人婢仆所说的真相。

飒飒东风细雨来，
芙蓉塘外有轻雷。
金蟾啮锁烧香入，
玉虎牵丝汲井回。

贾氏窥帘韩掾少，
宓妃留枕魏王才。
春心莫共花争发，
一寸相思一寸灰。

第一句点明时间；第二句有不速客来。“轻雷”之雷，同于“车走雷声语未通”之雷，非真有霹雳。“芙蓉塘”即“回塘”，崇让宅前的大小池塘，前已有解，不复赘词。

“金蟾”一联最费解。但细参“贾氏窥帘”始末，可知此为“欲将真事隐去”的障眼法，看穿了，则直可谓之明白如话。

先做一回文抄公，《晋书·贾充传》：

韩寿，字德真，南阳堵阳人，魏司徒暨曾孙，美姿貌，善容止，贾充辟为司空掾。

充每宴宾僚，其女辄于青璅中窥之，见寿而悦焉。问其左右识此人不，有一婢说寿姓字，云是故主人。

女大感想，发于寤寐。婢后往寿家，具说女意，并言其女光丽艳逸，端美绝伦。

寿闻而心动，便令为通殷勤。婢以白女，女遂潜修音好，厚相赠结，呼寿夕入。

寿劲捷过人，逾垣而至，家中莫知，惟充觉其女悦畅异于常日。

时西域有贡奇香，一着人则经月不歇，帝甚贵之，惟以赐充及大司马陈骞。其女密盗以遗寿，充僚属与寿燕处，闻其芳馥，称之于充。自是充意知女与寿通……遂以女妻寿。

于此可知，其妻妹为“贾氏”，“芙蓉塘外有轻雷”的不速之客为韩寿，而义山之妻扮演了贾充的角色。甚至那个“今朝青鸟使来赊”，惯会“递简”的丫头，亦如韩寿家的旧婢，在从中穿针引线。

明乎此，则“金蟾啮锁烧香入”，不过是贾氏“密盗（奇香）以遗寿”的另一种说法。

从来注此诗者，皆谓“金蟾，锁饰也；玉虎，辘轳也”。于是“玉虎牵丝汲井回”，变成“去打了井水回来”，已不成话说，而“金蟾啮锁烧香入”，则竟无可解，多从冯浩之说，谓为“瓣香之义”。但世间毕竟还有通人，笺注义山诗诸家中，有陈帆其人，独独指出：

高似孙《纬略》引此句，云是香器。其言鏁者，盖有鼻钮，施之于帏帱之中也。

按：高似孙，宁波人，南宋孝宗淳熙年间进士，人品甚鄙，既贪且酷，但读书以隐僻为博，故所著书留下许多僻典，嘉惠后学，殊不可以人废言。《纬略》中《庶物异名疏》云：

李义山诗“鏁香金屈戌……”，又诗“金蟾啮鏁烧香入……”，此皆香器。其名鏁者，盖有鼻钮，施之于帏帱之中者也。

谓是“香器”，绝对正确，韩寿偷香的典故，即为明证。“金蟾啮锁烧香入”者，明明道出义山妻妹如贾氏之所为，勾引此不速之客。同时这亦很可能是写实，扫榻熏香，以延情郎。

如是则下句甚明，七字中只用得“牵丝”二字；“玉虎”及“汲井回”皆不过欲与上句相对，而又配合“牵丝”，敷衍成句，作为一种表面可解释的说法而已。“牵丝”之典，见《开元天宝遗事》，宰相张嘉贞欲以郭元振为婿，张有五女，使各持一红丝，令郭于幔前牵之，结果牵得“张三小姐”。所谓“玉虎牵丝汲井回”，言义山之妻乘机嫁妹，以去祸水。合“金蟾”“玉虎”上下句而言，四字可以概括：“先奸，后娶。”言之不美而伤感情，然而是事实。

第三联言其妻妹，所以委身之故，上句指不速之客，下句则自谓。其妻妹虽“小姑居处”，春心荡漾，但效神女之自荐于姊夫之前，自然也要有个遮羞的借口，那就是爱才。义山已知其言不由衷，而仍旧如此说法，颇有自嘲的意味。反衬结句，更为有力，闭目试思，恍见义山花前自语：“爱才，爱才！人呢？算了，看透了！”

谈李义山的《无题》诗案，至此告一段落。昔年说义山《锦瑟》诗意，曾作七律四首，中有句云：“獭祭还从獭祭解，九原可许我真知？”今日自问，如千载以下，义山犹复精爽不昧，当托梦于我，许以真能知其心事。

董小宛——名妓入宫与世祖逃禅

前言

旧传清世祖伤宠妃董鄂氏之薨，出家于五台山，而董鄂氏者，实即如皋冒辟疆姬人董小宛。孟森(心史)先生殊不谓然，专文考证，斥为诬妄。冒广生(鹤亭)，辟疆族裔，更从而力赞，故益无敢复持异议者，五十年来，竟成定论。

某频年读书，瓣香心史，然于此案终不能无疑也。庚辛之际，以偶然机缘，得深探小宛生平，细参冒氏《同人》一编，尽多迷离惝恍之辞；复讶骏公《题像》诸诗，不少凿枘葛藤之句，乃更觅清初名流诗文，旁涉异邦教士记传，爬罗剔抉，穷思冥索。寸寸积功，一一发覆，始知《影梅》忆往，别隐奇痛；《清凉赞佛》，真乃实录。不独董鄂确为小宛之不妄，即世祖出家事，亦绝未可谓为子虚；盖曾手自削发，将幸五台，高僧前导，早赍法物于名山，大珰相从，亲为祝发于萧寺。

凡此吴诗曲笔、汤(若望)传直书，皆信而足征者也。设非“天降玉棺”，及“房星”一动，则黄幄已空，不测之变，殆所难言。

夫兴朝之主，居然厌薄万乘；则恢复之愿，宁无寄望三藩？或者平西举兵，不待他年矣。

矧世祖纵无逃禅于五台之实，而迹其平生：以弱冠之至尊，嬖盛年之内宠；拔于长信，重等中宫。元后既废非其罪，殇子则未名而王，爱弟之情，远渐帝舜，册妃之变，竟杀伯仁。至于小宛之伤子忧逝，玉册追封，议谥累加十字；白绫赐死，殉葬乃逾三十人。精蓝百宝，甘付劫灰，枯骨千家，但开捐例。设礼既已不经，寄情犹嫌未足，于是生欲为之出家，死亦必使同穴，斯其心目中，岂尚有辱身苦志之慈亲，徯后来苏之群黎在！

若此违情悖礼，动骇观听，使望治之民知之，孰不颦蹙私语："新主乃如是耶？"民心一涣，大祸必临，是故太后定策，学士易稿。遗诏殊非凭几之言，自责为作补苴之计，盖务讳世祖之失德者，自其大渐时即已蓄意为之矣！

洎自慈宁从客卿之议，嗣君承文皇之统，民乐康熙，史称仁圣。此则天意，非关人谋。而当此时也，四海未靖，两代幼冲。宣仁孤立于朝廷，强藩环伺于内外，皇父之号虽夺，而仍虑阋墙之祸。义师之功垂成，而未消卷土之忧。际此危疑震撼之会，倘艳秘之偶传，必威灵之顿失，又乌足以服人心而定社稷？故而一涉小宛于六宫，即犯不韪于九庙，遏之唯恐不密，防之唯恐不严，至康熙中叶未已。于戏，孝标孟浪，身没更撄奇祸；昉思轻忽，终生误尽功名。因果历历，深可思也。

若夫一代兴亡，千秋是非，所隐者细，所关者大！既疑案之为疑案，其来有自；则考实复又考实，胡可不作？或谓文似看山，无非立异鸣高，则吾岂敢？倘曰学如积薪，许以后来居上，其或勉旃。

一、冒著《忆语》与御制《行状》的比较

孟心史作《董小宛考》，力证董鄂氏非董小宛的主要论据，无非以顺治八年辛卯，正月二日小宛死，是年董小宛为二十八岁，冒辟疆（巢民）为四十一岁，而“清太祖则犹十四岁之童年”。因而质问：“盖小宛之年长以倍，谓有入宫邀宠之理乎？”但即此一个年龄问题的薄弱论据，亦尚有待澄清者。孟文云：

> 小宛之年，各家言止二十七岁，既见于张明弼所作小宛传；又余澹心《板桥杂记》云：“小宛事辟疆九年，年二十七，以劳瘁死。辟疆作《影梅庵忆语》二千四百言哭之。”张余皆记小宛之年，澹心尤记其死因，为由于劳瘁，盖亦从《影梅庵忆语》中之词旨也。然据《忆语》，则当得年二十有八。

按：冒辟疆《影梅庵忆语》，只于己卯（崇祯十二年）“良晤之始”记明“时姬年十六”外，别无小宛年龄的记载。但相偕“九年”的字样则屡见。小宛于壬午（崇祯十五年）十九岁时归冒，至顺治七年庚寅正月初二，前后共九年，时年二十七，在冒家年数及小宛年龄皆合。如小宛果然“死”于顺治八年辛卯，则前后

相偕为十年，而非九年；既云九年，则必“死”于庚寅。《忆语》中将小宛“死”期移后一年，自有不得已而隐晦之故。心史不察，强谓之“当得年二十有八”，与在冒家“九年”之语不合，唯一的论证，亦就不能成立。

我相信，当时与心史齐名的史学家如二陈——陈垣、陈寅恪，皆知心史的这篇考据站不住，但老辈忠厚，不愿公然辩驳，而且事实上亦有一大疑问，即董小宛于顺治七年离冒家后，至十三年始封妃，中隔六年，下落何处？这个问题不解决，是驳不倒《董小宛考》的。

那么，我是不是解决了这个问题了呢？当然。不过，我的考证，重点不在推翻《董小宛考》，消极地证明董小宛非如《影梅庵忆语》所说，已死于顺治八年，而在积极地探索董小宛入宫承宠的经过，及她在清宫中所发生的重大影响，包括“伤心长枕被，无意候牵牛”，襄亲王博果尔的自杀，以及“银海居然妒女津”，废后博尔济吉特氏的自杀等等。

要证明董小宛入清宫封妃晋后，除了用史学的手段以外，还可以用文学的手段，即以比较文学的方法，看看《影梅庵忆语》中所描写的董小宛，与清世祖御制《端敬皇后行状》，以及金之俊奉敕所撰《端敬皇后传》的传主，是否同一人？兹分“事上”“敬嫡”“睦众”“助人”“侍疾”“淡泊”“好学”“书法”“女红”“人缘”等十目，列表对照如下：

项目	《忆语》	《行状》或《传》
事上	服劳承旨，较婢妇有加无已。	事皇太后，奉养甚至，伺颜色如子女，左右趋走，无异女侍。（《行状》）
敬嫡	越九年，与荆人无一言枘凿。	事今后克尽谦敬。（《行状》）
睦众	上下内外大小，无忤无间。	宫闱眷属，小大无异视。视长者媪呼之，少者姊视之。不以非礼加人，亦不少有谇诟。（《行状》）
助人	余每课两儿文，不称意，加夏楚，姬必督之改削成章，庄书以进。	诸大臣有偶干罪戾者，朕或不乐，后询其故谏曰："斯事良非妾所敢预，然以妾愚，谓诸大臣即有过，皆为国事，非其身谋。陛下曷霁威详察，以服其心。"（《行状》）
侍疾	姬当大火铄金时，不挥汗，不驱蚊，昼夜坐药炉旁，密伺余于枕边足畔，六十昼夜，凡我意之所及与意之所未及，咸先后之。	前岁今后寝病濒危，后躬为扶持供养。今后宫中侍御，尚得乘间少休，后则五昼夜目不交睫，且时为诵书史或常谈以解之。（《行状》）
淡泊	姬不私铢两，不爱积蓄，不制一宝粟钗钿。……姬之衣饰，尽失于患难，归来澹足，不置一物。	后性至节俭，衣饰绝去华采，即簪珥之属，不用金玉，惟以骨角者充饰。（《行状》）
好学	午夜衾枕间，犹拥数十家唐诗而卧。……余读东汉至陈仲举、范、郭诸传，为之抚几，姬一一求解其始末。	每当朕日讲后，必询所讲，且曰："幸为妾言之。"朕与言章句大义，后辄喜。（《行状》）
女红	于女红无所不妍巧。……针神针绝，前无古人已。	闲女工，于组紃纴绩，如素习然。（《传》）
书法	姬书法秀媚，学钟太傅稍瘦，后又学曹娥。	习书未久，天资敏慧，遂精书法。（《行状》）
人缘	余不知姬死而余死也，但见余妇茕茕粥粥，视左右手罔措也。上下内外大小之人，咸悲酸痛楚，以为不可复得也。	故今后及诸妃嫔皆哀痛曰："与存无用之躯，孰若存此贤淑，克承上意者耶？"……追思夙好，感怀旧泽，皆绝荤诵经，以为非此不足为报。（《行状》）

董小宛是男性中心社会中，由精致的江南文化长期培养出来的一个理想女性的典型，为各种因素汇集镕铸的结晶：有传统的因素，三从四德的女训；有空间的因素，在东南人文荟萃之区；有时间的因素，明朝的江南，始终是太平岁月；还有特殊的因素，秦淮旧曲母女相传的事人之道。这些因素具备了，还需要有一个最难得的因素，天生有这样一种视牺牲奉献为当然的高贵品格，而又沦落风尘的美人——否则即无由接受秦淮“心法”。

像董小宛这种无论男女老幼，都会毫无例外地为她的魅力所颠倒的女性，至少是一时无二；若说居然并世有两，而又皆姓董（御制《行状》及册封文皆称“董氏”而非董鄂氏），那就太不可思议了！

兹再就“端敬皇后”的身世教养作一简单分析，指出她不可能是姓“董鄂氏”的“内大臣鄂硕之女”：

（一）清初八旗贵族，无论生理、心理皆早熟，女子十三四岁已可为人妇。孝慈高皇后归太祖为十四岁；多尔衮母大妃，为太宗逼殉太祖时，年三十七，而自道“丰衣美食已二十六年”，乃年十二事太祖。世祖生母孝庄太后，生于明朝万历四十一年癸丑，当太祖崩时，方十四岁，而遗诏自道：“幼奉太祖高皇帝登聘，获奉太宗文皇帝。”则入宫在十四岁前。顺治朝，孝惠章皇后册立时十四岁，孝康章皇后佟佳氏诞圣祖时为十五岁，而谓董鄂氏以十八岁选入掖庭，显乖常例。当顺治十三年，董小宛为妃时，年已三十有三，但天生丽质，肌肤柔腻，复又善于修饰，自然显得年轻。余怀《板桥杂记》谓“假母虽年高，亦盛妆艳服，光彩动人”。小宛出身曲中，深谙隐瞒年龄的化妆术，为不难想象之事。

（二）金撰后传谓端敬“闲（娴）女工，于组𬘓纴绩，如素习然”。八旗妇女，不习纺织。家无织机，何由素习？着此一语，便知非满洲人。

（三）当时满洲贵族，识汉文者百不得一，更无论妇女，而御制《行状》谓端敬“习书未久，天资敏慧，遂精书法”，是则习书以前，先已识字，且须多识，方有助于书法之精。试问，端敬果为鄂硕之女，又以何机缘得以多识汉字？

二、“江左三大家”各透消息

从来谈顺治出家及董小宛入宫疑案者，必举吴梅村《清凉山赞佛诗》及《题冒辟疆名姬董白小像》八绝句。八绝句之外，又有《又题董君画扇》两绝句，合称“吊宛君十绝”。

先谈八绝句，前面有一首四六小引，中有一联：“阮佃夫刊章置狱，高无赖争地称兵。”合以诗中“恨杀南朝阮司马，累侬夫婿病愁多”“钿合金钗浑抛却，高家兵马在扬州”之句，很容易使人联想到阮大铖与高杰。事实上这是个障眼法，为了掩饰顺治七年正月初二小宛被掳北上的真相。真正紧要的文字，只有两句，一句是小引中的“名留琬琰”；再一句是第八首的结句：“墓门深更阻侯门。”

于此，我先要揭发一个从无人谈过的秘密，此八绝句，乃吴梅村应冒辟疆之请而作，时在康熙三年甲辰夏秋之间。《同人集》

载吴梅村甲辰一函，末尾一段云：

> 题董如嫂遗像短章，自谓不负尊委。

但原函则作：

> 题像短章，自谓不负尊委。

见影印真迹。

所谓“不负尊委”者何？要解答这个问题，须先问冒辟疆所委者何？很显然的，是希望借重吴梅村的诗笔，在不经意处留下小宛入宫的真相。

今按康熙三年甲辰，上距端敬之死已四年；而距辟疆自道小宛死于辛卯，则为十三年。爱姬久殁，忽然绘遗像，请人作诗以挽，事近不情而出于无奈。小宛在世上不能做此事；小宛既殁而钱牧斋在世，亦不能做此事；钱牧斋殁于是年五月，冒辟疆始敢出此。此又何故？

对于这个疑问，我只能作一个假设，但自信与事实不远。首先我要指出，冒董结合，全出于钱牧斋的豪举，《影梅庵忆语》记：

> 榜发，余中副车，穷日夜力归里门，而姬痛哭相随，不肯返。且细悉姬吴门诸事，非一手足力所能了。责逋者见其远来，益多奢望，众口狺狺。且严亲甫归，余复

> 下第意阻，万难即谐。舟抵郭外朴巢，遂冷面铁心，与姬诀别，仍令姬归吴门，以厌责逋之意，而后事可为也。阳月过润州，谒房师郑公。时闽中刘大行，自都门来，与陈大将军及同盟刘刺史饮舟中。适奴子自姬处来，云姬归不脱去时衣，此时尚方空在体，谓余不速往图之，彼甘冻死。刘大行指余曰："辟疆夙称风义，固如是负一女子耶？"余云："黄衫押衙，非君平、仙客所能自为。"刺史举杯奋袂曰："若以千金恣我出入。"即于今日往陈大将军，立贷数百金，大行以参数斤佐之。讵谓刺史至吴门，不善调停，众哗决裂，逸去吴江，余复还里不及讯。姬孤身维谷，难以收拾。虞山宗伯闻之，亲至半塘，纳姬舟中。上至荐绅，下及市井，纤悉大小，三日为之区画立尽，索券盈尺。楼船张宴，与姬饯于虎邱，旋买舟送至吾皋。

以如此密切的关系，而竟绝往来，两家诗集中，无一字之酬唱。这当然是钱绝冒，而非冒绝钱。钱之所以绝冒，猜想是由于顺治十六年的"江上之役"——郑成功、张苍水率义师自崇明岛入长江、攻金陵。此役为钱牧斋所策划，细看《投笔集》前后"秋兴"一百零八首七律可知。小宛入宫一事，可资为号召江南遗民志士绝好的材料，但须冒辟疆出面声讨，大概昌辟疆坚决不愿，大拂虞山之意，因而绝交。在这种情况之下，冒辟疆如有请人作挽诗之举，必为钱牧斋所痛斥。本来冒作《影梅庵忆语》，颇有人不以为然，斥之为“梦中呓语望成名”。后面要引证这首诗，此不赘。

至于钱牧斋与董小宛，本有不浅的香火缘，而于小宛之殁，直至他临死那一年，病榻忆往，始有一首悼诗：

> 夜静钟残换夕灰，冬缸秋帐替君哀。汉宫玉釜香犹在，吴殿金钗葬几回？旧曲风凄邀笛步，新愁月冷拂云堆。梦魂约略归巫峡，不奈琵琶马上催。（《病榻消寒杂咏四十六首》之第三十七首，自注：和老杜生长明妃一首。）

中两联皆绾合今昔而言。二联上句“玉釜”典出《十洲记》，“香”者“返生香”，以玉釜煎熬而成；此言冒辟疆谓小宛已死，殊不知复活于宫中。下句典出《异梦录》，唐朝有王姓士人，梦为吴王夫差词臣，一日闻宫中哀乐，谓葬西施，吴王命词臣作诔词，而所葬者实为金钗。此典精绝，不特点穿影梅庵畔只有小宛的衣冠冢，且小宛死后，世祖亦曾命词臣吊挽，与原典相合。陈寅恪论断云：

> 观牧斋“吴殿金钗葬几回”之语，其意亦谓冒氏所记述顺治八年正月二日小宛之死，乃其假死。清廷所发表顺治十七年八月十九日董鄂妃之死，即小宛之死。故云“葬几回”。否则钱诗辞旨不可通矣。

三联首句，更为以明妃拟小宛的确证。明妃生长归州，选入西京掖庭，和番北行出国，平生足迹，不履江南，与秦淮湖畔的“邀笛步”何干？何况出身良家子，更不当言“旧曲”。下句“拂云堆”为明妃青冢所在地名，指孝陵而言。牧斋此诗作于康熙二年冬，小宛以端敬皇后身份祔葬孝陵，在是年六月，相去未几，故云“新愁”。按：牧斋以明妃拟小宛，不特言汉家女儿嫁作胡妇，并归骨亦不能；而言外有刺辟疆之意在，亦可玩味得之。

现在再回到“墓门深更阻侯门”上来。最早对这句诗提出疑问的是罗瘿公，他在所著《宾退随笔》中说：

> 小宛真病殁，则侯门作何解耶？岂有人家姬人之墓，谓其深阻侯门者乎？

陈寅恪论“墓门”句，则引《影梅庵忆语》结句：“讵知梦真而诗谶咸来先告哉！”断为：

> 可知辟疆亦暗示小宛非真死，实被劫去也。

罗、陈二氏皆并重“侯门”二字，其实更当注意“墓门”，尤当注意“墓门”“侯门”并用。这首诗的全文是：

> 江城细雨碧桃村，寒食东风杜宇魂。欲吊薛涛怜梦断，墓门深更阻侯门。

薛涛自是指小宛，如谓小宛葬于影梅庵旁，则日日可吊，何嫌于“墓门”之“深”？此已点出小宛别葬，而以“深”字形容“墓门”，实为暗指世祖孝陵。孝陵祔葬者，一为圣祖生母孝康章皇后佟佳氏，一即端敬。薛涛已成皇后，陵寝重地，非常人可到，欲吊无由，此即所谓“阻侯门”。既然如此，则唯有画像供奉于私室而已。“墓门深更阻侯门”七字，不仅为暗存真相的曲笔，而且缴足题意，真是扛鼎的笔力。

四六小引中有一联：“名留琬琰，迹寄丹青。”下句指小宛画像，“琬琰”谓宋朝杜大珪所辑的《琬琰集》，为大臣碑传的汇录。端敬有御制的《行状》，词臣的诔文，故可谓之“名留琬琰”。如小宛仍是薛涛的身份，哪里用得上这句话？此四字与“墓门”句合看，证据更为有力。

或谓，“江左三大家”中，龚芝麓与冒辟疆交情最厚，既已引牧斋、梅村之诗，不知龚芝麓又如何说法？按：冒辟疆四十初度（顺治七年三月十五日）在扬州，其时小宛被劫的消息，已遍传知交，只瞒着冒辟疆本人。生日举觞，龚芝麓特赋长歌，题名《金阊行》，历叙冒董结合经过。末则勉力年力正富，大有可为，隐然有劝其节哀的意味在内，故冒辟疆事后自道：“讵谓我侑卮之辞，乃姬誓墓之状耶？”

同年夏秋间，龚芝麓北上补官。至下一年《影梅庵忆语》出，冒邮寄一本，龚覆书中有一段云：

诔词二千余言，宛转凄迷，玉笛九回，玄猿三下矣。

欲附数言于芳华之末，为沅澧招魂。……劈笺探韵，絮语神伤，而蟋蟀哀音，转多幽咽。属思未竟，惆怅无端，徐之必有以祝桂旌而酹翠羽，未敢忘也。

不意这笔文债，一直未还。龚亦耿耿于心，顺治十八年辛丑一函云：

向少双成盟嫂悼亡诗，真是生平一债。

至康熙九年庚戌冬天，龚芝麓终于还了这笔文债，是一首《贺新凉》。其时距下世之日无多，这首词几同绝笔。冒辟疆挽龚芝麓诗引中说：

庚戌冬……远索亡姬《影梅庵忆语》，调“扁”字韵《贺新凉》，重践廿余年之约。

自顺治八年辛卯，至康熙九年庚戌，恰好二十年。以芝麓之才，何以一首悼词，积至二十年，临死方能交卷？一读原作，不难索解。“扁”字韵《贺新凉》后半阕云：

碧海青天何限事，难倩附书黄犬。藉棋日酒年宽免。搔首凉宵风露下，羡烟霄破镜犹堪展。双凤带，再生翦。

小宛未死，高高在上，如月里嫦娥，望影依稀。黄犬即“黄耳”，用陆机入洛，遣快犬黄耳家书归吴的故事。明知小宛在何处，而不得一诉相思，故云“难倩”。“破镜”一典更为露骨，“烟霄”即元宵。冒辟疆不如徐德言，借元宵“卖半照”犹得与乐昌公主重圆破镜，因着一“羡”字。

“黄犬”“破镜”两典，不如“墓门深更阻侯门”来得含蓄，但已煞费苦心。龚芝麓服官京师，为名士领袖，凡有篇什，四方传抄，是故下笔不能不慎，否则便是“罔识忌讳，干冒宸严”，将有不测之祸。此为龚芝麓积至二十年，始得了此文债的唯一缘故。

三、由“南宫”到“长信宫”

“江左三大家”的诗词，确证了下列事实：

（一）董小宛初未死，于顺治七年正月初二为北兵劫去。其时冒辟疆在扬州，三月底回如皋，方知此巨变。

（二）小宛即端敬皇后，祔葬孝陵。

（三）《影梅庵忆语》谓小宛死于八年正月初二，如陈寅恪所说，为“讳饰之言”。

（四）冒辟疆欲留真相于人间，乞吴梅村以曲笔作诗。

（五）董小宛入宫，为当时一大忌讳，故龚芝麓迟至二十年后，始作词暗示本事。

考证到此，摆在我面前的有这样三个问题：

（一）冒辟疆如何应变？

（二）董小宛究竟为何人所劫？

（三）何以迟至顺治十三年小宛始封妃？

先简单回答第一个问题，就《同人集》所载诗文，及冒辟疆传记考查，顺治七年自夏徂冬，他的行踪不明，可以确定是悄然北上，访查董小宛的踪迹，后文将提出明白的证据。

第二个问题对我是严峻的考验，此一关通不过，一切无从谈起。侥幸的是，我最初的判断不误，找对了路，则披荆斩棘，终能豁然贯通——我最初的判断，由《清凉山赞佛诗》第一首，第七、八两句而来：

> 王母携双成，绿盖云中来。

“王母”当然是指世祖的生母孝庄太后，董双成为西王母的侍儿，然则董小宛应当是慈宁宫的宫女。照《道藏》中说，王母的侍儿甚多，如许飞琼等，不携他人，独携双成，可知小宛为孝庄所宠信的宫女。以小宛的性情，此亦必然之事。读御制《端敬皇后行状》：

> 朕前奉皇太后幸汤泉，后以疾弗从，皇太后则曰：“若独不能强起一往，以慰我心乎？”因再四勉之，盖日不忍去后如此。

益坚我的信心。

但问题又来了，小宛如何得入慈宁宫？就当时的情况而论，宫女的来源有三：上三旗包衣女子；前朝所留而未遣者；罪犯籍没入官的眷属。小宛当然是最后一种。

这样就又接近了一步，缩小范围可断定劫小宛者，必为当时有大罪而破家的亲贵大臣。后来读陈其年《水绘园杂诗》第一首至：

客从远方来，长城罢征战。君子有还期，贱妾无娇面。

复又记起刘继庄《广阳杂记》谈到王辅臣为世祖所识拔的故事，乃恍然大悟，劫小宛者为多尔衮的部下。

陈其年为“明末四公子”之一陈定生的长子。定生殁后家道中落，次子往河南归德依其岳父侯方域。其年在水绘园读书，冒辟疆视之如子。小宛在冒家时，其年未及亲见，但居水绘园数载，于小宛被劫经过，自无不知之理。《杂诗》第一首，当是小宛“真死”后所作。诗为五言古，我将它分成四解，以便笺释：

南国有佳人，容华若飞燕。绮态何婵娟，令颜工婉娈。（首解）

红罗为床帷，白玉为钗钿。出驾六萌车，入障九华扇。倾城畴不知，秉礼人所羡。（二解）

如何盛年时，君子隔江甸。金炉不复熏，红妆一朝变。（三解）

客从远方来，长城罢征战。君子有还期，贱妾无娇面。妾年三十余，恩爱何由擅？（四解）

首解写小宛容华丰神。拟之为飞燕，可知玉骨纤纤。“嫕”读如便之平声；嫕娟，回曲貌，虽绮态而有深度，故能令人倾心难忘。“婉娈”据《后汉书·朱祐传》注：“犹亲爱也。”故“工婉娈”为令人乐于亲近之意。其年虽未见过小宛，而刻画甚工，皆由习闻冒家常谈小宛之故。

二解言小宛封妃。汉成帝废许后、立飞燕，赐以九华扇。“飞燕”殊非漫拟，“秉礼”更为写实。世祖元后既废，复立元后之侄，即《行状》中所称的“今后”。顺治十五年继后事太后不谨，降旨“停其笺奏”。中宫与皇帝敌体，书面陈奏称“笺奏”；停其笺奏，则不得行使中宫职权，由已晋封皇贵妃的小宛统摄六宫，此即所谓秉礼。“倾城”句置于“秉礼”前，可知当时知宫中贵妃即为倾国倾城的秦淮名妓董小宛的人，殊非少数。

三解追叙小宛被劫。“君子”指辟疆；“隔江甸”谓在扬州。末二语谓辟疆归来，方知人去楼空。

四解之“客”，即多尔衮部下。顺治六年秋，以姜瓖叛于大同，多尔衮率师亲征；十月罢兵班师；十二月王妃薨；七年正月纳肃亲王豪格福晋为王妃，复遣官征美女于朝鲜。既可征女于异邦，何不可选美于江南？当然，亦可能是多尔衮部下主动劫小宛以媚主帅，此无关宏旨。重要的是，确定了小宛曾有过睿亲王多尔衮妾侍的身份。别有证。

顺治七年十二月，多尔衮殁，追尊为成宗义皇帝。八年二月，多尔衮部下苏克萨哈等首告多尔衮阴谋篡逆，“会讯俱实”，多尔衮家产籍没，人口入官。入官的人口中，包括三藩之变中的传奇人物王辅臣。辅臣原为姜瓖部下，《广阳杂记》叙其人其事云：

> 辅臣长七尺余……勇冠三军，所向不可当，号曰“马鹞子”。……城克，姜瓖降，八王子以辅臣为虾，随入都，都中满汉，无不以一识马鹞子为荣矣。八王得罪死，辅臣没入身者库。久之，章皇帝亲政，尝拊髀谓敖拜曰：“闻有马鹞子者勇士，今不知何在？安得其人而用之！”拜亦不知也。一日，拜之仆骑而过市，遇一少年，下马而避道左，仆怪而问之。曰：“我马鹞子也。向者于某所识公，公忘之邪？”仆喜曰：“我主甚念尔，尔来朝不可不早来谒。”归以启敖，敖亦喜，俟其来，即率之以见上。上大喜，立授御前一等虾。

“虾”为满洲语侍卫之意。“八王子”指多尔衮。“身者库”应称“辛者库”；所谓“人口入官”，即入此库。以王辅臣之例而言，小宛自然亦隶辛者库，为孝庄识拔而入慈宁宫。

小宛曾入多尔衮府，及曾为慈宁宫宫女这两点，非常重要。因为小宛被劫及入宫封妃这两点，不难考证。如陈垣、陈寅恪的文章中，都显示了已知其事而不愿驳孟心史的迹象，但对小宛自被劫而入宫的过程，则皆莫能言其究竟。由我的这两点发现，才能贯串首尾，成为完整的一桩公案。同时，我的这两点发现，自以为亦是在文学上的一项贡献，因为了解了这两点，清初的若干诗词，特别是读梅村的诗，才能免于猜谜之讥，而获得正确的诠释。

梅村之诗，号称“诗史”。因此得解梅村之诗，必然亦有助于史实的发掘，如世祖元后博尔济吉特氏，于顺治十年八月二十五日被废，降为静妃，改居侧宫，而下落不明。张尔田作《清列朝后妃传稿》，征引浩繁，独于世祖废后之死，无可叙述，谓“档案无考”。但解得梅村之诗，则废后之死于何时，因何而死，固彰彰明甚。且死后还曾引起严重纠纷，鄂硕亲侄女贞妃不得不殉，等于偿废后之命，亦可于梅村诗中，参详得之。

由于我的这两点发现，关系如此重要，因而必须重复检核，求得确证，始能心安。辛勤搜觅，不负所望，各获双重证据。先谈小宛曾侍慈宁。

康熙朝武英殿大学士李天馥，顺治十五年翰林，由检讨直至拜相，始终未任外官。小宛的生荣死哀，身经目击，其诗中所言时事，可信程度甚高。

他的诗集名为《容斋千首诗》，乃其门下士毛奇龄所选。台湾所能见者，为光绪年间再版本，墨钉随处皆是，碍语较显著，皆已除去。最可惜的是集中《古宫词百首》，业已不存。邓之诚文如藏有初刻本，作《清诗纪事初编》于介绍李天馥时说：

> 其诗体格清俊，自注时事，足为参考之资。别有《古宫词百首》，盖为董鄂妃而作。

又摘引《古宫词百首》自序：

昭阳殿里，八百无双。长信宫中，三千第一。

据《三辅黄图》，汉朝长信宫为太后所居，是则小宛曾为孝庄女侍，夫复何疑?

李天馥自序中又有句：

愁地茫茫，情天漠漠。泪珠事业，梦蝶生涯。在昔同伤，于今共悼。

此为绾合冒、董二人而言，语意更显。“愁地”“情天”两地相思；“泪珠事业”言此中“日夕以泪洗面”。而“梦蝶生涯”则为双关语，一言庄生梦蝶，蝶梦庄生，疑真疑幻，全不分明；一用玉溪诗句，形容冒辟疆“望帝春心托杜鹃”的心情。“在昔同伤”则《忆语》之“亡姬”；“于今共悼”则《行状》之“端敬”，情事之吻合如此!

至于小宛之曾入睿亲王府，可从丘石常《楚村诗集》中一首七律证实。石常，山东诸城人，明末副贡，诗文皆有奇气。《有感》一律，为冒辟疆而咏：

银河只隔水盈盈，诏下文姬不许行。才貌如卿值一死，风流无主奈多情。嫌笼娇鸟开何日? 抱柱迂生哭有声!闻道南宫俱赐配，梦中呓语望成名。

这首诗中包含着冒辟疆北上，寻访小宛踪迹；通过方孝标的关系，请求孝庄太后遣回小宛这一大段情节在内。关于方孝标部分，另有诗证，兹仅就此诗笺释如下：

“银河”指宫墙，一墙之隔，天上人间。首言小宛已准发还，冒辟疆在神武门外等候，而事忽中变。拟小宛为“文姬”，在此处颇为精切；但文姬不准归汉之“诏”，当为太后的懿旨。

三写小宛；四写辟疆。辟疆有美男子之目，故贵妇亦有愿为夫子妾者，但情不专属，此为“风流无主”；却又提得起而放不下，于是乃有烦恼，因着一“奈”字。

五、六亦分议董、冒。宫中规矩繁重，小宛颇以为苦，故以为“嫌”。据邓文如引叙，《古宫词百首》中有“睡足日高犹慵起，薄命曾嫌富贵家”之句，可互参。六句“迂生”自是用微生高之典，谓辟疆死守不去，及闻不归小宛，号啕大哭，情状如见。

第七句为小宛曾入睿亲王府的确证。“南宫”为明英宗被幽之处，在东安门内，瞿宣颖《北京建置谈荟》云：

> 崇质宫俗云黑瓦殿。景泰年间，英宗居此，谓之小南城。其在永乐年间，则谓之东苑。据《日下旧闻考》，即今之缎疋库，嗣为睿亲王府。吴梅村诗所谓，“七载金縢归掌握，百僚车马会南城”也。

是则丘石常诗中的“南宫”，明指睿亲王府。“闻道南宫俱赐配”，谓由睿亲王府没入掖庭的女子，蒙恩遣出婚配。此当是以后之事，小宛则在多尔衮殁后，即被选入慈宁宫。

第八句责冒辟疆，俨如斧钺。明明人在宫中，谓其已葬于影梅庵畔，岂非等于“梦中呓语”。而作《影梅庵忆语》的目的在“望成名”。此或者即是冒辟疆为钱牧斋所绝的原因之一。至由末句反托上一句，则“闻道南宫俱赐配”，即有责辟疆何不循正当程序陈情，以小宛系被多尔衮劫去，请求发还？不此之图，乃造作《影梅庵忆语》以沽名钓誉。句中鄙薄之意显然。

不过平心而论，冒辟疆亦自有其不得已的苦衷。小宛自七年正月初二，消失踪影，自然有亲友问讯，冒家只好托词小宛卧病。张明弼作董小宛传，谓“其致病之由，与久病之状，并隐微难悉”，足见冒家在这个问题上所遭遇的困窘。及至八年春初，多尔衮死后获罪，有“诏下文姬不许行”这桩公案，看看重圆无望，而又不能长此隐瞒，只好宣布小宛病殁。辟疆《朴巢文选》收《亡妾董氏小宛哀辞》云：

> 余与子形影交俪者九年，今辛卯献岁二日长逝。……谨卜闰二月之望日，妥香灵于南阡影梅庵。

不言卜葬而含糊其词谓之“妥香灵”，已暗示为一衣冠冢。卜于“闰二月之望日”，则有心丧自葬之意；辟疆生日为三月十五，实际上就是“闰二月之望日”。在《忆语》中开头未几就有一句：

余不知姬死而余死也。

句旁密圈，可知他是很认真的。但双亲在堂，又为长子，不能再作过情之举，只好选定这个隐喻自葬的日子，以寄其哀了。

“妥香灵”以后，冒辟疆开始写《影梅庵忆语》，分寄友好，广征悼词。《同人集》所收诸家反映《忆语》的诗词，大多作于这年秋天。冒辟疆“名姬董白”，香消玉殒，几成大江南北无人不知的社会新闻。则“闻道南宫俱赐配”，又何能请求发还为多尔衮所劫的爱姬？

四、劫后重逢“辞接颇不殊”

这一章节中，我准备专门探讨丘石常的两句诗：“闻道南宫俱赐配，梦中呓语望成名。”衍化出来的问题是：

（一）由睿亲王府没入掖庭的女子，发遣赐配，在于何时？

（二）冒辟疆的反应如何？

（三）《影梅庵忆语》的创作动机，是否不正常？

（四）如说不正常，则除望成名以外，还有什么企图？

为了探索这些问题，我发现了一个隐微曲折而很重要的插曲。“南宫赐配”的时间，当在顺治八年秋天。冒辟疆既已有《影梅庵忆语》行世，事实上已放弃了重圆的希望。最糟糕的是如同自绝，即使有此机会，亦无复归的可能。且有证据，冒辟疆亦已不作任何谋求重圆的努力。

证据是梅村“十绝”中的最后一首。梅村吊董十绝，本为两个部分的合称。最后二首，通行笺注本题作《又题董君画扇》；《同人集》所收则题作《巢民先生贻宛君奁中藏扇索书再题二绝句》，仍为应辟疆所请而作。其第二首，亦即十绝中的最后一首是：

湘君浥泪染琅玕，骨细轻匀二八年。半折秋风还入袖，任他明月自团圆。

寄诗时有信，亦作于甲辰年秋天。梅村自道：

深闺妙箑，摩娑屡日……自谓“半折秋风还入袖，任他明月自团圆”，于情事颇合。

玩味诗意，“秋风”句恩情未绝，不全同秋扇之捐；“任他明月自团圆”，似是有意“成全”小宛，亦就是不求重圆。

因此可以推知，“闻道南宫俱赐配”，冒辟疆不会有何积极的行动。但另有人自告奋勇，为之奔走乞恩，曾见过孝庄太后及董小宛。

此人即是谈到清朝文字狱，无人不知的方孝标，安徽桐城人。桐城方家有二：一为“明末四公子”之一的方以智家；一为方孝标家。孝标之父名拱乾，字坦庵，与冒辟疆之父冒起宗，同年至交，关系非常密切。甲申、乙酉之间，两家一起逃难到浙江海盐，《影梅庵忆语》已曾提到；康熙五年冒辟疆作方拱乾祭文，纂述更详。

方孝标是方拱乾的长子，名玄成，号楼冈。顺治六年成进士，点翰林，升内弘文院侍读学士，为世祖所激赏，出入侍从，宠冠一时。孝标诗才甚富，撰有《钝斋诗选》二十二卷。以小宛这种罕见的身世浮沉的好材料，且皆亲见，而当时竟无一诗，已大可怪。复衡诸两家交情，《同人集》中无一函相慰，更觉难解。

凡事之大出情理者，必有特殊原因。作考据最不可放过，能找出其中特殊原因，往往便能获得所追求的答案。在《容斋千首诗》中，《行路难》《月》诸题，皆可发现孝标踪迹。未分析这些诗以前，先读一首冒辟疆的诗。

康熙七年秋，方孝标由福建归来，路过扬州，辟疆亦正自苏州至扬，中秋与孝标父子泛舟虹桥，同游者尚有姜、徐、孙三客。“夜归，楼冈重开清燕赏月，即席刻烛限韵，各成二首。”诗为七律，辟疆所作第一首云：

露华浓上桂花枝，明月扬州此会奇。老去快逢良友集，
兴来仍共晚舟移。青天碧海心谁见？白发沧江梦自知！
多少楼台人已散，偕归密坐更衔卮。

“偕归密坐”可知只冒、方两家父子，三客不与。因为密坐闲谈，必时时有秘密流露于不知不觉间，不宜有外人在。第三联精炼而沉郁，下句兼用老杜“一卧沧江惊岁晚，几回青琐点朝班”及玉溪“永忆江湖归白发，欲回天地入扁舟”诗意，为孝标自丁酉科场案遣戍归来，空有经纶，牢落不遇，一抒委屈，亦兼写自

家非无用世之志而无奈万不能做清朝之官的心事。

上句则明写当年不能忘情小宛，而于此处言碧海青天之心谁见？正言此心唯孝标可见。衡情度理，辟疆当时北上访小宛踪迹，唯一可与筹划者，恐亦只方孝标一人。《同人集》中不收孝标书札，非未通音信，而是正好相反，邮筒频寄，无一札无秘密，删削付梓，亦恐不尽，索性只字不录。

《容斋》的《行路难》共八首，而只“存三”，为第一、第五、第八等三首。细玩诗意，知为辟疆而咏，第五首中很显然地有小宛在。原诗如此：

桃李花，东风漂泊徒咨嗟。忆昔新婚时，婀娜盛年华。尔时自分鲜更事，不谓举动皆言嘉。夫何一旦成遐弃？今日之真昔日伪！辞接颇不殊，眉宇之间不相似。还我幼时明月珠，毋令后人增嫌忌。

前半首容易索解；后半首杂乱无章，乃是有意隐晦。起两句指小宛为宿逋所苦，以及自西湖远游黄山，亘数年之久；三、四两句点出在冒家为盛年；五、六两句即《影梅庵忆语》所写的小宛种种长处。以下六句分三段，每段指一事，各不相关，但除小宛外，附会不到任何人身上。

按：因疾病或罹王法死者，亦谓之遐弃。“夫何一旦成遐弃？今日之真昔日伪”，译成语体便是：“怎么一下子死了呢？这一次是真死；上一次就是假死。”此除“吴殿金钗葬几回”的董小宛以外，任何人都不曾有过如此奇异的遭遇，因而这两句诗亦就移用不到任何人身上。

其次，“辞接颇不殊，眉宇之间不相似”，明显是描写会面的光景。问题是，如果一方是董小宛，另一方是谁？应该不会是冒辟疆。九载恩情，刻骨相思，不可能产生这种声音语气跟从前无异，神情不大相像的感觉。这样，就令人自然而然会想到方孝标。当乙酉年间，两家一起逃难，谈不到内外之别，但方孝标跟董小宛虽曾相处过一段日子，只因朋友的姬妾，见面不便作刘桢之平视，所以方孝标熟悉小宛的声音，并不熟悉小宛的容貌。而况当时是汉家装束，此时是所谓“内家装”，男子式的旗袍以外。发型的改变，更加强了“不相似”。梅村形容小宛，一则曰“入手三盘几梳掠”；再则曰“乱梳云髻下妆楼”，而旗下女子所梳的头，名为“雁尾”，务求平整服帖，与鸦飞蝉动的云髻，大不相同。在方孝标此时与宫眷相见，只能匆匆偷觑一两眼，而无法细加辨认的情况下，发生“不相似”的怀疑，是一件完全合理的事。

最后两句：“还我幼时明月珠，毋令后人增嫌忌。”应是方孝标为冒辟疆乞请归还董小宛，向孝庄太后陈奏之语。“明月珠”见乐府《陌上桑》，征罗敷之典，更可确证请以小宛归故夫。

然则方孝标曾见孝庄太后，则有证据否？答案是肯定的。《容斋千首诗》中，有一首题作《月》的七言古：

蕊珠仙子宵行部，七宝流辉闲玉斧。蟾蜍自蚀兔自杵，影散清虚大千普。无端人间桥自举，直犯纤阿御顿阻。

叶家小儿甚鲁莽，为怜三郎行良苦。少示周旋启玉宇，昙华深处召佚女。桂道香开来妩妩，太阴别自有律吕。不事箜篌与羯鼓，广陵散阙霓裳舞。

毛奇龄于“叶家小儿”两句，及最后三句上，密密加圈。“叶家小儿”句旁并有评：

使旧事如创获，笔端另有炉锤。

又诗末总评：

奇材秘料，奔赴毫端；思入云霄，如望蕊珠深处。

有“材料”便有本事，材料“奇秘”则难以悬揣，但“桂道香开来妩妩”以上十句，已是为《行路难》八首存三之其五中，“辞接颇不殊，眉宇之间不相似”及“还我幼时明月珠，毋令后人增嫌忌”等句作批注了。

欲解此十句诗，入手之处，当然在加圈又加评的“叶家小儿”四字上面。上有“无端人间桥自举”，下有“为怜三郎行良苦”，则此“叶”必是指叶法善。新旧唐书皆有叶法善传，谓唐高宗朝即召法善至京，历中宗、睿宗，至玄宗时封越国公，开元年间卒，寿一百又七岁。由此可知称方孝标为“叶家小儿”，乃由年龄对比上形容其行事幼稚，诽薄之意甚显。叶法善曾携唐玄宗游月宫，今以“使旧事如创获”这一句评语来参详，方孝标亦可能“鲁莽”到径自领着冒辟疆去见孝庄太后。果然如此，则“为怜三郎行良苦”，孝庄“少示周旋”，乃令小宛出见，实亦情理中事。末三语亦可索解，谓宫中有宫中的规矩，旗人有旗人的习惯，破镜虽在，重圆不可。“广陵散阙”者已“埋骨”于影梅庵；“霓裳舞”者小宛已是大罗天上的人物。所谓“奇材秘料”，疑为如是。但自觉此种想法，近于不可思议，在未有新的确实证据发现之前，我宁持保留的态度。只是“叶家小儿”之为方孝标，则断然无疑。

这首诗是个寓言，假设蕊珠仙子出巡，大千世界，一片清辉。月宫中亦各就各位，一切如常。不料巡行途中忽然出现一道来自人间的天桥，此用罗公远掷杖为桥的故事，而将此神通移到“叶家小儿”身上，是即评语中的所谓“笔端另有炉锤”。

刘伯温送张道士诗：“电掣纤和轶。”无端桥举，仙御顿阻，此有叩阍之意。按：外臣见太后，在后世为绝无之举，顺治年间则不然。但我更相信是通过孝庄的教父汤若望的安排，在“小教堂”中谒见太后——据德国教士魏特所著《汤若望传》中记载，由于孝庄太后的支持，汤若望在京城中设立了十四处“小教堂”，专供妇女望弥撒之用。

“叶家”以下三句，已如前解。“昙华深处召佚女”，佚女即美女，见《离骚》注，自是指小宛。“妩妩”即陈其年诗中的“嫕娟”，参看“辞接颇不殊”一语，可知小宛入宫以后，不改常度。“太阴别自有律吕”云云，乃是平静的、理性的分析，既不矜亦不伐。

冒辟疆与董小宛的恋曲，至此已成“广陵散”；我的考证，关于冒辟疆部分，至此亦可结束。

五、世祖、博果尔、董小宛——曹丕、曹植、甄后

以下起，考证董小宛入宫以后的遭遇。《汤若望传》第九章第六节，有一段记载：

> 顺治皇帝对于一位满籍军人之夫人，起了一种火热爱恋，当这一位军人因此申斥他的夫人时，他竟被对于他这申斥有所闻知的“天子”，亲手打了一个极怪异的耳掴。这位军人于是乃因怨愤致死，或许竟是自杀而死。皇帝遂即将这位军人的未亡人收入宫中，封为贵妃。这位贵妃于一六六〇年产生一子，是皇帝要规定他为将来的皇太子的，但是数星期之后，这位皇子竟而去世，而其母于其后不久亦然薨逝。皇帝陡为哀痛所攻，竟致寻死觅活，不顾一切。人们不得不昼夜看守着他，使他不得自杀。太监与宫中女官一共三十名，悉行赐死，免得皇妃在其他世界中缺乏服侍者。全国均须服丧，官吏一月，百姓三日。为殡葬事务，曾耗费极巨量的国币。两座装饰辉煌的宫殿，专供自远地僻壤所招来的僧徒作馆舍。按照满洲习俗，皇妃的尸体连同棺椁，并那两座宫殿，连同其中珍贵陈设，俱都被焚烧。

此“满籍军人”及其“夫人”，据陈垣在《汤若望与木陈忞》一文中，断为襄亲王博穆博果尔及董小宛，诚然。但所谓“夫人”之说，是否能够成立，犹待商榷。可断言者，博果尔与董小宛之间，确是发生了如明宪宗与万贵妃之间的畸恋。上引《汤传》中的记载，对我的研究来说，最可珍贵的是这两点：

（一）世祖对博果尔，“亲手打了一个极怪异的耳掴”。

（二）博果尔“或许竟是自杀而死”。

凡此恰好解我屡思不得之惑。先谈第一点。博果尔为太宗幼子，生于崇德六年，亦即崇祯十四年十二月二十日。当顺治十二年二月封襄亲王时，实足年龄不过十四岁两个月。黎东方博士在《细说清朝》中说，世祖曾掌掴博果尔，后来为了安慰他，封以亲王。此说似乎离奇，而证以《汤传》，实确有其事。但世祖怒责博果尔的原因，非全如《汤传》所说。我由上述第二点所获得的启发，参以丘石常、吴梅村的诗，已了解了大部分真相，博果尔确为自杀而死，吴梅村《七夕即事》五律四首，即记其事。而博果尔所以自杀的原因，当从小宛初入慈宁宫时谈起。

按：博果尔生母博尔济吉特氏，与孝庄太后同族而牧地不同。太宗建号时，除清宁中宫外，另建东西四宫，唯博果尔生母称麟趾宫贵妃，位在其他三宫之上。太宗既崩，多尔衮与豪格争位，相持不下，仍由代善调停，另立太宗幼子。清朝此时已有家法，皇子以母而贵，其时太宗诸幼子，皇十子韬塞，生母无名，不在考虑之列。皇九子福临生母为永福宫庄妃，身份不及皇十一子博果尔生母麟趾宫贵妃，但以多尔衮与庄妃有特殊感情，因而福临得立，即为世祖；庄妃亦一跃而为孝庄太后。世祖尊封太妃，麟趾宫贵妃称为懿靖大贵妃，封号特尊，即因本来位高之故。

由此可以想见，博果尔既为最幼之子，又当立而未立，则在宫中必然受到格外的优遇，则以小宛的细心体贴，富于爱心，当博果尔在慈宁宫承欢“嫡母”于膝下时，每由小宛照料此小皇子，殆为事理所必至。丘石常所说的“诏下文姬不许行”，推想是因为博果尔难舍小宛，因而已放出宫而临时奉懿旨追回。

顺治八年博果尔十一岁、小宛二十八岁。三年相处，在博果尔十四岁、小宛三十一岁时，已成畸恋，而世祖忽然正式介入。

说“正式介入”者，意谓世祖向孝庄太后提出纳小宛为妃的要求。时间当在顺治十二年初。

世祖于顺治八年八月大婚，至此仅三年有余，而婚姻上已发生很大的变化。元后因“奢”及“妒”两项恶德，于十年八月被废，降为静妃，改居侧宫。世祖在御制《端敬皇后行状》中说：

朕伉俪之缘殊为不偶，前废后容止足称佳丽，亦极巧慧，乃处心弗端，且嫉刻甚；见貌少妍者，即憎恶欲置之死。虽朕一举动，靡不猜防，朕故别居，不与接见。且朕素慕简朴，废后则僻嗜奢侈，凡诸服御，莫不以珠玉绮绣缀饰，无益暴殄，少不知惜。尝膳时有一器非金者，辄怫然不悦。废后之行若是，朕概含忍，久之郁懑成疾；皇太后见朕容渐瘁，良悉所由，谕朕裁酌。故朕承慈命废之。及废，宫中人无一念之者，则废后所行，久不称众意可知矣。

废后所妒者，当然包括小宛在内。

元后被废，复立废后的侄女为后，即御制《端敬皇后行状》中所称的“今后”，时在十一年五月。此因科尔沁旗为清朝得免于后顾之忧，而必须保持密切关系的支持力量，故仍应结此一重政治婚姻。不幸世祖与“今后”，琴瑟不调如故。主要的原因是，“今后”老实无用，才不足以统摄六宫。世祖在《端敬皇后行状》中说：

今后秉心淳朴，顾又乏长才。洎得后，才德兼备，足毗内政，谐朕志，且奉事皇太后，恪共妇道。

此非溢美之词，小宛治家御众、调和上下的才德，观《影梅庵忆语》可知。是故平心而论，世祖之欲纳小宛为妃，确有佐后内治的理智考虑成分在内。

但博果尔却不是这样想法，只是一味反对，以致激怒了世祖，出手掌掴。以博果尔彼时的身份、背景，这一掌可能激起极大的家庭风波。但平息之道，不仅仅是给一个“封亲王”的“安慰奖”，而是作彻底化解的打算，重新建立手足间的亲密感情与合作关系，期待博果尔为世祖最得力的助手，就像多尔衮之与太宗那样。这个重新建立手足亲密感情的工作，花了一年半的工夫，结果是博果尔“伤心长枕被，无意候牵牛”，在顺治十四年七月初三，预定为世祖册封小宛为“贤妃”的七夕之前四天，自杀了。

兹先举两证，再笺疏当时的真相：

（一）博果尔的封号为“襄亲王”。封号定例由内阁拟呈，有部书名为《鸿称通用》，分上中下三册，拟谥拟封号，皆取给于是。亲郡王的鸿称，本不列“襄”字。臣下方用襄：“辟地有德曰襄，甲胄有劳曰襄。”与《太平御览》所收“谥法解”的条目相同。当时天下未定，是则封博果尔为襄亲王，乃为敕命“大将军”的先声，期望他能建立如多尔衮的勋业。

（二）《清实录》顺治十三年六月癸卯（廿六）谕礼部：“奉圣母皇太后谕：定南武壮王女孔氏，忠勋嫡裔，淑顺端庄，堪翊壸范，宜立为东宫皇妃。尔部即照例备办仪物，候旨行册封礼。”此为雍乾两朝对顺治实录删而未尽，所留的珍贵残迹。孔氏即孔四贞。吴梅村《仿唐人本事诗》四首，为孔四贞而咏。其第一首云：

> 聘就蛾眉未入宫，待年长罢主恩空。旌旗月落松楸冷，身在昭陵宿卫中。

孟心史作《孔四贞事考》，认定此“为清世祖曾有册立为妃之意”。稽考史实，殊觉不然。

首先是年龄问题；其次，如谓册封为世祖之妃，既已命礼部“备办仪物”，则行之在即，何以未见下文？兹仅就年龄而论，《啸亭续录》卷二《记孙延龄事》云：

> 孙延龄者，孔定南之婿也。定南殉粤西难，女四贞，年十二，乳媪携之遁民间，得免。

定南王孔有德殉难在顺治十年，孔四贞年十二。翌年六月，四贞奉其父灵榇回京，官书中载有其奏对之语。又《清史稿·孙延龄传》，谓“四贞生长军中，习骑射，通武事”。凡此皆可证明其到京时，已不甚幼。据《啸亭续录》则四贞在顺治十三年时，年已十五，正及婚配的年龄，是则孟心史所言：

> 终世祖之世，未尝遣回给配，亦以四贞方幼，既未可给配，亦即未可册立。

与事实并不相符。

事实是孝庄太后有意以孔四贞作配博果尔。当孔四贞到京，孝庄即视之为养女，留于宫中。“待年”者待其与博果尔之年俱长。十二年二月，博果尔封襄亲王后，大兴土木准备办喜事。据瞿宣颖著《北平史表长编》载：

> 顺治十二年（公历一六五五）
> 建乾清、坤宁、景仁、承乾、钟粹、永寿等宫。
> 顺治十三年（公历一六五六）
> 禁工程糜费。
> 清实录：正月乙酉，工部制造库奏，修葺襄亲王府第，

需用赤金四百两为钉片镀金之用。

得旨：此乃王所暂居，又非创造，偶尔修葺，赤金四百两安所用之？且修乾清宫时，尚须俭朴。

乾清等宫成。

清实录：闰五月己未，乾清宫、乾清门；坤宁宫、坤宁门；交泰殿；景仁、永寿、承乾、翊坤、钟粹、储秀等宫成。

据《清宫述闻》，小宛生前住东六宫之一的承乾宫。可知册小宛为妃及以孔四贞作配博果尔，定于十三年夏秋之际先后举行，皆由等候工程之故。清制：皇子成婚后须“分府”。故修襄亲王府，即为将成婚的明证。《啸亭续录》卷四记《京师王公府第》，无襄亲王府，不详其址所在，但上谕既云“暂居”，可知以后将另建新第。此尤足为修葺现成房屋，以便分府作洞房的明证。

据上所考，可以断定，十三年六月廿六日的上谕，“东宫皇妃”为“东宫王妃”的传抄之误。东宫不一定指太子；汉朝长乐宫在大内东隅，太后所居，亦称东宫，见《汉书·夏侯胜传》注。博果尔当时必住禁城“乾东二所”，而封王住于宫中者只襄亲王一人，则称“东宫王妃”便知为襄亲王王妃，不致引起误会。

如此疏证，梅村之诗，方字字可解。“聘就蛾眉未入宫”，即指六月廿六日一谕。“待年长罢主恩空”谓孝庄早有以四贞作配博果尔之意，故养于宫中，这才是“待年”。博果尔自杀，则此议长罢，主恩成空。“旌旗月落松楸冷”，谓世祖下葬。末句则因四贞于顺治十七年以孝庄养女而封“和硕格格”掌定南王府军事，故云。“身在昭陵宿卫中”，即“不在分香卖履中”，因有六月廿六日一谕，恐滋误会，梅村特着此句，澄清事实，这才是诗史的史笔。

发掘出如上被湮没了的史实，梅村的《七夕即事》四律，便易了解。而若干清史上的疑问，亦可有肯定的解答，如小宛封妃的日期，孟心史与陈垣皆谓在八月，陈垣且提出解释，以襄亲王薨于七月初三，“二十七日服满，即为八月，故董妃以八月册贤妃”。这样就发生了一个疑问，《清实录》顺治十三年七月记载：

> 己酉，和硕襄亲王博穆博果尔薨，年十六。
> 壬子，上移居乾清宫。
> 癸丑，大赦天下。

据《两千年中西历对照表》，是月丁未朔，则己酉为初三；壬子为初六；癸丑为初七。时当盛暑，世祖何以突然自避暑之地的西苑或南苑移居乾清宫，七月初七又因何大赦天下？

事实上册小宛为贤妃的典礼，仍照常于七月初七举行，且于西苑夜宴。世祖于七月初六移居乾清宫，即因册妃颁诏，典礼隆重，不便于离宫举行。大赦天下的恩诏，在午门五凤楼，由金凤衔下，更非在离宫可颁。按：梅村其时正在京服官，龚芝麓于十三年四月由左都御史降补上林苑蕃育署署丞，未几出使广东。梅村有七言古风一首相送，句如“与君藉地燕山草”“今日他乡再送君”，皆可证明《七夕即事》的本事，非亲见即亲闻，可靠性极高。这四首诗是：

羽扇西王母，云骈薛夜来。针神天上落，槎客日边回。鹊渚星桥迥，羊车水殿开。只今汉武帝，新起集灵台。（其一）

今夜天孙锦，重将聘洛神。黄金装钿合，宝马立文茵。刻石昆明水，停梭结绮春。沉香亭畔语，不数戚夫人。（其二）

仙酝陈瓜果，天衣曝绮罗。高台吹玉笛，复道入银河。曼倩诙谐笑，延年宛转歌。江南新乐府，齐唱夜如何。（其三）

花萼高楼回，岐王共辇游。淮南丹未熟，缑岭树先秋。诏罢骊山宴，恩深汉渚愁。伤心长枕被，无意候牵牛。（其四）

题为《七夕即事》，当然征七夕之典，唯第四首不尽然。梅村诗史中的隐笔、曲笔，惯用此手法，显得格外突出，就四首诗的整个章法而言，前三首写小宛封妃，间有一二语涉及博果尔；最后一首则专写博果尔自杀，但亦提到小宛的反应。

于此，我先要谈一点读诗的心得，凡大家、名家用典，以古人拟今人，都要照顾到相关的人物。特别是相对的人物，我名之为“暗拟”。如钱牧斋《和老杜生长明妃一首》，以小宛比作明妃，即以顺治比作呼韩邪单于，触犯忌讳所不惜，甚至有意为之，聊逞一快。吴梅村笔下则极有分寸，暗拟世祖者大多为汉唐盛世之王。如“南山仍锢慎夫人”，则以汉文帝拟世祖等等。这样，即使发生文字狱，犹得有所辩解。至如陈其年咏贞妃，“董承娇女拜充华”，以董承拟鄂硕，即是以亡国之君的汉献帝拟世祖，倘或出事，命其“明白回奏”，罪无可逭了。

《七夕即事》四首之妙，就妙在暗拟的贴切，依原诗次序，列述如下：

（一）西王母：孝庄太后。

（二）薛夜来、针神：董小宛。薛夜来原名灵芸，魏文帝爱姬，妙于女工，宫中号为针神，魏文帝为改名夜来。按：董小宛亦有针神之目，但拟之为薛夜来，则是以魏文帝暗拟多尔衮。

（三）汉武帝：世祖。按：汉武帝生于七夕。

（四）洛神：董小宛。拟小宛为洛神，即拟世祖与博果尔为曹丕、曹植。

（五）戚夫人：指世祖的有子之妃，如圣祖生母佟佳氏等。

（六）岐王：博果尔。拟博果尔为岐王，即暗拟世祖为唐玄宗。

就诗论诗，第一首第一，第四首第二，第二首第三，第三首最差。此由于七夕之典而语意双关，可用以描写“即事”者，搜罗殆尽，至此已形竭蹶。而诗体有“三绝句”，无三律句，不能不再赋一首，以成偶数，因而杂凑堆砌，为吴诗恶札。但就史论诗，则有一重要的透露，即自“仙酝陈瓜果”至“齐唱夜如何”，八句确证得一事：西苑夜宴。我原以为第四首“诏罢骊山宴”的含义是，册妃之典照常举行，但以襄亲王之丧，赐宴妃家一节，停止举行，后知其不然。博果尔不识国体，大煞风景，死后不谥（谥“昭”为康熙朝追谥）、不祭、不辍朝。有庆典照常举行，可说是对他身后的一种严厉惩罚。死有轻于鸿毛，正此之谓。

第二首写典礼的隆重，以及世祖对小宛恩情之深。起句突兀，天孙织锦，重聘洛神，莫非为牛郎纳小星？当然不是。不过《七夕即事》而务极隐讳，不能不以天孙为言而已。“黄金装钿合”之指七夕定情，自不待言；“文茵”即虎皮，“宝马立文茵”则为一种珍贵的礼物，但决非聘礼。《史记·李斯列传》，公子高上书胡亥，自言得秦始皇之宠，谓“中厩之宝马，臣得赐之”。则知此“宝马立文茵”，乃赐博果尔者，但不必真有其事。用意在写世祖对幼弟多方笼络，借补其失小宛之憾。“刻石”“停梭”泛写，无可深论，末言小宛独擅恩宠，虽有子之妃，不共游宴。

现在细谈一、四两首。薛夜来非仙女，用“云骈”者，基于王母侍女皆女仙的假设。“羽扇”“云骈”，簇拥针神，自天而降，写得气象万千，而十五字中，有明暗两层深意。明的一层，薛夜来由西王母亲自送来，表明立小宛为妃，充分获得孝庄的赞成。而孝庄之赞成，不尽出于宠爱，亦由继后才德不胜中宫之任，思以小宛为佐。御制《端敬皇后行状》，述孝庄太后哭小宛之语如此：

> 后崩，皇太后哀痛曰：“吾子之嘉耦，即吾女也。吾冀以若两人永偕娱我老，兹后长往矣！孰能如后事我

耶？孰有能顺吾意者耶？即有语，孰与语耶？孰与筹耶？”

按：世祖亲政时方十四岁，初期之为训政，势所必然。以后于国政大端，亦每请命而行，是则“与语”“与筹”者，不尽为宫闱之事可知。继后的程度太差，孝庄于此冢妇，不足与语，无足与筹，痛苦亦可知。初册小宛为妃，封号曰“贤”，继而进位皇贵妃，在这可以看出孝庄对她的倚重。至于暗的一层，点出小宛的出身，来自睿邸。此与梅村《古意》第六首合看，更为明白。《古意》六首，容后释。

“槎客日边回”为“叶家小儿甚鲁莽”补举一证。如张华《博物志》所记，“客星犯牵牛宿”虽成过去，但于此处附带一笔，亦是宕开一笔，不独摇曳生姿，而且大开大合，如老杜的“一去紫台连朔漠，独留青冢向黄昏”，一联之中，几可概括其人生平，实在是大手笔。

第三联“星桥迥”则乌鹊填河甚劳，册妃之事以博果尔反对，不知费却几许周折；“水殿”指西苑；“羊车”言望幸者多，殊不知大内已另营藏娇之处。

按：汉武帝的集灵台，据《三辅黄图》，正确的名称应为集灵宫。《旧唐书·玄宗本纪下》：“新成长生殿，曰集灵台，以祀天神。”梅村指的是唐玄宗的长生殿，亦即世祖新修的承乾宫，却说是“只今汉武帝”，自是一种障眼法。

第四首主要的亦是用唐玄宗的典，起两句可与“宝马立文茵”

合看，言世祖对博果尔友爱。“淮南丹未熟”，刘安白日飞升；“缑岭树先秋”，子晋骑鹤而降，皆言仙去，谓博果尔之死。六月廿六日立孔四贞为“东宫皇妃”一谕，应有下文。以宫廷规制论，礼部备仪物、进仪注，钦天监择日，行礼之期当在册小宛为妃之前，或者竟是七月初三。博果尔既死，此谕应该明诏撤销，孔四贞方能恢复原有的身份。“骊山”在此处指华清宫，转化为离宫。孔四贞封王妃，仪注中当有太后赐宴西苑一项，明诏罢宴以喻这一桩政治婚姻的“长罢”。

“恩深汉渚愁”是极紧要的句子，写小宛的心境，反映出博果尔的死因。“汉渚”二字极费解，既解方知其曲折奥妙。此用“汉皋解佩”的故事，而又照顾到小宛与博果尔的关系，有如曹丕的甄后之与陈思王曹植。按：《洛神赋》原名《感甄赋》。万千感慨中最主要的一句是：

感交甫之弃言兮，怅犹豫而狐疑。

“交甫”者郑交甫，为“汉皋解佩”这个故事中的男主角。汉景帝常山太傅韩婴作“诗内外传”，皆有郑交甫的记载。《韩诗内传》：

郑交甫遵彼汉皋台下，遇二女，与言曰：“愿请子之佩。”二女与交甫，交甫受而怀之，超然而去。十步循探之，即亡矣。回顾二女，亦即亡矣。

《韩诗外传》文字微有不同：

郑交甫将南适……遇二女，佩两珠。交甫目而挑之，二女乃解佩以赠之。（下略同。）

“佩两珠”句似不可通，但此为“游女弄珠”一典之由来。“游女”即此解佩二女。《列仙传》：

江妃二女，游于江滨，逢郑交甫。

据《山海经》郭璞注：

天帝二女，处江为神，即《列仙传》江妃二女。

又据《琴赋》注：

游女，汉神也。

江汉并称，汉神即江神。

如上疏证，解佩二女为江妃之女，亦天帝之女。“处江为神”，亦汉水之神；“游于江滨”，亦游于汉滨，故称“游女”。《洛神赋》：

从南湘之二妃，携汉滨之游女。

此游女既解佩，亦弄珠。《南都赋》：

游女弄珠于汉皋之曲。

又何逊《七召》篇：

值解佩于江滨，逢弄珠于汉渚。

此为一事之分咏，解佩、弄珠既为一事；汉皋、汉渚更为一地。皋者泽也，渚者洲也，本自可通。

梅村描写小宛当时的心境，以“汉渚”兼赅汉皋解佩及陈思“感甄”两典，而系以一“愁”字，表明了小宛非游女之比。小宛愁的是博果尔自觉成了郑交甫，认为小宛是欺骗郑交甫的游女。如果彼此没有感情，则“我原未相欺，你自误会，于我何干？”唯其“恩深”，则有此误会而不知如何解释，自必犯愁。忖度当时情事，博果尔毕竟只是一个养于深宫，长于妇保之手的少年，没有能力，更没有经验来处理这种以一个高度成熟的妇人为对象，并以做皇帝的胞兄为情敌的，复杂微妙的男女之间的感情。因此，当他知道世祖将册小宛为妃，而又公然反对无效时，唯有不断要求小宛，勿离我而去。而小宛则在百般譬解无效之余，只有虚与委蛇地出以一个“哄”字。这一哄，哄了一年多，于是当真相揭露，尘埃落定时，博果尔势必产生非常强烈的受骗的感觉，要用非常强烈的手段来抗议。

“伤心长枕被”是另一种受骗的感觉，说什么花萼楼中，友于之情，无非是打算夺爱的假仁假义；“无意候牵牛”者，不打算等到七夕，目睹册妃之典。《汤若望传》的记载：“于是乃因怨愤致死，或许竟是自杀而死。”应修正为：“于是乃因怨愤自杀而死。”倘若不然，则博果尔之死非疾病，即意外。如为前者，必有皇帝奉太后视襄亲王疾的官方记录；若为后者，必有上谕说明发生意外的经过，并有恤典。《清会典》规定，亲王如为追封，始不予谥；已封亲王而薨于位者，必有谥。如博果尔之例，绝无仅有。

六、“董承娇女”殉葬之谜

小宛既封贤妃，册文中不能不叙其家世，此为一大难题。恰好鄂硕充内大臣，他的姓氏为栋鄂。满洲姓氏为音译，汉文写法可以变动，遂以小宛为鄂硕之女，而栋鄂写作董鄂，借以附会董姓，但册文中仍径书为“董氏”。

鄂硕有“女”封妃，复晋皇贵妃，自应“加恩”，他原来的爵位为三等精奇尼哈番，汉文为三等子；以小宛之故，晋封为三等伯。可能因为无功受禄，觉得应有报答，于是以他的一个侄女进献，此即殉世祖的贞妃，是真正的董鄂氏。

陈其年《读史杂感》第二首，即为贞妃而作，原诗如此：

董承娇女拜充华，别殿沉沉斗钿车。一自恩波沾戚里，遂令颜色擅官家。骊山戏马人如玉，虎圈当熊脸似霞。
玉柙珠襦连岁事，茂陵应长并头花。

董承为汉献帝之舅，受密诏诛曹操，反为曹操所杀，并夷三族，其女为贵人，正有妊而亦不免。此处的“董承”，指鄂硕同祖的堂兄弟，贞妃之父轻车都尉巴度。“充华”为九嫔之一，贞妃乃追封，初入宫时位号或亦为贵人。

“别殿沉沉斗钿车”，须与下文合看。“钿车”非泛指，别有典，元微之诗，《痁卧，闻幕中诸公征乐会饮，因有戏呈三十韵》，中有一联：

钿车迎妓乐，银翰屈朋侪。

“斗钿车”于夜色“沉沉”的“别殿”，言教坊以世祖在西苑或南苑夜宴，奉召争以女乐侍应，“斗”者，争道之谓。忖度贞妃有殊色，故得与名义上为姊妹的小宛，并擅恩宠，常侍游宴。“官家”为天子的别称；“擅”则并擅的简略，而并擅的由来，则以鄂硕因小宛而晋爵之故。由“恩波”“戚里”的字样看，董鄂氏中因小宛而蒙恩者，恐不止鄂硕一人，因另进一有色之女，既报雨露，亦以固宠。“一自”连“遂令”，文气上的因果关系，是写得相当清楚的。

第三联中，典故有三：“骊山”“戏马”“虎圈当熊”。此处的“骊山”与“诏罢骊山宴”的用法不同，指秦始皇陵而言。“戏马”为“戏马台”的简称，台在扬州，其下有路，号“玉钩斜”，为隋朝葬宫人之处。这两个不相干的典故连缀在一起，可解释为世祖崩后，有妙年宫人殉葬。

“虎圈当熊”为汉元帝冯婕妤的故事，进一步指出此殉葬宫人为贞妃。这个典故的含义相当丰富，一谓贞妃曾从猎；一谓冯婕妤为傅太后所迫而自杀，即指贞妃被迫自裁；一谓“虎圈当熊”乃弱女子身当急难，舍己救人，暗示贞妃之殉，为其母家挡灾，详见后释吴梅村《读史有感》第三首，“从容恐杀李延年”。

七句“玉柙珠襦连岁事”之“柙”，假借为匣，见《说文通训定声》。《汉书·董贤传》《后汉书·礼仪志》，都有玉匣珠襦的记载。简要莫如《西京杂记》：

> 汉帝送死皆珠襦玉匣，匣形如铠甲，连以金缕，武帝匣上皆镂为蛟龙鸾凤龟麟之象。

前几年在香港展览出土文物，有所谓“金缕衣”者，即是“珠襦玉匣”。管文物的人不知出处，名之为“金缕衣”，其陋可哂。

顺治十七年端敬崩，十八年世祖崩，此即“玉柙珠襦连岁事”。汉武帝的“茂陵”指世祖孝陵。端敬与贞妃算是姊妹，姊祔妹殉，双双陪葬，此即所谓“并头花”。

吴梅村《读史有感》八首，皆咏世祖生前生后的后妃宫眷。前三首咏小宛与贞妃。先录原诗，再为笺释：

弹罢薰弦便薤歌，南巡翻似为湘娥。当时早命云中驾，谁哭苍梧泪点多？（一）

重壁台前八骏蹄，歌残黄竹日轮西。君王纵有长生术，忍向瑶池不并栖？（二）

昭阳甲帐影婵娟，惭愧恩深未敢前。催道汉皇天上好，从容恐杀李延年。（三）

第一首用娥皇、女英之典，异常精切；第二首则皆《穆天子传》中故事；第三首征汉武与李夫人之典，意最晦涩。孟心史《世祖出家事考实》云：

> 此诗当咏殉葬之董鄂妃，首言帝之崩，翻似为妃之死，此即后来附会行遁之意。一董妃死而帝崩，帝崩而又一董妃殉，若使帝先逝，而两董妃不知孰殉之急切也。第二首言非殉不可。第三首言不殉且有门户之忧，或亦如多尔衮之母，有所迫也。

所言大致不误。第一首除“此即后来附会行遁之意”一语略嫌费解外，所释差得梅村本意。谓“第三首言不殉且有门户之忧”，殊为卓识。唯谓第二首“言非殉不可”则大误，此首为第一首第二句“南巡翻似为湘娥”作脚注，刺世祖不“哀民”而有殉情之意。《穆天子传》：天子游于河济，盛君献女，天子为盛姬筑重璧之台。东征狃于泽中，逢寒疾死。天子殡姬于谷丘之庙，葬于乐池之南。

“谷丘”，春秋地名，今山东曹州。此处多陂泽，盛姬在此“逢寒疾死”，下句“黄竹”之典为一旁证。《穆天子传》又言：丙辰，天子游黄台之丘，猎于苹泽，有阴雨，天子乃休。日中大寒，北风雨雪，有冻人。天子作诗三章以哀民，“我徂黄竹负闳寒”云云。

按：梅村《清凉山赞佛诗》第四首前段，亦言盛姬之死，应合看：

尝闻穆天子，六飞骋万里。仙人觞瑶池，白云出杯底。
远驾求长生，逐日过濛汜。盛姬病不救，挥鞭哭弱水。

于此可知，“重璧台前八骏蹄”，即“远驾求长生”，而又包括“盛姬病不救”。质言之，此句谓世祖因小宛之死而兴逃禅求解脱之意。第二句“日轮西”与“逐日过蒙汜”应合看。王子年《拾遗记》，周穆王有马曰“超影”，逐日而行。又，王逸注《楚辞·天问》篇“出自汤谷，次于蒙汜”曰：言日出东方汤谷之中，暮入西极蒙水之涯也。《尔雅》云，西至日所入为太蒙。即蒙汜也。东征而“日轮西”，则与“逐日”相背，言求长生不得。三、四两句反跌一层而言，即使能长生于人间，亦难舍盛姬于天上，故云“君主纵有长生术，忍向瑶池不并栖？”至于泽中“冻人”，已不暇哀，自然就“黄竹”“歌残”了。

第三首方如心史所说：“言非殉不可”“不殉且有门户之忧”。但多尔衮之母大妃之殉太祖，乃为太宗等所迫；而贞妃之殉世祖，则压力来自蒙古科尔沁旗，此为“银海居然妒女津”所引起的另一重公案，详见下章。

七、探索世祖废后的下落

世祖废元后在顺治十年八月。废后之故，已见第五章引录御制《端敬皇后行状》，因“妒”“奢”两端，为世祖所恶。平心而论，此为欲加之罪，妒为妇人天性；奢则世祖本身亦不免。此妒与奢，是否由小宛德性中的“有容”与俭朴反映而显，虽犹未敢断言，但废后的自裁，为求祔葬复位，而因末命以小宛同穴，乃不能再容废后，则为可确定的事实。由此事实推论，则废后与小宛必不能和睦相处，乃事理之所必至。所须补充说明者，不能和睦相处，乃废后不能容小宛，非小宛不能敬废后。

废后之父名吴克善，封号为“科尔沁卓礼克图亲王”，为孝庄太后的胞兄。废后为孝庄的嫡侄，而与世祖为中表。但聘废后，却出于多尔衮的主持，世祖因多尔衮杀其长兄肃亲王豪格，复纳豪格之妻，极为痛恨。是否因此迁怒而成为废后的因素之一，未可妄断。但废后既为孝庄的嫡侄，世祖废皇后“降为静妃，改居侧宫”，而能获得孝庄的同意，则废后之被废，自必有咎由自取之处。由梅村诗中参详，世祖大婚以后，即与元后意见不合，而元后负气，不稍迁就“积与帝忤”，因而被废。废后还有故事。

吴诗专咏废后者，有《古意》六首。按实而言，则仅第五首、第六首咏小宛与多尔衮，为第五首“南山仍锢慎夫人”作脚注。

这首诗曾为孟心史带来极大的困扰，其实是很容易明白的。兹先录原诗如下：

争传婺女嫁天孙，才过银河拭泪痕。但得大家千万岁，此生那得恨长门？（一）

豆蔻梢头二月红，十三初入万年宫。可怜同望西陵哭，不在分香卖履中。（二）

从猎陈仓怯马蹄，玉鞍扶上却东西。一轻辇道生秋草，说著长杨路总迷。（三）

玉颜憔悴几经秋，薄命无言只泪流。手把定情金合子，九原相见尚低头。（四）

银海居然妒女津，南山仍锢慎夫人。君王自有他生约，此去惟应礼玉真。（五）

珍珠十斛买琵琶，金谷堂深护绛纱。掌上珊瑚怜不得，却教移作上阳花。（六）

孟心史在《世祖出家事考实》中，断此六诗“为世祖废后作”。他的释论是：

第一首：言立为后不久即废，而世祖亦不永年，措词忠厚，是诗人之笔。

第二首：言最早作配帝王，至帝崩时，尚幽居别宫，退称妃号而不预送终之事。

第三首：言初亦承恩，不堪回首。后本慧丽，以嗜奢而妒失措，则其始当非一见生憎也。

第四首：言被废多年，世祖至死不回意。

第五首：第一句言生不同室，第二句言死不同穴，慎夫人以况端敬；端敬直死后永承恩念，废后一无他望。

第六首：可疑！若非董小宛与世祖年不相当，几令人思冒氏爱宠，旋纳宫中为或有之事矣。

除第二首的释论完全正确外，此外多少皆有错误，而第三首则无一语道着痒处。

先说第一首。起句即极费解，“天孙”为织女，自是指废后。但何以谓之“争传婺女嫁天孙”？查《星经》释婺女云：

须女四星，一名婺女。

又《史记·律书》：

东至于须女。

《索隐》曰：“婺女名也。”

由此可见，婺女虽为须女四星之一，但可代表全体。易言之，婺女即须女，而须女为二十八宿之一。刘向《说苑》：

北方曰：斗、牛、须女、虚、危、营室、东壁。

此言二十八宿的玄武（北方）七宿：须女、营室、东壁三宿，简称为女、室、壁。女宿即须女，须女即婺女，则婺女即女宿。丹元子《步天歌》释女宿云：

女，四星如箕，主嫁娶。

原来婺女指废后之父吴克善。《清实录》：

（顺治八年正月）乙丑，上初聘科尔沁卓礼克图亲王吴克善女为后。至是，卓礼克图亲王亲送至京。和硕亲王满达海……请于二月内举行大婚礼。

此为清廷入关后，第一次办大喜事。吴克善送女到京，妆奁仪从，亦必极盛，轰动一时，故云“争传婺女嫁天孙”。第二句“才过银河拭泪痕”，则新婚时琴瑟即已不调。三、四两句，最可玩味，宋人称天子为“大家”；“长门”则用汉武陈皇后之典。《乐府解题》：

《长门怨》者，为陈皇后作也。后退居长门宫，愁闷悲思，闻司马相如工文章，奉黄金百斤，令为解愁之辞。相如为作《长门赋》，帝见而伤之，复得亲幸。后人因其赋而为《长门怨》也。

按：陈皇后与汉武为表亲，以拟废后，殊为贴切。以诗意推测，当时亦必有如司马相如者，在为废后作挽回之计，且已有了初步效果。假以时日，可望能回天意，复加亲幸，无奈世祖不永年，故有“但得大家千万岁，此生那得恨长门”之叹。

第二首言世祖崩时，废后未能送终，极是。第三首则言失宠之故。世祖好行猎，而废后对此不感兴趣。“怯马蹄”者曲笔，生长游牧之地，何得惮于骑马？只著“玉鞍扶上却东西”，可知废后原能控御，只为负气，故意背道而驰。如不善骑，而为从者牵马以行，那就自然帝行亦行，帝止亦止，步趋相随。“长杨”谓汉长杨宫，有射熊馆，为行猎之地，指南苑；“一经辇道生秋草”，谓车驾不至，世祖已崩；而“说著长杨路总迷”者，因为既无御马作“指标”，即不能复辨东西，此极言废后事事与世祖反对。

第四首言废后愧悔，唯以情乞怜于世祖。“九原相见”，明言废后在泉下。但前言“可怜同望西陵哭”，则当世祖崩时尚在世，其死在世祖既崩未葬之间。

第五首第二句“南山仍锢慎夫人”，心史谓“慎夫人以况端敬”，世祖与废后“死不同穴”甚是。而以第一句“言生不同室”，则不知他何以有此与字句丝毫扯不上关系的看法？按：“银海”谓陵寝，典出《汉书·楚元王传》：秦始皇帝葬于骊山之阿，水银为江海；黄金为凫雁。故杜工部“骊山诗”云：

鼎湖龙去远，银海雁飞深。

“妒女津”应称“妒妇津”。梅村易妇为女，亦是求隐讳之意。《酉阳杂俎》载：

妒妇津：相传言，晋大始中，刘伯玉妻段氏，字明光，性妒忌。伯玉常于妻前诵《洛神赋》语其妻曰：“娶妇得如此，吾无憾焉！”明光曰：“君何以水神善而欲轻我！吾死何愁不为水神？”其夜乃自沉而死；死后七日，托梦语伯玉曰：“君本愿神，吾今得为神也。”伯玉寤而觉之，遂终身不复渡水。

段明光所企求者，与刘伯玉死后复为夫妇。废后的愿望，与段明光相同，然则如何得能达成愿望？计唯身殉，得孝庄垂怜，以懿旨复其位。既复位元后，自必祔葬。由此以论，孝陵岂非废后的妒妇津？谁知“南山仍锢慎夫人”，祔葬者依旧是端敬。段明光所妒的是洛神，废后所妒的是小宛，而当小宛初封妃时，梅村曾拟之为洛神，巧的是却有妒妇津一典可用。

第三句言世祖与小宛有来生之约；末句则设为规劝之词。《新唐书·诸帝公主》：玉真公主字持盈，天宝三载，请去公主号，罢邑司，帝许之。是则“此去惟应礼玉真”谓废后应学玉真公主的谦退。这个正面的解释，无甚意味。应从反面去看，废后为争名分，不惜殒身，则此争之激烈，可想而知。争而不得会发生什么事，更可注意。

按“七出”之条，有轻有重。元后之奢与妒，并非妇人重大失德。就常理而言，被废已为极重的惩罚，世祖崩而自裁殉葬，更为无可再重的自赎的表示，而况太后又为嫡姑，无论从哪一方面看，都应该让废后复位祔葬，而竟不能偿其所愿，必因世祖遗命坚嘱以端敬同穴。有端敬即不能再容废后，否则泉下亦不得相安。此在世俗的看法上，是十分重视的一件事。但对废后来说，又何能瞑目？

今以《读史有感》第三首参证，废后母家必然提出抗议，引起很大的风波。以科尔沁旗的地理位置及其在蒙古的势力而言，此事不能善罢，清朝将有后顾之忧，所以结果便是董鄂氏家亦死一女，表示为枉死的废后偿命。“催道汉皇天上好，从容恐杀李延年”，逼殉甚急，可以想见当时事态之严重。而废后之死，怎么样记载都不合适，以致史料竟付阙如。清史专家陈捷先教授，及清太祖嫡裔的金承艺教授，在谈到世祖废后的归宿时，亦都认为是很值得研究的一个问题。希望我提出的解释，能有助于他们找出废后的真正下落来。

八、小宛之死与世祖逃禅

董小宛于顺治十三年七夕，册封为贤妃后，在刚满五个月的十二月初六，晋封为皇贵妃。清朝后宫之制，皇后下皇贵妃一；贵妃二；妃四。小宛的晋位，是越次升腾。可能当时世祖已有第二次废后的打算。其事至一年后始发，御制《端敬皇后行状》云：

> 十四年冬，往南苑，皇太后圣体违和，后朝夕侍奉，废寝食。朕为皇太后祷祀于上帝坛，旋宫者再，今后曾无一语奉询，亦未曾遣使问候，是以朕以今后有违孝道，谕令群臣议之，然未令后知也。后后闻之，长跪顿首固请曰："陛下之责皇后是也。然妾度皇后，斯何时，有不憔悴忧念者耶？特一时未及思，故失询问耳。陛下若遽废皇后，妾必不敢生。陛下幸垂察皇后心，俾妾仍视息世间，即万无废皇后也。"

继后因此而得不废，但世祖仍于十五年正月初三，下诏停止继后笺奏。其时小宛已生子两月，如继后被废，则小宛必正位中宫，历史会不会因此改写，是个很有趣的疑问。

小宛之子生于十月初七，至十五年正月廿四夭折，在世只三月有余，尚未命名。但三月甲子，追封为和硕荣亲王，并为之建造墓园。其前两日，复继后笺奏，显然的，此亦为小宛所提出的交换条件。即世祖欲封殇子，小宛辞谢，而世祖必欲追封，小宛因以先复皇后笺奏为请。这虽是我的假设，但有多方面的迹象，显示小宛深怀器满则盈的戒慎恐惧之心，生子而殇，尤为极大的打击。御制《行状》云：

> 后于丁酉冬生荣亲王，未几王薨。朕虑后怆悼，后

绝无戚容，恬然对曰："妾产是子时，遂惧不育致夭折，以忧陛下。今幸陛下自重，弗过哀，妾敢为此一块肉，劳陛下念耶？"因更勉慰朕，不复悼惜。当后生王时，免身甚艰，朕因念夫妇之谊，即同老友，何必接夕，乃称好合。且朕夙耽清静，每喜独处小室，自兹遂异床席。即后意岂必己生者为天子，始慊心乎？是以亦绝不萦念。

此为世祖称道小宛贤德，而实际上并非如此，金之俊《端敬皇后传》云：

后患病阅三岁，惧瘁已甚，仍勉谓无伤，料理诸务，周详中礼，始终如一。

"阅三岁"谓前后三年。小宛殁于顺治十七年，则起病在十五年，必因殇子而忧伤成疾。前引御制《行状》中，深可注意者有两点：

第一，所谓"即后意岂必己生者为天子，始慊心乎？"可知世祖已许其生子，当立为东宫，否则小宛不会有此想法。由此而论，小宛所失者非独子，而为未来的天子。这是关系何等重大之事！

第二，世祖对小宛的爱情，确可当"伟大"二字。事实显示，这份伟大的爱情，乃由于小宛人格的感召而生。不过，这是以后，尤其是小宛身后方知世祖情深如此，当"异床"时，在自以为以色事人的小宛，不能无色衰爱弛之惧。陈其年《水绘园杂诗》第一首（见第三章所引）结句：

妾年三十余，恩爱何由擅？

旁人都有此看法，本人可想而知。

综合上述两点，试作进一步推论，以小宛的出身，到这样的地位，其为亲贵命妇所嫉视，乃必然之事。一旦失宠，落井下石之人甚众，下场恐不止于打入冷宫。“异床”为“爱弛”之始，维系恩情，不能不寄望于子，所生之子如在青宫，则地位更有保障。哪知生子未名而殇，希望落空，而且既已“异床”，不复再能生子，亦就是断绝了希望。在这样的心情之下，小宛何能不忧，何能不病？

小宛殁于顺治十七年八月十九日，越二日谕礼部，奉懿旨追封为皇后，谥曰“孝献庄和至德宣仁温惠”端敬皇后。据张宸《青琱集》记：

端敬皇后丧，命诸大臣议谥，先拟四字不允，而六字、八字、十字而止，犹以无“天圣”二字为歉。

孟心史论此节云：

所加端敬皇后谥号，除“端敬”二字为皇后上应有之识别，其谥则为“孝献庄和至德宣仁温惠”十字，犹以无“天圣”为歉。历代嫡后皆有“承天辅圣”等字，非嫡子而为帝者，有“育圣”等字。端敬既不以嫡论，亦不得以子嗣帝位而得一“圣”字，是诚歉矣。

按：清朝谥后，初谥最多为十二字，第一字必用孝字；最后四字，如为嫡后或有子为帝者，则如孟心史所云。是故严格而言，所谥仅七字，而以孝字下系的第一字为主，如高宗元后富察氏，生前曾表示，身后望能谥“贤”，高宗如其所愿。小宛之子，原定继承皇位，四月而殇，不得谥“天圣”字样。世祖以为歉者，乃憾于小宛终不能有子而为帝。但谥至“十字而止”，加称号“端敬”，仍为十二字。十字之谥，除孝字外，尚有九字，已逾礼制，而由四字至六字，至八字，至十字，每一次“不允”，必有一番争议，亦可想而知。

我以为议谥小宛的经过，可以解答一个疑问，何以董小宛入清宫为世祖之妃，以及世祖因小宛之死而逃禅的故事，流传如此之广且久？小宛入宫经过，起初仅江南少数仕宦之家知其事，欲留真相于文字，亦辛苦经营，务极隐讳，则口舌之不敢宣扬，深恐贾祸，不难推想。至于小宛生前在宫中受孝庄的倚重、世祖的敬爱，须看御制《行状》方知。在小宛未死时，宫闱事秘，民间不得而闻。若谓由董鄂家传出，亦不可能，因为小宛时有告诫，务讳其出身，御制《行状》云：

初，后父病故，闻讣哀怛，朕慰之，抆泪对曰：“妾岂敢过悲，厪陛下忧？所以痛者，悼答鞠育恩耳。今既亡，

> 妾衷愈安。何者？妾父情性夙愚，不达大道，有女获侍至尊，荣宠已极，恐自谓复何惧，所行或不韪，每用忧念。今幸以时终，荷陛下恩，恤礼至备，妾复何恸哉？”因遂辍哀，后复有兄之丧，时后属疾，未使闻。后谓朕曰：“妾兄其死矣，曩月必再遣妾嫂来问，今久不至，可知也。”朕以后疾，故仍不语以实，慰安之。后曰：“妾兄心矜傲，在外所行，多不以理，恃妾母家，恣要挟，容有之。审尔，讵止辱妾名，恐举国谓陛下以一微贱女，致不肖者肆行罔忌。故夙夜忧惧，寝食未敢宁。今幸无他故殁，足矣！妾宁用悲为？”

唯恐“父兄”招摇，竟以“父兄”之死为幸。则董鄂家之不敢谈小宛，由“幸无他故”一语，可以推知。

因此小宛在日，连词臣亦不知宫中有此特殊人物，是无足为奇的事。乃自议谥开始，一连串自汉唐以来对妃嫔所未有的异数哀荣，势必惊异天下，争相询问：八旗中何得有此贤媛，能令天子如此倾倒？及至发掘真相，越令人难信，越能成为热门话题。这重公案经康雍乾三朝，极力掩饰，而民间传说如旧。实因世祖当时的举措，惊世骇俗，予人的印象深刻难磨。

当时情事，仍赖诗证。梅村《清凉山赞佛诗》，一代诗史，重要性过于《圆圆曲》《永和宫词》等，只以本事隐秘曲折、用典深奥晦涩，不比“恸哭六军俱缟素，冲冠一怒为红颜”等句易于朗朗上口，因而削弱了这四首诗在梅村诗集中应有的地位。兹分段录引原诗第一、第二两首，并加笺注。所据吴诗为吴翌凤注本。

西北有高山，云是文殊台。台上明月池，千叶金莲开。花花相映发，叶叶同根栽。

王母携双成，绿盖云中来。汉主坐法宫，一见光徘徊。

第一段六句写清凉山，即山西五台山，“文殊台”“明月池”，皆五台山地名。“金莲”亦五台山名花。所指甚确，则第二段四句，写世祖初见小宛，自当在五台山，而实不然。孝庄太后在世祖生前，足逾未履五台，故知第一段与第二段不可连读。

第一段为泛写，比兴之体，“千叶金莲开”三句，暗喻皇室婚姻关系的复杂密切，或一帝娶姑侄姊妹，或兄弟、叔侄而为连襟。但此种复杂密切的婚姻关系，在皇室而言，可以增强联系，而不致破坏团结。“花花相映发，叶叶同根栽”为赞美之词。按诸清朝开国史，此亦为事实。

第二段吴翌凤于“双成”注下加按语：“此著其姓。”可知在当时即以“双成”暗喻董鄂氏，不知实为董小宛。双成为王母侍儿，正合此时小宛与孝庄的关系，如双成为董鄂氏，则言其十八岁册立为妃，不当用双成之典，更不当随侍太后而非扈从世祖。

“汉主坐法宫”的“汉主”，自是指世祖。“法宫”谓“路寝正殿”，见《汉书·晁错传》注，“路寝”即行宫，此言见小宛之地。“一见光徘徊”句，吴翌凤未注，后为汉阳叶继雯炬眼看出，“光徘徊”中藏一典。在我看来，得明此典出处，极其重要，《后汉书·南匈奴列传》：

> 昭君丰容靓饰，光明汉宫，顾景裴回，竦动左右，帝见大惊。

“裴回”即“徘徊”。世祖一见小宛，如昭君和番陛辞，汉元帝惊艳的光景。此一段虽只四句，情事甚显，孝庄携小宛至某处行宫，世祖初识小宛，一见倾心。我所谓某处，疑为北平西山。西山有“小清凉”之号，正合诗题。但此非要点，不必深考。以下第一首第三段：

> 结以同心合，授以九子钗。翠装雕玉辇，丹髹沉香斋。护置琉璃屏，立在文石阶。长恐乘风去，舍我归蓬莱。

此八句写世祖一见倾心后，所予小宛的宠遇。“同心合”典出《隋书·后妃传》：文帝崩，太子广以金合封同心结贻宣华夫人。“九子钗”则为赵飞燕的故事，飞燕为后，以紫玉九雏钗为其妹昭仪簪髻，作许其入宫的表示。由首二句看，当是先征得小宛同意，方请懿旨册封。三、四写对小宛的宠遇，为之置仪驾，缮宫室。“翠装雕玉辇”者，饰玉的雕辇而张以翠羽之盖，语出张衡《东京赋》。“沉香斋”即沉香亭，为迁就韵脚，易亭为斋。《唐两京城坊考》，兴庆宫中沉香亭下注：“在池东北。”池即兴庆池，亦名龙池。据此，可断定在西苑修一处宫殿，供小宛专用。请参看梅村《七夕即事》所写。

“护置”以下四句，在珍惜中带出小宛体弱恐不永年之意，为第二首作伏笔。“琉璃屏”典出《侍儿小名录》，本用以障“垢污”，转变为避风寒。以下第一首第四段：

从猎往上林，小队城南隈。雪鹰异凡羽，果马殊群材。言过乐游苑，进及长杨街。张宴奏丝桐，新月穿宫槐。

此写在南苑行猎后，回西苑夜宴。“上林”即指南苑，在明朝称为南海子，又名“飞放泊”。“雪鹰”为纯白之鹰，高越《咏鹰》诗：“雪爪星眸世所稀。”极言世祖以珍异宠小宛。“果马”为在果树下可乘骑的小马，这是小宛从猎的明证，因为她娇小纤弱，生长江南水乡，从未习骑，乘果马则虽倾跌亦无大碍。进一步看，小宛从未骑过马而奋勇相随，生长大漠的废后，偏以“怯马蹄”为托词，不愿从猎，两相对照，宠废之由，更为明显。

“言过”两句，指出方位地点，颇为明确。《三辅黄图》记“乐游苑，在杜陵西北”，而杜陵在长安以南，故“言过乐游苑”为由南苑向西北方向行进。“长杨”指长杨宫中的“长杨榭”，据《三辅黄图》记：“长杨榭，在长杨宫。秋冬较猎其下，命武士搏射禽兽，天子登此以观焉。”因此可以确定，开夜宴是在西苑中海的“平台”，明世宗建以阅射之处，后改名紫光阁。“街”者大道，“长杨街”即紫光阁前走马的驰道。“张宴奏丝桐”则正“别殿沉沉斗钿车”之时，两相参看，情事弥出。以下第一首第五段：

携手忽太息，乐极生微哀。“千秋终寂寞，此日谁追陪？”“陛下寿万年，妾命如尘埃。愿共南山椁，长奉西宫杯。”披香淖博士，侧听私惊猜。今日乐方乐，斯语胡为哉？待诏东方生，执戟前诙谐。熏炉拂黼帐，白露零苍苔。吾王慎玉体，对酒毋伤怀。

此写世祖与小宛的生死之约。第四段末句为“新月穿宫槐”言私语之时与地。“携手忽太息，乐极生微哀”写世祖忽兴无常之感。“千秋”两句与“陛下”四句，为世祖与小宛对答之词，观语气自知，因加引号，以为区别。对答之词，译为语体，大致是：

世祖：“泉下寂寞，到了那天，不知道谁来陪我？”

小宛：“皇上寿算还长得很，不比奴才命薄，尘土不如。果然到了千秋万岁以后，倘或许奴才亦进地宫，那就夜夜可以伺候皇上喝酒了。”

于是“披香淖博士，侧听私惊猜”，以出语不祥。“待诏东方生”亦上前劝解，夜深露重，劝世祖归寝。“淖博士”谓淖方成；“东方生”谓东方朔，皆指近侍。第二首可分六段，以第一首结句“伤怀”二字起头：

伤怀惊凉风，深宫鸣蟋蟀。严霜被琼树，芙蓉凋素质。可怜千里草，萎落无颜色。

上一首结尾处，以时届白露，秋风多厉，劝君王珍摄。此首开头即写入气候时序，似乎果然“玉体”不慎，而致违和，不意竟是“可怜千里草，萎落无颜色”！在紧密中突生变幻，弥见笔力。“千里草”切董字，与双成之典合看，其为小宛，彰明较著。以“惊凉风”三字推测，小宛当是感受风寒而致疾。以下写小宛丧仪：

孔雀蒲桃锦，亲自红女织。殊方初云献，知破万家室。瑟瑟大秦珠，珊瑚高八尺。割之施精蓝，千佛庄严饰。持来付一炬，泉路谁能识？红颜尚焦土，百万无容惜。

按：当时词臣记世祖崩后，先焚“大行所御冠袍器用珍玩于宫门外”，谓之“小丢纸”。出殡时，如“绫绮锦绣、账房什器”“金壶、金瓶、金唾壶、金盘、金碗、金盥盆、金交椅、杌等物”，凡“大行所曾御者”，尽付一炬，谓之“大丢纸”。上引第二首第二段，即描写小宛殁后的“大小丢纸”。陈垣《汤若望与木陈忞》一文，谓死后火化为清朝“国俗”，在佛家名为“荼毘”。文中引《汤若望传》云：

汤若望对于董妃薨后之记载，曾云按照满洲习俗，皇后皇妃的尸体，连同棺椁，并那两座宫殿，连同其中珍贵陈设，俱都被焚烧，据此则董妃亦曾施行荼毘者也。（标点据原文。）

《汤若望传》第九章第六节叙小宛种种，已见本文第五章引录（《联合月刊》第十四期第一百页）。今据“割之施精蓝，千佛庄严饰”之语，知所焚者非宫殿，而为建于大内或离宫的佛堂，甚至是正式的寺院。殊方所献的文锦、来自大秦的夜光明月珠、八尺高的珊瑚等珍物，原施舍于精蓝者，此时连房屋一并焚毁。“红颜尚焦土”两句，谓红颜尚且化为焦土，身外之物更何所容惜？此为小宛火葬的确证。以下第二首第三段：

小臣助长号，赐衣或一袭。只愁许史辈，急泪难时得。从官进哀诔，黄纸抄名入。流涕卢郎才，咨嗟谢生笔。

此一段中有六个典故，皆与皇室丧仪有关。“卢郎”指北齐卢思道，“谢生”指六朝谢庄，皆善作挽歌诔词。其中最重要的是“只愁许史辈，急泪难时得”。“许史”指外戚，见《汉书·盖宽饶传》。“急泪”典出《南史·刘怀慎传》：宋武宠姬殷贵妃薨，诏有哭之哀者，当加厚赏。医术人羊志哭甚哀，或问志：“卿那得此副急泪？”曰：“我尔日自哭亡妾耳。”盖志亦新丧爱姬也。

“许史”既为外戚，不能不哭，且以小宛之得宠，哭之不能不哀。但小宛不过顶了鄂硕家的一个姓，名为至亲，实同陌路。如果要哭之哀，除非像羊志那样伤心人别有怀抱，但这是可遇而不可求之事，故云“急泪难时得”。以下第二首第四段：

尚方列珍膳，天厨供玉粒。官家未解菜，对案不能食。

宋人称天子为“官家”，“解菜”典出《南史·废帝东昏侯本纪》：

潘妃生女，百日而亡……蔬膳，积旬不听音伎。左右直长阉竖王宝孙诸人，共营肴羞，云“为天子解菜”。

此言世祖思悼小宛，竟致废食。

我前面说过，梅村笔下极有分寸，凡拟世祖之典，大致为汉唐盛世之主。唯有“解菜”一典，拟之为南齐东昏侯，实因世祖于小宛之丧，逾情越礼，太嫌过分。当时大旱而国库空虚，赈款无所出，特开捐例筹款，但为小宛治丧，百万亦无所惜，此与东昏侯的行径，有何不同？拙作前言中，“精蓝百宝，甘付劫灰，枯骨千家，但开捐例”，正写梅村之悲愤。不惜冒“大不敬”的罪名，用“解菜”一典，实为春秋之笔。

小宛丧仪之铺张，海内皆知，尚可谈一事，补梅村诗笔之不足。蒲松龄《聊斋志异》逸稿，有《吴门画工》一篇，为通行本所不载，原文是：

吴门画工某，忘其名。喜绘吕祖，每想象而神会之，希幸一遇。虔结在念，靡刻不存。一日，值群丐饮郊郭间，内一人敝衣露肘，而神采轩豁。心忽动，疑为吕祖。谛视，觉愈确，遽捉其臂曰：“君吕祖也。”丐者大笑。某坚执为是，伏拜不起。丐者曰：“我即吕祖，汝将奈何？”

某叩头，但求指教。丐者曰：“汝能相识，可谓有缘。然此处非语所，夜间当相见也。”再欲遮问，转盼已杳，骇叹而归。至夜，果梦吕祖来，曰：“念子志虑端凝，特来一见。但汝骨气贪吝，不能为仙。我使子见一人可也。”即向空一招，遂有一丽人蹑空而下，服饰如贵嫔，客光袍仪，焕映一室。吕祖曰：“此乃董娘娘，子审志之。”既而又问：“记得否？”答：“已记之。”又曰：“勿忘却。”俄而丽者去，吕祖亦去。醒而异之，即梦中所见，肖而藏之，终亦不解所谓。后数年，偶游于都，会董妃薨，上念其贤，将为肖像。诸工群集，口授心拟，终不能似。某忽触念梦中人，得无是耶？以图呈进。宫中传览，皆谓神肖。由是授官中书，辞不受；赐万金。于是名大噪，贵戚家争遗重币，乞为先人传影。但悬空摹写，罔不曲似。浃辰之间，累数巨万。

据《聊斋志异遗稿辑注》作者刘阶平考证：“吴门画工为当时民间流传清帝福临哀思董妃事。”乾隆三十年浙江严州知府赵荷村初刻时，以此篇触犯忌讳，因而删去。《聊斋志异》颇记时事，而清宫对后妃的称呼，最初沿明之旧，称为“娘娘”，直至世祖既崩，革“十三衙门”，由上三旗包衣组成内务府以替代，始用八旗旧俗，称为“主子”。蒲松龄所记，事之有无不可知，但叙背景则不误。这是董小宛入宫的又一确证。以下第二首第五段：

黑衣召志公，白马驮罗什。焚香内道场，广坐楞伽译。
资彼象教恩，轻我人王力。微闻金鸡诏，亦由玉妃出。

此写世祖在禁中开道场，作佛事，并体小宛之意愿，颁诏大赦，借为其冥中延福。“志公”“罗什”等高僧，皆有所指。《汤若望传》于小宛既死后记：

此后，皇帝便把自己完全委托于僧徒之手。他亲手把他的头发削去，如果没有他的理性深厚的母后，和汤若望加以阻止时，他一定会充当了僧徒的。但是他仍还由杭州召了些最有名的僧徒来。那些僧徒们劝诫他，完全信奉偶像，并且把国家的入款，浪费于庙宇的建筑上。

世祖削发属实，但非亲手所为。《汤若望与木陈忞》第二章第三节，引《续指月录》云：

《续指月录》云：玉林到京，闻森首座为上净发，即命众聚薪烧森。上闻，遂许蓄发乃止。

据此，则是茆溪森为上净发，非上自削之也。玉林语录载十月十五到皇城内西苑万善殿，世祖就见丈室，相视而笑。世祖谓师曰，朕思上古，惟释迦如来舍王宫而成正觉，达磨亦舍国位而为禅祖，朕欲效之何如。师曰，若以世法论，皇上宜永居正位，上以安圣母之心，下以乐万民之业。若以出世法论，皇上宜永作国王帝王，外以护持诸佛正法之轮，内住一切大权菩萨智所住处。上意欣然听决。

此文最可注意者，为相视而笑四字，盖是时上首已秃也。虽许蓄发，而出家之念未消，故复以为问。

玉林者，玉林通琇。通琇为法名，玉林为别号。法名上一字通为禅宗五家最大的一派，临济宗下龙池法派排行的辈分。当时方外的称呼，非常世俗，师弟以父子论，除却“先师”不称“先父”外，其他皆与俗家人无异。故法号亦如士大夫之字与名并称，唯略去辈分一字，玉林通琇称玉林琇。而木陈忞则为木陈通忞的简略，与玉林琇为同祖的堂兄弟。

茆溪森者茆溪行森，为玉林琇的弟子。通字辈下为行字辈。世祖亦为玉林琇弟子，法名行痴，与茆溪森为师兄弟。玉林琇于顺治十五年九月奉召，次年二月到京，未几还山，遣茆溪森入侍。当顺治十七年七月并召玉林琇，而尚未到京时，小宛病殁。茆溪森奉旨在宫中“开堂”，劝世祖免宫人殉葬，见于玉林琇另一弟子骨岩行峰所著《侍香纪略》，亦见于《汤若望传》及御制《行状》及金之俊所作《端敬皇后传》，《汤传》中且曾举出人数。

世祖因小宛之死而欲逃禅，削发由溪森主持。及至玉林琇到京，知有此事，大惊亦大怒，如此胆大妄为，将为整个佛教带来不可测的灾祸，故“命众聚薪烧森”。可想而知的，此举是为了平息孝庄太后及满汉大臣对释家的高度不满。以下第二首第六段：

高原营寝庙，近野开陵邑。南望仓舒坟，掩面添凄恻。戒言秣我马，遨游凌八极。

此为终结小宛一生。孟心史《世祖出家事考实》云：

诗又言营庙、开陵二事，营庙事所必有，今已不见著录。开陵即世祖后葬之孝陵。世祖有二后合葬，一端敬，二为圣祖生母孝康……“仓舒坟”者，以魏武帝子邓哀王比端敬子荣亲王。……（《清实录》顺治十五年）四月辛巳，“礼部奏：和硕荣亲王坟园圈丈地内，所有寺庙坟墓，宜全迁移。得旨，民间年久坟墓，及供奉神佛之寺庙僧道等，为朕稚子建立寝园之故，俱全迁移，朕心实为不忍。况群黎百姓，莫非朕之赤子，所有坟墓寺庙，不必迁移，仍着照旧存留。礼部尚书恩格德，可作速前往，将荣亲王新园附近坟主眷属，并寺庙僧道等，传集晓谕，俾知朕体怀民隐之至意”。此即所谓“仓舒坟”也。

解说“仓舒坟”一典不误。但以为“开陵即世祖后葬之孝陵”，则不无商榷的余地。细味诗意，“高原营寝庙”系为端敬皇后单独立庙；“近野开陵邑”，亦是单独建陵，“近野”即近郊，音韵不协，故用野字；“南望仓舒坟”，则陵在荣亲王墓园之北，衡情度理，相去应不远，而此墓园中有寺庙，亦为地在近郊的明证。

因此，这六句诗应解释为世祖在为董小宛营陵寝时，身至其地，既已悲不自胜，复见殇子墓园，更增凄恻，突兴无常之感。因而为玉林所劝遏的出家的念头，复又萌生。命驾五台山究竟只是礼佛，还是出家，纵难有定论，而此时有逃禅之心，则可断言。陈垣以为“顺治出家之说，不尽无稽，不过出家未遂而已”，最为持平之论。

九、余波荡漾“长生殿”

《长生殿》作者洪昇，字昉思，号稗畦，杭州人。虽为在国子监读书的太学生，而名动公卿。康熙二十八年以“非时演剧”被斥革侘傺终身。清人笔记中，记此事者甚多。以梁绍壬《两般秋雨庵随笔》较详：

> 黄六鸿者，康熙中由知县行取给事中，入京以土物及诗稿遍送诸名士，至赵秋谷赞善，答以柬云：“土物拜登，大稿璧谢。”黄遂衔之刻骨。乃未几而有国丧演剧一事，黄遂据实弹劾。朝廷取长生殿院本阅之，以为有心讽刺，大怒，遂罢赵职，而洪升编管山西。京师有诗咏其事，今人但传“可怜一曲长生殿，断送功名到白头”二句，不知此诗原有三首也。其一云：“国服虽除未满丧，如何便入戏文场？自家原有些儿错，莫把弹章怨老黄。”其二云：“秋谷才华迥绝俦，少年科第尽风流。可怜一

出长生殿，断送功名到白头。”其三云：“周王庙祝本轻浮，也向长生殿里游。抖擞香金求脱网，聚和班里制行头。”周王庙祝者，徐胜力编修（嘉炎），是日亦在座，对簿时，赂聚和班伶人，诡称未遇，得免。徐丰颐修髯，有周道士之称也。是狱成，而长生殿之曲流传禁中，布满天下。故朱竹垞检讨赠洪稗畦诗，有“海内诗篇洪玉父，禁中乐府柳屯田。梧桐夜雨声凄绝，薏苡明珠谤偶然”句。樊榭老人，叹为字字典雅者也。

黄六鸿，江西新昌人，字正卿，号思斋，顺治八年举人。初任山东郯城知县，转任直隶东光，颇有政绩。所著《福惠全书》为州县官的教科书。此人为功名之士，而康熙三十二年，军力正壮时，忽然乞休。我猜想是为了“长生殿”一案，不容于清议之故。

梁绍壬所记，稍有未谛之处。洪昇获罪后，斥革太学生，驱逐回籍，而非编管山西。至于获罪之故，名为“非时演剧”，其实不然。毛奇龄序《长生殿》院本云：

洪君昉思好为词，以四门弟子遨游京师。初为西蜀吟，既而为大晟乐府，又继而为金元间人曲子，自散套雅剧以至院本，每用作长安往来歌咏酬赠之具。尝以不得事父母，作《天涯泪》剧，以寓其思亲之旨。应庄亲王世子之请，取唐人《长恨歌》事，作《长生殿》院本，一时勾栏多演之。越一年，有言日下新闻者谓，长安邸第，

> 每以演《长生殿》曲，为见者所恶。会国恤止乐，其在京朝官，大红小红已浃日，而纤练未除。言官谓遏密读曲大不敬，赖圣明宽之，第褫其四门之员，而不予以罪。而京朝诸官，则从此有罢去者。

毛奇龄与洪昇，皆为李天馥弟子，以同门而为之作序，其言必可信，据以分析与他说所不同，或他说所未及者如下：

（一）《长生殿》系洪昇应庄亲王世子所作。

（二）“邸第”及“勾栏”皆演此剧。

（三）“越一年，有言日下新闻者”，即指洪昇、赵执信演剧事。则《长生殿》作于前一年，亦即康熙二十七年。

（四）所谓“国恤”指康熙二十八年七月，孝懿皇后之丧。丧期百日，而服制则以日代月，二十七日服除。所谓“国服虽除未满丧”，可知演剧之期在二十七日以后，百日以内。据“大红小红已浃日，而纤练未除”之语，更可进一步推定，演剧之期在二十日加十日（浃日）为孝懿皇后崩后四十天左右。孝懿皇后崩于康熙二十八年七月初十，则演剧当在中秋以后，或者即是为补庆中秋而演。

（五）洪昇虽被劾“大不敬”而获罪甚轻。但“京朝诸官，则从此有罢去者”，则党争之说，不尽子虚。党争的双方，一面是明珠、余国柱；一面是徐乾学、徐元文兄弟，及高士奇、王鸿绪、陈元龙等。洪昇久受余国柱礼遇；赵执信则为徐氏兄弟所恶，故黄六鸿之劾洪昇，不无受徐氏兄弟指使之嫌。其时又有左都御史郭琇“特奏近臣植党营私，招摇撞骗”，高士奇、王鸿绪、陈元龙因而休致回籍。毛奇龄所说“京朝诸官，则从此有罢去者”，即指此三人。

（六）“长安邸第，每以演《长生殿》曲，为见者所恶”，此语暧昧不明，最可注意。细参毛奇龄的语气，有人在王府看了《长生殿》大为不满，而无可如何。适有人为了党争参劾洪昇“非时演剧”，便正好借题发挥。然则此人是谁?

问题的核心在此！王府演剧而能“见者”，此人当然非比寻常；见而“恶”，试问所恶者何在? 且既有所恶，大可不再寓目，而文中着一“每”字，似乎不能不常有所见，这个为王府“强迫”看戏的人，除了皇帝以外，再无第二人。

推测当时的情况是，洪昇应庄亲王世子之请作《长生殿》院本，风行一时，王府奏请临幸，每演此剧。圣祖是极讲是非的人，《长生殿》既有根据，洪昇亦非蓄意诽谤，自然不能禁止。且亦不便表示厌恶，因为这一来势必研究原因，则唐明皇及杨贵妃恰好影射世祖及小宛的秘密，就会暴露，岂非欲盖弥彰?

这就是毛奇龄序文中所透露的真相。以后《长生殿》付刻，未收此序。亦以“见者”二字有忌讳，洪昇之获罪，诚如朱竹垞的诗句“薏苡明珠谤偶然”，但洪昇亦有自取之咎。李天馥送洪昇被逐回乡的长歌中有四句：

> 无端忽思谱艳异，远胜唐宫百首词。斯编那可亵里巷? 慎毋浪传子竟传!

原来做老师的李天馥曾告诫洪昇，《长生殿》会触犯忌讳，不可轻付勾栏。洪昇如能听劝告，民间没有《长生殿》的本子，就根本不可能发生“非时演剧”的违禁事件。

「诗史」的明暗两面

——揭开诗中隐藏的真相与秘密

拙作《高阳说诗》，承“联副”推荐，角逐本届中山文艺奖，谬膺“文艺理论”之选，惭感交并之余，更深感有一份责任，必须阐明《高阳说诗》之何以可视之为“文艺理论”。易言之，我必须指出《高阳说诗》中，有些什么“文艺理论”。

首先我要声明：拙作只是若干篇读诗心得的结集，初无意于在诗的理论上有所创建。但结集问世后，有一位朋友向我说：“由你的分析来看，中国传统的诗，可通过运用典故的手法，来隐藏历史的真相或者个人的感情与秘密。这是任何国家的诗所办不到的事，同时也是扩展了中国传统的诗的内涵与功能。”

真所谓“不识庐山真面目，只缘身在此山中”，亦就是成语所说的“当局者迷”。我脱离《高阳说诗》作者的地位，来看《高阳说诗》，自觉对诗的理论法则，不无阐发，我在无形中提出了一个有关中国传统之诗的功能的看法，如我友所言：“通过运用典故的手法，来隐藏历史的真相或者个人的感情与秘密。”

以诗与历史的关系来说，像杜甫那样：“善陈时事，律切精深，至千言不少衰，世号‘诗史’。”乃是以诗的形式来写历史。写史本有直笔、曲笔、隐笔之分。杜甫的诗史，类多直笔，间有曲笔，但另有一种用隐笔来写的诗史，古人以吴梅村为巨擘，近人则陈寅恪独步。如果个人的感情与秘密，因其特出的成就与特殊的地位，亦可视之为历史的一部分，则李义山的诗更值得我们珍视，他的刻意隐藏真相，使得他的诗具有一种罕见的深邃幽窅、绰约朦胧之美，而又能寄托无限深情，为诗的艺术上的一种伟大的创造。

于此可知，所谓"诗史"有明的与暗的两面。我不敢说，这是我的创获，因为古人原有"寄托"之说。不过，至少我已用具体的例证，表明了在这方面的理论，大有探索的余地，甚至可发展为一套完整的体系。当然，我现在只不过是为这套理论体系建立了一个立足点。

下面就我在《高阳说诗》中，可以寻绎出来的理论，作一概略的序言。

首先，我们要问，为何要将真相与秘密隐藏在诗中？当然是有决不能秉笔直书的原因在内。而此原因不外乎：怕触犯时忌而贾祸，或者公开个人的秘密，会伤害到某一个人，不得不有所隐讳。前者如吴梅村的《七夕感事》；后者如李义山的《无题》。

《七夕感事》是一首五律，写郑成功与张苍水在顺治十六年，率义师入长江，攻金陵的"江上之役"。此役为反清复明功败垂成的一大恨事，遗民志士无不痛心。如直书其事，立即便有杀身之祸，因此，吴梅村用赤壁鏖兵的故实来纪事抒感。义师与清军的兵力为十七对一之比，与曹操征吴相似，结果优势兵力的一方大败亦相似。起句"南飞乌鹊夜"，典出曹操《短歌行》；结句"眼见孙曹事，他年著异闻”，以孙曹的故事，掩护中间两联所写的郑成功兵败的真相，复又写出欲哭无泪的心情，却只得一首五律四十字。详见拙作《“江上之役”诗纪——“失败的英雄”郑成功》。

李义山的《无题》诗，关于七律部分，其实是难以命题，暂时从阙，非制题有一体曰“无题”。义山曾有与妻妹热恋，而又遭受误解的难言之隐，《牡丹》诗中的“朝云”，原指“小姑居处本无郎”的巫山神女。而嫉义山者谗于令狐绹，说是与他的姬妾有染，由于南北朝洛阳有巨家歌伎名朝云，所以令狐绹不能无疑。李义山如果公开了真相，自可辟谣，但那一来会伤害已嫁的妻妹，且反坐实了“偎薄无行”的恶意指责。此为难以标题的苦衷，而诗中描写的事实固甚清晰，其次序如下：

一、《牡丹》一题：此为义山极自赏之作，故自长安寄随姊而居于其家的妻妹，以冀见赏。

二、“相见时难别亦难”：归洛阳知妻妹将嫁，且为其妻所隔离，因作此诗，命婢女致意。

三、“来是空言去绝踪”：片面定后约，并望与妻妹一晤，竟无回信。

四、“凤尾香罗薄几重”：由遥见赶制嫁衣写到次日送嫁，知妻妹已变心。

五、“重帏深下莫愁堂”：送嫁之日，回忆往事而失眠。

六、《昨日》一题：妻妹既嫁，则夫妇琴瑟复调，慰妻亦自解之作。

七、“飒飒东风细雨来”：事后方知妻妹迫嫁的真相。当义山在长安作《牡丹》诗时，其家有年少者做客，妻妹与通。义山之妻因做主许妹为此人次妻，赶制妆奁遣嫁，俾绝后患。

以上分析，略见于拙作《李商隐——与令狐家的府主恩怨》，并又另作《李商隐——"牛李党争"之误》一文，收入《高阳说诗》增订本中。从来以为李义山的《无题》诗，写其不遇自伤。而不遇之故，在于他"叛牛投李"，致为令狐绹所弃。义山是"东合无因得再窥"的小官，何致牵涉及于有关朝局的"牛李党争"？但因《无题》诗中所描写的情事，无由索解，以致千古传疑。如果诗史明暗两面的理论能够发展为完整的体系，则不仅丰富了诗的内涵，开拓了史的领域，而且据此理论去诠释古来的诗中名作，欣赏的层次提高，将益显李、杜以来大诗人的万丈光芒。

得奖的原因，不外肯定其成就，鼓励其未来两者。对我来说，当然是鼓励。但使行有余力，我将从考据唐宋以来诗的本事，研究运典的技巧，来说明诗史的明暗两面。但愿有一天，我有足够的学养在中文系中开这样一门课。